尋龍記
卷2
戰雲
無極
著

目錄

第一章 錯綜複雜……5
第二章 深山遇襲……23
第三章 戰雲密佈……43
第四章 縱論情勢……63
第五章 深入敵地……77
第六章 風變雲幻……101
第七章 吳郡親情……119

第八章　有情無情……141
第九章　情繫草原……163
第十章　似敵似友……183
第十一章　難以消受……205
第十二章　比武較技……227
第十三章　內焦外患……251
第十四章　肝膽相照……275
第十五章　天緣巧合……297

第一章　錯綜複雜

管中邪帶來的消息使項思龍的心情沉重了起來。

項羽已經帶領著他的江東八千鐵騎起事了，那也就預示著劉邦將來奪天下的最強硬的對手出世了。

劉邦將來能否勝得過項羽呢？項思龍一想起這個問題，頭都感覺大了起來。所謂先發者克制於人，後發者受制於人，劉邦現在勢弱得簡直是不堪一擊，而項羽現在就已有了八千鐵騎的勢力，且攻下了會稽郡城，這叫劉邦怎麼跟人家項羽比？

看來也只有馬上策動豐沛起義了。項思龍這時心亂如麻，但想著歷史上記載著終是劉邦勝了項羽，心情才平靜了些。

管中邪沉默無語的坐在椅上，看著項思龍臉色陰晴不定，知他在思考問題。

項思龍似做下了什麼決定似的，忽地抬起頭來目光堅定的望著管中邪沉聲道：「看來我來只有提前發動豐沛起義了。現在項梁叔侄在江東擁立了楚懷王的孫子熊心為楚國君，其勢定會蒸蒸日上，是又一個陳勝王。但是他們打著復楚的旗號，這正順應了各亡國貴族王室者的心事，他們定都會去回應，這樣一來陳勝王的軍勢力必定大減，而項梁的軍勢力則會大增。

「項梁不比陳勝，無論用兵用人都比陳勝高明，何況他還有原楚國王侯的高貴血統。所以今觀天下大勢所趨，項梁必為中原一段時間的稱霸者。至於劉邦現在勢力還是微不足道，所以我們得儘快的擴充他的實力。有項梁、陳勝他們牽制秦軍主力，我們只要避重就輕，以城鎮包圍城市的戰略方針，一步一步的擴充自己的實力，那麼劉邦還是有希望到天下群雄間去一爭長短的。」

管中邪被項思龍這一番精闢論解說得心悅誠服，但還是疑惑道：「你是說劉邦將來有可能會像秦始皇一樣，一統天下分割局面？」

項思龍嘴角顯出一絲神秘沉穩的微笑，目光深邃的看著管中邪朗聲道：「事在人為，人定勝天！世上有何事不可為人力扭轉乾坤呢？劉邦在我心目中將來一定能一統天下！」

項思龍只覺一股豪氣又在胸中澎湃，忽的又信心滿懷了。

管中邪則覺著項思龍此時身上又披上了一層令人高深難測的神秘色彩，他話中的自信讓人不由得對他深信不疑。

這時，項思龍忽然又道：「岳父，你現在就去找縣令溫雄，我則去找蕭何、曹參他們。」

蕭何見著項思龍的時候，但見他正喘著粗氣，額頭上也略見汗水，而臉上則又是一片興奮緊張之色，不禁大訝道：「項兄弟何事如此急著找我？」

項思龍緩了口氣，臉色平和些後才低聲道：「我們準備發動豐沛起義！」

蕭何劇震道：「什麼？這麼急！」

項思龍鎮定的道：「所有的準備工作我們都已策劃好了。管公現在去了縣令溫雄那裡，只要說服了他，再加上你我，到時劉邦率領人馬到來時，我們就可裡應外合，手不血刃的拿下沛城。那時我們就有了一席可為今後圖謀發展打下基礎的落腳之地。沛縣也算是交通發達，資源豐富，我們在這裡擴充兵馬，滋養生息也確是一個好地方，因為我們在這裡有著良好的群眾基礎，定會深獲人心的。」

蕭何冷靜下來道：「你的想法確是很好，可是就怕中途會有什麼變故，如溫雄到時一旦反悔，那事情將會發展得不可收拾了。」

項思龍感到蕭何在對自己暗示些什麼。難道溫雄會有什麼問題？那如若真這樣，自己岳父管中邪目下可能會有危險了。但是溫雄不是中了岳父下的慢性毒藥麼？他難道會不怕死來抵抗我們？

項思龍想到這裡只覺渾身出了一身冷汗，如若這一環有問題，那自己所有的計畫都會失敗，弄不好還會使自己和劉邦一行全軍覆滅。這……這卻如何是好？

蕭何看出了項思龍心中的焦急，不禁對他的才思敏捷深感佩服；自己也只是對溫雄近日舉止的怪異，作了一下推斷，項思龍就能敏感的想到這個問題，看來他是個將來能成大事者的人。

想到這裡當下又道：「事情也未發展至糟透的地步，只要我們把攻佔沛縣的計畫暫緩一下，先叫劉邦帶領人馬取下沛縣周圍的城鎮，在那些地方先擴展增強一下人馬力量，到時再來攻取沛縣，自是勝算大得多。我看溫雄自己也對秦政的不穩而心神恍惚，近段時間他也在私下裡用重金美色聘請江湖中的奇人異士，且招兵買馬，說不定他也會背叛反秦。像你和管公這等高手，他自是存有籠絡之心，暫且他不會對你們怎麼樣的。」

項思龍聽得蕭何此說，心下雖是平靜了些，但還是憂心忡忡的道：「可是我們的計畫已經發動了，我已經派人去通知了劉邦來沛城呢。」

蕭何沉吟一番後道：「那也沒關係，我會想辦法把你和管公送出城去的。」

項思龍只覺自己此時甚是六神無主，歎了一口氣，沉重的道：「那我們就全靠蕭大人來幫我們擺脫危機了。」

項思龍垂頭喪氣的回到管府時，呂姿就急匆匆的走來拉著他邊走邊道：「思龍，爹正在房裡等著你，似有什麼緊要的事要與你商量呢。」

項思龍的心只覺「咯勒」一下往下沉，看來蕭何的預感是不幸而言中了。唉，最後一點僥倖的希望也沒有了，不知岳父有沒有出什麼問題？

思忖間，已來到了管中邪房中，卻見他正在房中焦急的走來走去。

項思龍低聲的叫了聲道：「岳父！」

管中邪從沉思中驚覺過來，見著項思龍，臉色陰沉的道：「思龍，溫雄那老狐狸擺脫了我的控制，他也不知從哪裡請來了個食客，把我下在他身上的毒給解了。我剛才去見他時，他還想把我給擒下呢。還好，蕭何剛巧趕去幫我給解了圍。看來我們處境危險了。」

項思龍此時也沒什麼主意，聽他此說，心中更是凌亂如麻。

看來溫雄是準備對他們下手了，隨時都會有來圍攻管府的可能，雙拳難敵四手，他們人多勢眾，自己等必敗無疑，能不能逃過這一劫都成問題。唉，都怪自己急功近利，沒有把事情分析周全，現在已是有著燃眉之急，怎麼應付才好呢？

項思龍感覺渾身都在焦燥不安。

溫雄要對付他們，定已封閉了所有的城門出口，看來真是插翅難逃了。現在唯一的寄望就是蕭何，希望他能給他們帶來什麼好消息。

管中邪見著項思龍一臉的焦慮之色，愈發覺著了事態的嚴重。

難道溫雄那老小子會來攻殺我們？想到這，管中邪忽然大喝一聲道：「我現在就去與那烏龜王八糕子的溫雄拚了！」

項思龍聞言嚇得一驚，急忙道：「岳父，這樣做可是萬萬不可，我們現在去跟他火併，那老小子正求之不得呢？更何況我們此樣一來，何異於以卵擊石？唉，我們還是得冷靜下來，考慮個脫身的周全之策才行啊！如果作事如此急燥，還何談將來想做大事呢？」

管中邪其實也只是一時氣憤難忍，想當年他在呂不韋手下是何等的精明，只是這麼多年來飽受挫折，人年紀一大，火氣反不擅於隱藏起來。

被項思龍這一當頭棒喝，管中邪頓時清醒過來，沉思了一番後道：「看來我們現下先得想個法子逃出沛城才行。」

二人都沉默下來，皆感此事甚是大傷腦筋。

正當二人一籌莫展時，蕭何在呂姿的領路下來了。

項、管二人見著他，如遇救星，高興非常。

項思龍迎上去熱情的拉著他的手直抖道：「蕭大人可有什麼好消息帶來？」

蕭何面色凝重道：「看來溫雄今晚就想對你們下手了。他已經下令封閉了所有的城門，且調動了一千多的精兵，準備隨時攻打管府。」

項思龍聽了大吃一驚，皺眉道：「那你有沒有什麼辦法讓我們出得城去？」

蕭何搖了搖頭道：「現在所有的城門都已關閉，沒有溫雄的令牌，誰也不得出城。不過今天下午我向溫雄說了一番可以利用你們的利害關係，他當時還有點猶疑不決，可是他手下有個叫王翔的新聘食客卻叫他儘快拿下你們，想利用你們威逼劉邦向他降服，以除後患，這使得溫雄又舉棋不定。不過我看他會依王翔之計行事。」

管中邪恨聲道：「可惡！」

蕭何忽而壓低語音道：「我想我們可以來個將計就計，兩位可以去向溫雄詐降，然後說去勸說劉邦向他歸降，以此為藉口，兩位就可逃出沛城去會合劉邦，實行其他計畫了。」

項思龍和管中邪聽得大喜道：「果然是個妙計！那我們現就隨蕭大人去見溫雄那王八糕子吧！」

三人一齊大笑，往縣府走去。

縣府的氣氛凝重而又緊張，一路走來都是衛兵劍拔弩張的氣勢。

項思龍心下暗暗戒備，不自覺的摸了摸腰間的尋龍劍。

管中邪則是一雙銳利的眼睛，時刻的掃視周圍。

進得一間大廳，卻見溫雄肥胖的身體坐在一張太師椅上，圓圓滾滾的活像一個肉球般，正臉色陰沉的看著走進大廳的項思龍和管中邪。

他的身側站滿了手執矛劍的士兵。廳中兩旁則坐了二十多個溫雄請來的江湖高手。這等仗勢，看來溫雄是誓必擒下項思龍和管中邪了。

蕭何這時走了上去，湊到溫雄耳邊低語了幾句。

溫雄臉上顯過疑惑之色，一雙鼠目滑溜溜直轉，沉吟了一番後，奸笑道：「呂兄和項少俠此來找我，有何事相商嗎？嘿嘿，在下與呂兄合作了那麼久，自會賣呂兄一點面子的。」

管中邪心頭火氣直冒，知溫雄在與自己翻下毒威脅他的舊帳，正想發作，倏見項思龍對自己投來的凝重目光，方始心神一震，強壓了心頭之火，淡淡的道：「溫大人看得起呂某，實乃我之大幸也。現在確有一要事，要與溫大人商量。」

溫雄故作「噢」了一聲後，問道：「不知呂兄與在下有何要事相商呢？倒不妨說來聽聽。」

管中邪看著溫雄此等囂張蔑視自己，只覺胸中怒火中燒，但又知小不忍則亂大謀，當下微微一笑，恭聲道：「在下和小婿是來向大人盡一份微力，去說服劉邦來歸附大人，以求將功折罪。」

溫雄一陣哈哈大笑道：「二位何罪之有？不過若真能說服以圖謀反的劉邦，自是大功一件。」

這時坐在左側上首的一個魁梧大漢咳了兩聲，站了起來，目光冷冷的看著管中邪冷笑道：「二位別枉費心機了，以為此詐降脫城之計，別人看不出來嗎？」

轉身又朝溫雄一揖道：「屬下王翔懇請大人拿下此兩個圖謀作反的賊子，請大人不要上了他們的當。」

項思龍聽得臉色微變，朝那站起發話的王翔仔細看去。

卻見那王翔手腳粗壯，個頭比他項思龍還略高了少許，長髮披肩，戴了一個銀色額箍，臉骨粗橫，肩脯寬厚，眼若銅鈴，帶著陰險狡猾的神色，外貌雄偉，渾身散發著邪異懾人的魅力。

溫雄聽了王翔的話也是臉色大變，「哼」了一聲，目射凶光，正想說些什麼時，蕭何站了起來恭聲道：「大人，此法萬萬不可，我們現在方是用人之際，呂公和項少俠武功高強，才智過人，我們若是能收為己用，實是良策也。若真動起武來，我們這廳中有幾人能是他們之敵？那時大人……可也危矣。所以蕭何請大人三思而後行。」

溫雄臉色又是連變。管中邪的劍術他是見過的，只能用深不可測、辛棘異常來形容；至於項思龍，眾人傳說他曾殺死過一條碗口粗的巨蟒，那武功也定是高深莫測，這樣若真火併起來，他們二人聯手，自己也討不了什麼好處，弄不好反會把老命給丟了。

想到這裡眉頭一皺，計上心來。又是一陣哈哈大笑道：「呂兄與我乃至交好友，我自是信得他過。好，我就信了呂兄，讓項少俠出城說服劉邦。至於呂兄麼，就暫且留在我府陪我喝酒聊天，靜候項少俠的好消息如何？」

管中邪想不到溫雄如此奸詐，竟會留下他作為人質以要脅項思龍。心中雖是惱怒異常，但一想此著可救下項思龍、呂雉、呂姿眾人，自己即便被這奸賊害死了，也是值得。想到這裡，當下陪笑道：「如此我就先謝過大人對我的厚愛了，人生得意須盡歡，哈哈，思龍你這句詩現在讀來真覺妙極也。」

項思龍心下雖是大急，但見到蕭何對他連使眼色，會意下來，知他會從中保護管中邪，才稍稍放心。

項思龍在一隊百多個精兵的「護擁」下，從東門出了沛城。

這隊人馬的領隊者竟是曹參。

項思龍心下不覺大笑。

哈！溫雄你這烏龜王八蛋，怎麼也沒想到曹參與蕭何因看不慣你那付跋扈的德性，而靠向我們這邊吧。想到這裡，笑意盈盈的往曹參望去，卻見他面相粗獷，粗眉如劍，鼻高眼深，寬肩膊厚，腰粗腿長，個頭跟自己差不多高，一雙眸珠精光閃閃，年紀在三十許間，確是一個威猛的武將。

曹參這時目光也正朝項思龍望來，見他面含微笑，舉止從容不迫，渾身散發著一種男性的狂野氣概，且他的雙目發出的精光真讓人有點不敢逼視的感覺。

這位就是蕭大哥經常在自己面前誇讚的項思龍麼？果是英武不凡。這次蕭大哥向溫雄提出由自己來押送項思龍去見劉邦，可實質上的用意是叫自己來保護他的，倒是不可大意了。想到這裡，也朝項思龍使了個眼色。

二人均都會心一笑。

呂姿這時可是憂心忡忡。爹被溫雄挾為人質，自己和姐姐也在別人的押挾之下，可真是讓人急惱啊。

呂姿靠到項思龍身邊，酸聲道：「思龍，我爹他會不會有什麼危險啊？」

項思龍輕捏著她的小手，愛憐的看著她，安慰道：「放心吧，憑岳父的武功，就是千軍萬馬都闖得過……」頓了一頓又壓低聲音道：「何況還有蕭大人照顧著他呢。」

呂姿感覺從手中傳來了項思龍給她的信心，輕輕的點了點頭道：「可是我還是有點擔心。思龍，如果爹和你……出了什麼事，姿兒定會隨著你們去的。」

項思龍深切的感受到這嬌嬈對自己的一片深情，心中充滿了憐愛，拂了拂她額前的亂髮道：「傻瓜，我不是跟你說過岳父不會有事的嗎？至於你夫君嗎？更是福大命大，連掉進山崖都摔不死，看來閻王爺還不會收你夫君的魂魄吧。」說著又湊到她的耳際道：「再說，你夫君還沒有讓我的姿兒為我生八個兒女呢。」

呂姿俏臉一紅，臉上憂色消去了不少，嬌嗔道：「你有那麼大的本事嗎？」

項思龍聽得心中一樂，暫且忘記了身邊的危險，嫣然一笑道：「我的姿兒，那今晚讓不讓我與你共赴巫山呢？」

呂姿被他這樣挑逗的話羞得心頭和鹿撞般「怦怦」亂跳，卻也並不著惱，只是含羞似怨的橫了項思龍一眼。

唉，時間要是永遠停留在這樣的時刻，那會有多好！項思龍看著呂姿那嬌態，忽地不知不覺的想起了曾盈和張碧瑩。

兩位嬌妻，你們現在在哪兒呢？

一行人離開沛城已有二十幾里了，路上還沒碰上劉邦，項思龍心下甚是著急起來。會不會與劉邦錯過了路呢？若果真是這樣，那可就糟透了。

曹參這時下馬來到了項思龍身邊，在眾兵士訝異的目光中拍了拍項思龍的肩頭道：「項兄弟，是不是擔心與劉邦錯過了路頭？嘿，這倒是大可放心，從芒碭山到沛縣，這是唯一的一條官道，我想既然是你通知他們來的，他們應該不會擇小路走，那樣要翻山越嶺，路程要多幾倍遠，人馬到達沛城時都會疲憊不堪，所以我想劉兄弟要去沛城，必會走此官道，我們也就定會碰上他的。」

項思龍聽他如此一說，大為放心，但卻又暗暗奇怪劉邦為何此時還未出兵？難道他遇上了其他的事情？芒碭山可就在眼前了，他若是收到消息，應該帶領人馬出山了！

心下百思不得其解，不覺悶悶不樂起來。

曹參見著項思龍無精打采的沉默無語，心中雖有很多的話想與他細聊，但一時也不知怎麼起口。

氣氛一時靜了下來。

呂姿、呂雉兩姐妹與大白小白的嬉笑聲，把項思龍驚覺了過來，看到曹參黯然苦臉的望著自己，不禁尷尬一笑道：「曹兄，剛才真是……」

曹參見他精神似好了些，打斷他的話道：「項兄弟娶得如此嬌妻，可也真是好福氣呢。」

項思龍嘿嘿一笑道：「哪裡！像曹兄這樣領兵出征才讓人羨慕呢。噢，對了，曹兄，蕭大人有什麼話叫你傳我沒有？」

曹參微笑道：「他只叫我保護項兄弟，其他的說你會自有安排。」

項思龍對曹參的親切甚是歡喜，正想說些什麼，忽見一兵士策騎奔來，躍下馬恭身道：「報告大人，前面路口發現一具死屍，似是被人用利劍刺死。」

項思龍和曹參同時一驚。

莫不是劉邦他們出了什麼意外？但又怎麼會只有一具屍體呢？

曹參喝了聲「開路」，同時對項思龍道：「項兄弟，一起前去看看吧。」

來到死者跟前，項思龍失聲驚叫道：「呂貴？」

原來這死者竟是項思龍派往黃桑峪去通知劉邦前去沛縣之人。

他怎麼會被人殺死在這芒碭山路口呢？難道……難道溫雄早就派人監視了他們？所以派人暗中跟蹤呂貴，找到劉邦等人的藏身之處？可是為什麼又在剛進山口的路上就把呂貴殺了呢？是不是呂貴發現了跟蹤的人，所以就跟他們打了起來，才被殺呢？可是看這呂貴身上的劍口似是被一劍所殺，並沒有什麼打鬥痕跡。呂貴在呂府所處武功的高低而言，身手也很是不弱，一般劍手定不可能一劍使他斃命，難道這裡有了什麼高絕的劍手？可是看那溫雄手下，除了王翔或能一劍刺斃呂貴外，其他的人都不可能有這麼高的劍法。

那這到底是怎麼回事呢？項思龍只覺著一種危機感向他襲來。

曹參見著項思龍面色凝重，馬上感覺這死者肯定與項思龍有關，驚疑的道：「項兄弟看出什麼問題來了嗎？」

項思龍眉頭緊鎖，沉吟了好一陣後才沉重的道：「死者是呂公府裡的一名武士，是我派到芒碭山去通知劉邦前往沛縣，準備舉行豐沛起義的。」

曹參聽得心裡猛的一震，呆了呆，苦惱動容道：「那……劉邦他們豈不有危險了？」

項思龍沉重的點了點頭，冷靜下來沉聲道：「就連我們前面都會有麻煩找上門來。當然，他們主要針對的是我。」

曹參堅毅的道：「無論將要發生什麼事情，我曹參一定都會拚死保護項兄弟的，這是蕭大人的吩咐，我一定要不負所托！」

項思龍頓感心頭一種異樣的感情在升騰，緊握住曹參的雙手，雙目赤紅的道：「謝謝你！曹兄！」

隊伍已經進入了芒碭山。

愈往山腹走，林木愈趨茂密。太陽逐漸往西山落去。

項思龍心神忽然有一種不安寧的感覺，似乎總覺身後有人跟蹤他們，並且這種感覺隨著夜色的漸濃愈來愈強。

這到底是什麼來路的人呢？竟能在神不知鬼不覺的跟了他們三四個時辰而還沒有讓人覺出一絲痕跡來？

項思龍把這種感覺告訴了曹參。

曹參色變道：「什麼？竟有人跟蹤我們三四個時辰而沒有讓我們發覺？這人

定是對這芒碭山十分熟悉了。」

項思龍忽然失聲道：「不好！敵人就是想利用熟悉這裡的地勢來擊破我們！我們現在處境更危險了。」

「啊！」一聲慘叫，劃破了荒原田野的寧靜，更證實了項思龍想法的正確。隊伍頓時混亂起來，人心惶惶。

曹參聽項思龍的意見，叫眾士兵趕快點起火把。

項思龍心裡知道這樣一來，自己一行目標更是暴露了，但本身就是敵暗我明，如此也可起到安定人心的效果，也是沒有辦法的辦法。

項思龍看了一眼那已然斷氣的士兵，卻見他胸前插入了一支長箭，箭身射入身體差不多有二十來寸深，心裡暗暗吃驚，想不到敵方竟有如此臂力之人。

看來此行更是凶險了。

呂姿緊靠在項思龍身上，臉色蒼白，目光恐懼的望著心事重重的項思龍，似乎想從他那裡尋找一絲安全的感覺。

項思龍無意中看到大白小白，心念倏地一動。

何不派牠們去偵察一下敵蹤呢？大白小白的身手非是一般高手所能敵得，且牠們一直都在峽谷裡長大，自是熟悉山地偵察了。

這樣來雖是讓牠們冒險了點，可現在卻也實在想不出他法來。

若是始終都不知敵蹤所在，那自己這一行人，必定會全部不明不白的死在敵人的暗算之下不可。

想著心愛的呂姿和情深義重的曹參，項思龍咬了咬牙，狠下心腸走上前去疼愛的撫摸著大白小白毛茸茸的腦袋，心中如刺般的痛。

對著牠們指手劃腳的低語一番，二白反是大為高興主人能派出任務讓牠們去做，低低的嗚叫兩聲後，身形如閃電般沒入叢林中。

第二章　深山遇襲

夜色愈來愈濃，稍稍的風吹草動都讓人覺著膽顫心驚的。

山野裡的殺機是更深更重了。

項思龍眉頭緊鎖，感覺心中沉重如鉛。

這次遇上的敵人太可怕了，竟然讓人難以找出一絲的頭緒來。

一直沉默不語的曹參忽然道：「項兄弟，我有個提議，就是我們現在化整為零，兵分多路，如此一來敵人就不知追哪一隊才好，我們逃起來也靈活多了。」

項思龍靜默起來，咀嚼起他的話。

這樣一來，眾人勢力分散，更給了敵人可乘之機，或許會被各個擊破。

但是敵人的目標似乎主要在自己和劉邦身上。如果是溫雄派的人，曹參就大有機會逃出。那麼自己把呂姿、呂雉她們交給曹參，自己也就少了後顧之憂，可以盡力與敵人一拚了。

並且敵方的人數似乎也並不多，否則早會對自己一行發動攻勢了，這樣他們若要分頭追擊自己等，勢力也會分散薄弱起來，勝算也就不會太大。那麼自己一行分散開來後，敵方定會派主力追蹤自己，曹參、呂姿他們也就可有驚無險的安然逃離這充滿凶險之地了。

想到這裡，項思龍斷然道：「好！我們就這麼辦！曹兄你帶上八十名兵士拆返出山，我帶上其他人繼續往山腹前行。對了，呂姿、呂雉她們就交給你了。」

曹參明白項思龍捨身引開敵人的意識，大急道：「這怎麼行呢？我是誓必跟著項兄弟共同抗敵的！叫我一個人去逃生，我怎麼也不會幹！」

項思龍目光灼灼的盯著曹參，一字一字的道：「曹兄也不想我們全軍覆沒，怨死在這山野吧。要知道，我們現在已形成了進退兩難之勢，唯有此法，我們才或有可能逃生。」說到這裡又緩和語氣道：「曹兄，你放心吧，我項思龍絕對不是那麼好相與的！」

曹參知道項思龍意念已決，自己無論再說什麼也不可能使他改變主意，當下緊咬了一下嘴唇，道：「那項兄可就請多多保重了。」

項思龍沉重的點點頭，轉過身去，卻見呂姿就站在自己身側，聽到他們的話，這時已哭得淚人似的，撲到項思龍身上緊抱著他，賴死不肯離開項思龍。

項思龍只得收拾心神對她一陣好哄，才使她滿面慘苦的隨著曹參怏怏去了。

項思龍恢復了冷靜和敏銳，威嚴的橫掃了一下眼前的四十多個兵士，沉聲道：「各位兄弟，我想大家都明白我們現在面臨著的險境，對方是一夥神秘莫測的強敵，我們只有誓死與他們一拚，或許還可能殺出一條生路。僥倖敵人不再來犯的心理是不應有的，懼怕逃跑的行為更是不智，敵人為了達到他們的目的，絕對不會放過我們這裡每一個人，所以我希望大家在這危機四伏的境況裡都能沉著下來，團結一致的去與敵人相抗。我們的隊伍絕不可以混亂，否則大家都要葬身在這荒山野嶺之中。」

項思龍知道現在最重要的就是鼓舞士兵們的士氣，激發他的鬥志，所以說出了此番要使士兵們抱著「置之死地而後生」的心理的話來。

眾兵士沉默的聽完項思龍的訓話後，果然臉上又都恢復了堅毅的鬥志來，他們從項思龍的話裡已經知道此刻自己等已被逼上梁山，想逃都逃不了了，現在唯有與敵人拚死一戰，才或可有得一線生機。

項思龍哀歎的再次看了一眼這隊不知能有幾人可逃得生還的秦兵，心中忽的湧起一種怪怪的感覺來。

在這個尚還是弱肉強食的時代裡，武力和強權自是解決一切問題的最好辦法。但是在這個爭權奪利的時代裡，卻又有多少人的生命，被利用來建立王者的武力和強權呢？

這就是戰爭的罪惡啊！生命在這個時代裡竟是如此的不被重視！但是人人的生命對自己來說都是可貴的啊！否則人類怎麼會有恐懼死亡的心理呢？難怪詩人拜倫說：「我寧可孤立，也不願把自己的自由同王權交換。」

唉！這句話說得多麼的深刻啊！如果有朝一日自己找著了父親……

項思龍正這樣心潮起伏的胡亂想著，忽聞正北面三四百米遠的山頭上傳來大白小白尖厲的叫聲，心中一驚，知道牠們此刻已經發現了敵蹤，且與敵人打鬥了起來。忙帶領眾兵士往發聲處趕去。

眾人凝神戒備，小心翼翼的往北面山頭行走去。項思龍走在最前頭，已拔出了尋龍劍，一雙銳敏的雙目向四周搜尋著敵蹤。

大白小白發出的尖叫聲愈來愈近。眾人的心神也愈來愈是緊張。

項思龍早叫眾武士滅去了火把，這時視線朦朧一片。倏的聽得一陣「哩哩」箭響聲，項思龍心下大驚，知道敵人已發現他們逼近過來，發出冷箭來阻止他們前進，忙展開「破箭式」隔開了射來的厲箭，但還是有兩名秦兵被箭射中，慘叫出聲。看來敵我雙方的正面交鋒就要開始了。

項思龍下令眾人全力行進，不一會就隱約見到大白小白正與敵方二人搏鬥著。敵方似知道行藏已露，也不想再裝神弄鬼，肆無顧忌的點著了火把。

眾人頓時眼前一亮。燈火映照下，項思龍看清了敵人正站在一處空曠地上，也只有五六十人之數，不知旁邊樹叢之中隱伏有人沒有。

再舉目往敵眾望去，項思龍只覺其中一人讓人覺著特別醒目。卻見他魁武英偉的站在眾敵之前，劍眉斜飛，虎目閃閃生光，面如刀削，鼻樑高挺，滿面冷竣，年紀在四十五左右，渾身散發出一股迫人的殺氣來。讓人覺著他身上蘊藏著一股巨大的爆發力量。

看來此人定是眾敵之首了，看他身上隱隱發出的氣勢，武功一定高強，且力大無窮，自己可得小心點應付。項思龍暗暗收斂心神，甚是想不透這幫人為什麼要追殺自己等人。

那中年老者此時也正細細的打量著項思龍，覺著他的身形甚是熟悉，但一時又想不起像是誰來。兩人的目光碰在一起，各自皆是心驚。

項思龍覺著這中年老者的目光，似初識管中邪時看他的目光一樣，像要把他溶化了似的，讓人不敢逼視。中年老者卻是覺著這目光更是熟悉，像是自己非常親切的一個朋友的目光一樣深邃，讓人覺著他深不可測。

二人你盯著我，我看著你，互視了好一會才把目光移開。

項思龍此時往戰場望去，卻見大白正對付著一個三十左右的粗眉漢子，似是沒盡全力，遊刃有餘，見著項思龍，發出歡快的尖叫。小白境況卻是不大好，手臂已然受傷見血。

牠的對手是一個身手非常靈活的中年漢子，任是小白怎樣快捷的撲擊，均都被對方避過，這時見著項思龍，甚覺在主人面前失臉，連連厲叫，一雙巨掌上下翻動，身體縱躍，快若閃電，眾人只見著一團白光轉來轉去。

中年老者看得暗暗心驚，知道己方之人都將要敗下陣來，忙喝道：「趙大，四弟，快退回來，你們也不是牠們之敵。」

項思龍聽到這話，知道二白方才已勝過一場，心下高興，忙也喚回牠們。場中搏鬥的兩人、二猿似是皆都沒有盡興，但聽得命令，皆都停下，退回自己陣營。心下甚是有氣。

那身手靈巧漢子衝著中年老者氣呼呼的道：「二哥，再過一會兒，我就可打敗那孽畜了，你幹嘛叫我退回來呢？」

那叫趙大的倒是靜站在一旁，垂頭喪氣恨恨的瞪著大白。

中年老者沒有回答，逕自走上前來幾步，冷冷的盯著項思龍道：「想不到閣下竟還有如此身手的兩個好幫手，那自身功夫自是更為高強了。只是憑你這樣的條件，幹嘛要去助那個流浪漢劉邦呢？我看你自己有足夠的能力自立起事。」

說到這裡頓了一頓，又道：「閣下如果願意歸順我等，自會予你享之不盡的榮華富貴，美女黃金任君拿取，閣下意下如何？」

項思龍沉默了一陣，心念一動，自己何不藉此機會探聽一下他們的來歷呢？想到這裡，沉吟一番，裝作被誘惑的樣子道：「這位兄台開出的條件確是讓人心動，但是吳廣也曾對我說過這樣的話，我沒有應允，因為我看出他乃一介草莽之輩，成不了什麼大業。現可不，他果也被他屬下殺了。兄台若是想收買我，自是得說出讓我心悅誠服的條件來，比如可以說兄台的後台是誰，若是陳勝或項梁，我或可考慮考慮。」

中年老者聽他這話，暗暗佩服他的才智，但是三弟項少龍曾咐囑過他絕對不可說出自己來歷，否則軍令處置。要不然倒真會說了出來，但是他始終想不明白項少龍為何叫他帶上荊俊、趙大、烏果等大舉作勢來刺殺劉邦。

劉邦現在還只是一個小角色啊，他們也只是到了這沛縣才聽說起劉邦來，倒是項思龍的傳說讓他們更是注意些。

再次盯了項思龍好一陣，中年老者才緩緩道：「這個恕我不可說出，因為我方將軍曾吩咐過我等不可說出他的來歷。」

項思龍心下甚是失望，又激將的淡淡道：「那麼閣下等或許也只是藉藉無名之輩了，則也請恕我不能答應你的請求。」

老者心頭火氣大發，冷笑一聲道：「但總比那縮頭藏尾的劉邦勢力強大得多吧，閣下想必知道『良禽擇良木而棲』這個道理，你跟著一個不學無術的無賴之徒又有什麼前途可言呢？我看你在他身上只是枉費工夫而已。」項思龍對他的這番話不置可否的冷笑一陣。

自己心知肚明劉邦將來是一統天下的漢高祖，無論你們這些人是何方神聖，如若與劉邦作對，到頭來定是有苦頭吃，我跟著劉邦才是明智之舉呢。

項思龍心下想來，當下冷冷的道：「人各有志，閣下何必強人所難呢？我看閣下是要擒殺我和劉邦吧，但我著實想不通我們跟你根本就不相識，閣下為什麼要刺殺我們？」

老者見項思龍把話已挑明，也就不再多說些什麼，冷聲道：「我等也是奉命行事，既然閣下不聽我之良言相勸，那也就沒有什麼好說的，我們就以武功來見個高下吧。」說罷，在腰間拔出一把通體黝黑的木劍，全神貫注的盯著項思龍，目無表情，一雙巨目射出森森寒光，緩緩道：「閣下請拔劍吧！」

項思龍在對方拔劍的一刻，頓覺一股殺氣迫體而來，忙也屏息靜氣，拔出尋龍劍，橫胸作勢。驀的只聽得對方暴喝一聲，閃電衝前，木劍彈上半空，迅急砸掃，發出破空的呼嘯聲，其勢威不可擋。

項思龍不進反退，施出了「雲龍八式」中的「旋風式」，尋龍劍吞吐不定，快若電閃，大開大合，劍氣如山，凌厲威猛的迎擊過去。「噹」的一聲，響徹山野，兩人均退兩步，劍鋒相對而立。

項思龍覺著對方臂力之大遠超自己的想像，剛才兩人硬架一劍，手中尋龍劍差點被對方給震脫，虎口現在亦也是劇痛不已。看來只有避重就虛，以劍法快捷跟對方周旋了，但是對方的劍勢守立得似乎無懈可擊，且攻中有守，守中兼攻，倒確是自己自田橫、陳平以來所遇到的又一劍道高手，但是對方的劍法卻比他們兩人更具穩重。

中年老者亦也是暗暗心驚，想不到項思龍的劍法竟如此的凌厲快捷，且劍招中含蘊著無窮的變化。方才自己若不是中途改施墨氏補遺的三大殺招之一的「以守為攻」，或許真是難以招架了。

兩人凌厲的眼神緊鎖交擊著，彼此都含蓄著下一招的凌厲攻勢。

倏地兩人同時冷喝一聲，劍勢隨著身形大起，眾人卻見兩團劍光凌空而起，很快交合。

「噹噹噹」劍來劍往，響聲不絕。項思龍已連續旋展出了「雲龍八式」中的前五式，兩人招招強封硬架，使得項思龍被對方沉重的木劍震退出了有五六步之遠，才強行穩住身形，手臂上和背脊上卻已有著幾處劍傷冒出血來。

對方也好不到哪裡去，雖然仗著臂力過人，逼退了項思龍快捷凌厲無比的劍招，但是自己卻也連施墨氏三大殺招，招險險逼退對方，且身上也已被對方快捷劍鋒劃破了十多處。

兩人都是棋逢對手，將遇良才了。彼此都暗暗佩服對方。

局勢又僵了起來，各自都不敢冒進劍。

全場亦也一片肅然，都緊張的靜待著這兩大頂尖高手的第二輪交鋒，倒似忘了你我的敵對之勢。

火光把二人的臉上都映照得威嚴神聖，冷漠無比。

再次橫劍挺立，穩如山嶽的項思龍，長嘯一聲，側聲進步，旋展開「雲龍八式」裡最具殺傷力的「天殺式」和「乾坤式」，尋龍劍閃電般擊向中年老者。

場中頓時驚呼四起。

中年老者亦也大吃一驚，想不到對方還有著如此匹厲的劍招，臨急之下倏刻想起二弟項少龍傳給他的百戰刀法，以劍作刀，身體有如虎豹，彈躍快速，劍勢更是氣勢大盛，招招無一不是以命搏命，狠辣之極。

這一出手，兩人劍勢均是強猛無比，招招殺著，有若風雷併發。剎那間，兩劍又是交擊了十多回，「噗噗」之聲，使人聽得心弦震撼，狂跳不止。

兩人愈打愈快，也愈打愈心驚，均感對方劍法神秘莫測，威猛絕倫，都已到了劍道大成之境。「噗」的一聲清響，兩人都無功而退，雙目驚駭的望著對方。

又成遙對之局。

全靜靜至落針可聞。

只聽到兩人均都難以忍藏的劇烈喘息聲。

項思龍胸前被對方木劍深刺了一記，鮮血「咕咕」直流。

中年老者左手被項思龍尋龍劍猛砍兩劍，幾欲斷裂，胸前亦也是冒出血來。

兩人均都面色蒼白，目中陰冷的盯著對方。

中年老者忽的又深切的感覺項思龍的目光非常熟悉。

對方，像三弟項少龍的目光！連身形也像他！難道……難道他與三弟有什麼關係?中年老者覺得心猛的突劇跳起來，竟愣愣的看著項思龍，連身上所受的重挫也暫忘卻了疼痛。

三弟在他心目中一直都像是一個霧般的謎，對於他的出身來歷，沒有人知道。對於他的絕世才智，卻沒有人不敬佩。連不可一世的秦始皇都是他三弟一手所締造出來的，在三弟周圍眾人的心目中，三弟是一個神聖不可捉摸的人物。

但是現在眼前的項思龍的那種目光，那份氣勢，都讓他感覺像極了項少龍。難道他也是一個像三弟一樣可以締造歷史，覆手為雲，翻手為雨的人?

中年老者的心如海濤般的澎湃著，心頭只覺一股涼氣直往上湧，精神逐漸渙散下來，口中喃喃的對正欲衝出與項思龍拚命的荊俊、烏果等道：「不可作也……」話沒說完，只覺眼前一黑，昏死過去。

項思龍也覺體力漸漸不支起來，意識逐漸模糊，耳際只聽得大白小白的尖叫聲，隨後就不知所以了。

項思龍悠悠醒來時，第一眼就看到呂姿望著自己的一雙淚汪汪的眼睛。

這是怎麼回事?她不是和曹參在一起的嗎?怎麼……項思龍只覺心頭一震，掙扎著坐起來，但覺胸口一陣劇痛，又躺倒在了榻上，呻吟出聲來。

呂姿見了又驚又喜，大急道：「龍哥，你醒了？不要亂動嘛！瞧你……」，說著用一塊絲巾輕輕擦著項思龍額上痛出來的冷汗。

項思龍過了好一陣才緩痛過來，再次睜開眼睛看著呂姿，脆弱的道：「姿兒，這是什麼地方？你怎麼也在這兒？」

這時只聽得門口處傳來一陣爽朗的笑聲道：「項兄弟，你沒事了？真嚇了我們一大跳！噢，這裡是呂府啊！我們又回到沛縣來了。」

原來曹參他們一行與項思龍分開後，一路上風平浪靜的退出了芒碭山，連一個伏敵也沒遇上，曹參愈想愈覺得不對勁兒，難道敵人全都追蹤項思龍去了？如若這樣，那他現在豈不是危險得很？想到這裡心中大驚，忙率領人馬掉轉過頭來，再次往芒碭山迅速行去。半路上遇到了身負重傷的項思龍被大白小白抱著，也正在回趕走，於是……

項思龍聽了，緩過一口氣來，問道：「管公怎麼樣？他沒事吧？」

這時聽得屋外傳來一陣大笑道：「我沒事！我的好女婿，你應該多多保重自己的身體才對。」說到這裡，管中邪已站到了項思龍榻前，他身邊還站著笑意盈盈的蕭何。

項思龍心裡覺著大是奇怪，那縣令溫雄怎麼會忽發善心放了岳父管中邪呢？

心下正這樣想著，蕭何已用一種敬服的語氣道：「還不是項少俠的神威！竟征服了那滿肚壞水的王翔，是他叫溫雄放過呂公的。」

項思龍聽了只覺心裡有著一種怪怪的感覺，一種更深沉的危機感向他襲來。王翔難道與那中年老者是一夥的？那麼沛縣城裡定有他們的許多暗伏，劉邦要來攻打沛城更是難上加難了。看那老者的姿態，背後定有強大的實力。究竟是什麼原因，他們竟要與現在還是藉藉無名的劉邦爭沛城，且還要刺殺劉邦呢？

項思龍模模糊糊的也想不出個所以然來，但心中卻是沉重異常。

管中邪這時道：「思龍，你現在好好養傷吧，你已經滅了那幫神秘人物頭領的銳氣，看情形，他們在近段時間不會對我們發動什麼攻勢了。劉邦那邊我親自去了那裡，叫他們做好了嚴密的防守，我也已帶了一百多個我府裡的家丁，和蕭先生、曹參等人推薦來的壯丁到峪裡交與劉邦訓練，那小子也正不錯，把你教給他的那一套全都活學活用到實際上來了。嘿，現在的黃桑峪雖只有二三百人，但即便是二三千的兵馬放去，也攻不破他們的防守啦。」歡欣之色溢於言表。

項思龍聽了心中也是大慰。劉邦果然沒有辜負他的希望，其聰明和才智確也是超人一等。自己一定要幫助他成就萬世流芳的事業！

管中邪接著道：「思龍，大家都是在等你把傷養好後，起來主持大局呢。」

項思龍受寵若驚道：「岳父，這話怎麼說呢？我比起你和蕭先生等人的資歷可就差得遠了。」

蕭何哈哈笑道：「目睹你絕世劍法的眾兵士，都說要跟定了你呢！思龍，你現在是眾望所歸，我們既然決定謀反，核心力量就是你了。我看你一定可以締造歷史的。」

項思龍覺著自己肩上的擔子更重，歸望所歸！締造歷史！多麼艱鉅的使命！但一個人只要轟轟烈烈的在這世上活過，也就不枉來到這世上一遭了。

項思龍只覺呼吸急促起來，又昏了過去。

項思龍的傷勢經過十多天的休養，基本上康復過來了。

這兩天來，項思龍的心情總是被著一種異樣的情緒激動著。

劉邦已經手不血刃的拿下他的故鄉豐邑，他的人馬已經發展到了一千五六百人，現在他已駐軍豐邑鎮城，正式舉起反秦義旗，日夜操練兵馬，且深獲豐邑老百姓們的敬愛。

劉公和美蠶娘他們現在定是高興得很吧？項思龍心下暗自微笑，覺著渾身的舒暢。

至於溫雄和王翔這些天也沒有來找他們的什麼麻煩。不過，項思龍心裡對那王翔可時刻警惕著，他覺得一種「山雨欲來」前的沉悶。

管他們玩什麼把戲呢？劉邦可是殺不死的，他們可都是白費心機。要不然歷史也就不會這麼寫了。

項思龍亂七八糟的思想安心了些，伴著呂姿在管府的園子裡漫步而行。

呂姿溫柔得像隻可愛的小貓，深偎著項思龍。

項思龍幾次遇險受傷的死裡逃生，使她心裡不安起來，她深深的害怕失去項思龍，所以盡展女性的溫柔，讓他能在繁雜的事務中閒暇來時，從自己身上多獲一份女人的樂趣。

這刻，呂姿輕咬著項思龍的耳垂，吐氣如蘭，目含春情的看著項思龍。

項思龍覺著自己男性生理上的反應在呂姿的挑逗之下，頓時雄起來，端起她柔嫩的臉蛋，在那櫻桃小口上痛吻起來。

呂姿竟也不避諱，就這樣與項思龍在園子中的亭子裡與他唇舌纏起來。

就在兩人濃情似火的箭弦時刻，忽聽得不遠處傳來幾聲咳嗽之聲。

兩人嚇了一大跳，忙分了開來，都臉頰通紅的向發聲處望去。

卻見管中邪正似笑非笑看著他倆。

呂姿立時大窘，低頭飛快離去。

項思龍紅著臉低頭走到管中邪跟前，訥訥道：「岳父……有什麼事嗎？」

管中邪哈哈一笑後，臉色又陰了下來，沉聲道：「王翔來到了府裡，說是找你有什麼話談。」

項思龍心下一緊，覺著甚是意外。他來找自己有何事呢？

項思龍隨著管中邪去客廳見王翔。

兩人走進廳門，卻見王翔正坐立不安的在廳裡踩來踩去。

項思龍走上前去，看了他一眼冷冷道：「不知王先生找在下，有何要事？」

王翔站定，沒有回答，目光銳利的狠盯著項思龍，似搖頭又點頭的沉默了好一陣，才緩緩道：「項少俠可以與我借一步說話嗎？」

管中邪聽得心頭火起，知他話意是嫌自己礙事，狠狠的瞪了他一眼後，方才退出廳去。

項思龍心裡想著，你遲不來早不來，偏偏這時候來，壞了老子的好事，當真是令人著惱。哼，倒不知你此來葫蘆裡賣的是什麼藥？

王翔這時平靜了情緒道：「不知道項少俠是哪裡人氏？可否說與王某知曉？

當然，我知道項少俠與我有著許多嫌隙，但此刻我希望不要談著那些事情。」

項思龍心念電轉，難道他們那方的人，有人把我當作了項少龍的兒子？難道他們中有人與自己父親也是熟悉的？

項思龍想到這裡大感奇怪，自己的容貌已經毀了啊！認識自己父親的人也不應該會有這等想法，他到底在搞什麼玄虛呢？對了，自己何不如此這般的試探他一下來著？

原來項思龍忽然想到了美蠶娘與父親初次相遇的桑林村。

沉吟了一番後，項思龍才淡淡的道：「閣下問這事何來著？是不是想與我相什麼親啊？嘿嘿，若真是這樣，我倒是多多益善的。」頓了頓又道：「我原是桑林村人，後搬到了這沛縣。現在閣下知道了就該滿意了吧。」

項思龍說完這話後就一直看著對方的臉色，卻見王翔聽了毫不驚異，只是略略沉思，臉上木然。項思龍大感失望，徹底的知道對方與自己父親項少龍毫無關係，當下又冷冷的道：「好了，閣下還有什麼問題沒有？若是沒有，咱們道不同不相為謀，閣下請便吧。」

王翔聽他對自己下逐客令，不怒反笑道：「項兄弟何必如此光火呢？我還想問你一句話，你為什麼要幫劉邦這個無賴人物？」

項思龍冷笑道：「那我也請問閣下一句，你們為什麼要刺殺劉邦？」

王翔心裡一震，這一點他和滕翼等都追問過項少龍，但是項少龍拒而不答，只是密令他們來刺殺劉邦，且要他們絕對不可洩露己方的行藏和底細，這下聽得項思龍如此問來也不知怎麼回答，不由得心頭大燥的冷聲道：「項少俠只要回答我的問題就是了，何必說話挑刺兒呢？」

項思龍心中升起莫名火來，哈哈大笑道：「閣下說出這等話來是什麼意思？天下間可沒有只許你問我，不許我問你的道理。」

王翔厲喝道：「項思龍，你最好回答我的問題，否則……哼，我們對你可是夠容忍的了，若不是二哥下令不准我們傷你，你這十多天來可以安心養傷嗎？」

項思龍聽了大怒，暴喝道：「你這是威脅我嗎？哼，你以為在下是那麼膽小的人嗎？告訴你，無論你們是什麼來頭的人物，我項思龍也不會懼怕的！」

王翔聽了也是一陣大笑，沉聲道：「好！夠氣魄！項少俠既然如此說來，那在下就告辭了。」

管中邪的聲音在門口響起，陰冷的道：「你以為我呂府是什麼地方？任得閣下想來就來，想走就走的嗎？」

王翔目中厲芒一閃，道：「難道呂先生想把我王某留下來嗎？」

管中邪大喝道：「正是！」

拔劍正欲衝上前去與王翔廝殺，項思龍喊住了他道：「岳父，咱們不可如此為難他，否則會叫人說我們以眾欺寡。現在我放他出去，待得日後彼此明刀明槍的跟他們分個高下。」

王翔聽了大喝一聲道：「好！項少俠果然令人欽佩，我王某今日敢獨身來呂府，就是想斗膽試一試項少俠的豪氣。好，王某沒有看錯人，今日蒙得項少俠不為難王某，就此謝過。」說完衝著項思龍深深一揖後，轉身離去。

第三章 戰雲密佈

管中邪心下對項思龍放走王翔甚是有點氣惱，但亦也沒有出言反對，只是橫眼冷瞪著項思龍。

項思龍走上前去微微一笑道：「岳父大人不必如此著惱。你想想，如果我們現在擒殺了他，不但會因此引起他同黨的強烈報復，致我們於危機眉睫之中，而且會影響劉邦的發展。使他的強敵下定決心快速消滅他。要知道，我們在沛城是勢單力薄的，而敵人則暗伏了不少人馬，縣令溫雄也被他們所利用；再者，劉邦的勢力還只有剛剛起步，軍隊士兵都是些閒雜凌亂之人，根本就毫無作戰經驗。所以我們拖延時間，用半硬半軟的功夫跟他們糾纏。我看他們現在已把刺殺的目標對準了我，只要我謹慎點，應該不會有什麼危險的。」

管中邪聽了心中大是釋然，哈哈笑道：「思龍真是心思慎密，我看無論是誰若要與你為敵，定都會大感頭痛。好了，我也只是一時氣憤那狗雜種王翔在我管府裡來還如此的狂傲。今天就便宜了他。」

說到這裡忽又皺眉道：「我們的處境的確是越來越嚴峻了，思龍，你有什麼辦法能緩解一下眼前的危機沒有？我們如果只守不攻，也只會是坐而待斃啊。」

項思龍沉吟了一番後道：「這個我暫且也沒有想到什麼辦法來，我看只有待蕭先生和曹都騎來了以後再商議對策吧。」

管中邪歎了一口氣道：「也只好如此了。唉，人生真的是活得很累。不過也是，如果沒有為解決困難的拚搏精神，人生又怎會有得充實呢？」

項思龍聽了心下更是煩亂之極，辭別管中邪後，就又回到房中與呂姿纏綿起來。他要借女人的刺激來平靜自己的心懷。

現實的沉重真是壓得項思龍有點喘不過氣來。

縣令溫雄在王翔的指使之下，已經派了重兵把守沛城，且日夜監視著管府。

蕭何、曹參他們已經沒有進府去與項思龍、管中邪通報消息。

管府此刻就像一個沉悶的死城。

管中邪氣得暴跳如雷道：「思龍，這樣的日子叫我怎麼過，是想悶死我們嗎？我實在是受不了了！無論走到哪裡都有屁蟲跟著，殺又不能殺他們，你叫我們怎麼做事啊？」

項思龍此刻頭腦倒是冷靜些，沉聲道：「我看他們是想用欲擒故縱聲東擊西的方法，先軟硬並施的拖住我們，另外卻派兵去攻打劉邦，所以看似諸事平靜，而實質上我們處境已經是處在燃眉之勢了。」

管中邪一驚，急道：「這樣劉邦豈不危在旦夕？我們得設法出城去幫他。」

項思龍愁聲道：「只是我們根本就沒法出城，溫雄派兵把城門守得像個鐵桶似的，就連一隻蒼蠅也飛不出去。」

管中邪道：「我們可以用易容術的嘛。」

項思龍苦笑道：「這個方法我也想過，只是像我們這般高大的人去哪裡找呢？即使化了妝，也是破綻百出，我們根本瞞不了他們。」

管中邪皺眉道：「他們何不乾脆來殺了我們呢？倒是少卻我許多的煩惱。」

項思龍正色道：「岳父，我們不可以洩氣的，愈是困難重重的時刻就愈是我們生死攸關的時刻，所以我們一定得振作起精神來。」

頓了一頓又道：「善戰者，鬥智不鬥力，溫雄、王翔兩人我看是表面上虛與委蛇相互利用，而實質上卻是互不信任，互相猜度。據我所知，王翔定是瞞著溫雄去芒碭山刺殺我和劉邦的，只是他沒想到會失敗。至於溫雄放了你，且沒有來搔擾我們，一或是受王翔的威迫，二或是想利用我們來跟王翔拚個你死我活，他就來坐收漁網之利。鑒於這些情況分析，我們就可以利用反間計，惑之以利誘之以權，把溫雄再次收為己用，與王翔他們周旋，我們就可以自保了。不過，麻煩的是我們基本上沒有機會與溫雄單獨接觸。」

管中邪也是一籌莫展。二人陷入沉思。

正當項思龍、管中邪急得團團轉的措手無策時刻，蕭何和曹參帶領著五十多名士兵來到了管府。

項管二人大喜過望。

項思龍率先道：「蕭先生、曹兄你們怎麼來這裡的？」

蕭何臉上似笑非笑的道：「王翔他雖脅迫溫雄與他合作，但我們又何不能破壞他們的合作關係？」

頓了一頓又道：「王翔現在總是迫使溫雄下令出兵豐邑攻打劉邦，但我告誡他，若如此他只會元氣大傷，成為王翔的傀儡。但如若與劉邦合謀起義反秦，引劉邦入沛城，沛城眾百姓皆會誠服，到時與劉邦一起擒殺王翔眾人自是容易得多，因為劉邦身邊高手如雲，奇人異士眾多。溫雄被我說得現在舉棋不定了。」

項思龍沉聲問道：「那王翔到底是什麼來路的人物？蕭先生探聽到沒有？」

蕭何搖了搖頭道：「這個尚還不清楚。不過王翔一夥大約有一百多人埋伏在沛城裡，個個皆都身手非凡，也不知是哪方人物，但是據我推測，他們也屬於反秦勢力，因為他們也脅逼溫雄起義反秦。」

管中邪狠狠咒罵道：「大家既然都是反秦義士，他為什麼要互相殘殺，致我們於死地呢？」

項思龍歎道：「他們主要是想刺殺劉邦和我，但是我也想不明白他們為什麼要如此做來。」

曹參接口道：「多一個義軍強敵就多一個競爭天下的對手，他們自是想瓦解劉邦起義了。」

項思龍心裡一震，又覺得有一種怪怪的感覺湧上心頭，甚是讓他恐懼，但又模糊得很。

蕭何這時轉過話題道：「我們這次冒險來找項少俠是想商量一下怎樣派人去通知劉邦，叫他轉移兵力去避一避，因為溫雄這人我始終覺得不一定靠得住。」

管中邪道：「這次我親自去豐邑。」

蕭何點頭道：「好，這樣是最好不過，也穩妥許多，但是我們現在還是首先得穩住溫雄，讓他對我們有點信心，所以我們最好能在近期之內對王翔一夥展開一些攻勢，讓溫雄也知道我們並不怕王翔他們。」

管中邪道：「可是我們現在自保還都不力，怎麼去跟人家拚？何況溫雄對我向他下毒威迫他一事還仇恨在心，他也不一定跟我們合作。」

蕭何微笑道：「他現在與王翔的處境比跟你相處時還都不如，他還有得著空閒心情記恨你嗎？我看只要我們打敗王翔，溫雄就一定會跟我們合作。」

曹參這時也道：「上次在芒碭山目睹過項兄弟神妙劍法的五十多個士兵他們現在都跟來了，他們對項兄弟敬仰不已，都誓死要跟著項兄弟，為你效命呢。」

項思龍苦笑道：「他們跟著我又會有什麼好呢？或許帶給他們的只是更早的死亡罷了。」

曹參道：「死亡對於他們而言是時刻準備著的心裡，但是他們對死亡也有自己的選擇。他們要為自己所敬服的人戰死，才覺得死得光榮，死得有價值。」

項思龍心頭大是感動，豪氣頓生的道：「好，只要溫雄不插手此事，對付王翔我們又何足懼哉？今晚我們就對王翔他們發動攻擊，至於岳父你就趁亂隨蕭先生連夜出城去豐邑。」

管中邪想有異議，但是去豐邑向劉邦通報消息，是他自己所提出來的，又怎麼能反悔呢？何況衡量輕重他也得應允，只是對項思龍等讓他擔心罷了。

事情就這麼定了下來，四人又商謀了一番對策，蕭何、曹參留下了跟來的五十幾個士兵，離開管府回縣衙而去。

夜幕終於降臨了。

項思龍留下大白小白守衛呂姿諸人，管中邪則隨蕭何去了。項思龍在與曹參約定好的暗記指示下，帶著五六十人趁著濃濃夜色去與曹參會合。

曹參見著項思龍時吃一驚道：「劉邦兄弟，你怎麼也到沛城來了？項少俠呢？」

項思龍詭秘一笑變啞嗓聲道：「我既是劉邦，又是項思龍。」

曹參一愣，領悟過來哈哈大笑且嘖嘖稱奇道：「原來項兄弟的易容之術竟是如此的神妙。我還是首次見到呢！」

項思龍一笑道：「我易容為劉邦是想藉此分散王翔等的注意力，擾亂他們的計畫，讓他們認為劉邦已來到沛城。這樣一來王翔和溫雄都會以為我們在沛城裡的實力大壯，以致要重新部署計畫，這樣管公就有得充足的時間去豐邑通知劉邦這邊的情況了，同時也可以藉以離間王翔和溫雄。一方面可使王翔懷疑溫雄是他偷放劉邦進城來對付他的，另一方面溫雄看到我們有足夠的兵力對付王翔，他則更加不會聽王翔的擺佈。」

曹參喜道：「果是妙著！」

項思龍轉過話題道：「曹兄摸清王翔他們現在人馬的佈置沒有？」

曹參皺眉道：「他們在沛城的人數似乎少了一半有多，現在有四十多人暗藏在城西的一所別院裡，似是以那個叫趙大的為首。」

項思龍聽了一驚道：「不好！他們把人馬撤出城去豐邑刺殺劉邦了！」

曹參聞言大駭道：「這……我們現在怎麼辦？」

項思龍咬牙切齒道：「我要把他們在沛城裡的人殺個精光。」

一行人來到了城西的一道僻靜巷子，目標別院就在東南附近。項思龍將五十幾人迅速分作十隊，五人一組，借著據牆和夜色的掩護悄悄的包圍了別院。

此院共分五進，中間以天井廊道相連，間中有人往來廊道間。待所有人進入戰略性位置後，項思龍和曹參及兩組戰士潛到主堂旁的花叢處。

裡面透出燈火人聲。

一名戰士潛到窗外窺視過後，回來報告道：「廳內有六名漢子，都隨身攜帶有武器，集中在東面靠窗的地席處。」

項思龍沉聲道：「其他敵人呢？」

這時在南面潛伏的一名戰士剛好趕來，聞言笑道：「南面有五間廂房裡睡了三十名漢子。」

項思龍低頭略一遲疑，繼而目射凶光，狠聲道：「曹兄你去領眾人在那五間廂房四周布放硫磺和食油，聽我暗號，就開始點火。」

曹參和那名戰士領命而去。

待了片刻，曹參那邊連續發出三聲約定好的鳥啼聲，項思龍便知道他們那邊已經佈置好了，於是下達進入攻擊位置的命令。

眾戰士從花叢與隱僻處迅速躍進，扼守住各處的門窗。

項思龍發出三聲鳥鳴。南面幾間廂房立即燃起熊熊大火。

驚叫聲四起，門窗破碎的聲音亦紛紛響起。

項思龍在大堂處首先破窗而入，落地前射出第一支弩箭，揭開了戰鬥序幕。

靠窗的一個漢子中箭慘叫倒地，其他幾人惶然慌亂的拔出佩劍，其中上次在芒碭山與大白打鬥的趙大就在眾人之中，見著項思龍又驚又急又惱，目中盡是怨毒之意。

此時南面廂房慘叫聲連連叫起。

趙大聽得齜牙咧嘴，大喝一聲道：「小子！我跟你拚了。」

話音剛落，就揮劍猛朝項思龍撲來。

眾武士架起弩弓欲射之時，項思龍喝道：「不要發箭！」

說完「鏘鏗」一聲，尋龍劍已拔在手中，一式「破劍式」揮手而出。

趙大出招完全沒有章法，招招都是與項思龍拚劍之勢。

項思龍一時也被他的猛烈攻勢擊得有點手足無措，心中一惱，「天殺式」隨意揮出。只聽得「噹噹」幾聲劍碰之響，接著就是一聲慘叫，卻見趙大持劍手的手腕齊腕而斷。

項思龍強壓住胸中的殺意，冷喝道：「你們都給我束手就擒吧，否則！哼……」目中盡是深深殺機，令人不寒而慄。

眾敵皆被項思龍氣勢所迫，鬥態崩潰下來，棄劍投降，趙大這時卻已痛過昏死過去。

此戰不費一兵一卒就大獲全勝，眾兵士對項思龍更是敬若天神，死心踏地。

項思龍心中雖覺怨氣大洩，但整個身心卻也覺著甚是虛脫。

我這是怎麼的了？今天的殺機竟如此旺盛？難道我往後的日子都將如此過著

嗎？那簡直是太過殘酷了。

不，我這樣殺人，也是為了自保啊！在這樣以武力解決一切的時代裡，如果你不殺別人，別人就會來殺你。

項思龍歎了一口長氣，想著劉邦心中甚是沉重起來。

王翔派去豐邑的人會不會刺殺死了劉邦呢？以那中年老者的身手，只要以奸計要刺殺劉邦也不是難事。劉邦會不會增強防衛呢？我們這麼多天沒有去跟他聯絡，他應該會生疑我們在沛城裡遇到麻煩了。項思龍心煩意亂的尋思著。

不，劉邦一定會沒事！他是統一中原的漢高祖啊！難道……難道有人識破了此天機？項思龍心下一陣抽搐，他強迫著自己不要再往下想了。

但是項思龍心中那種模糊朦朧的感覺卻是愈發清晰起來。

難道是……難道是父親……

項思龍想得頭痛欲裂的大喊一陣，精神清醒又是模糊。

呂姿被他的大喝聲驚得一跳，走上前來摸摸項思龍的額頭，感覺有點燙手，溫柔的道：「思龍，你是不是病了？我去開些藥給你喝吧。」

項思龍猛的一把把她抱住，喃喃的道：「姿兒，我剛才做了一個好可怕的夢，我夢見我蒼白的手在暗夜裡，摸著我靈魂的屍體，在撕裂我屍體的衣服，還有，還有我屍體忽的睜開一雙陰冷的眼睛，瞪著我蒼白的雙手，還有，還有……」項思龍邊說著，竟已沉沉睡去。

翌日清晨一大早，就有兵士來報王翔來府。

項思龍心下一陣冷笑，進入客廳內輕品茗茶，漫不經心的思量著王翔的來意及自己的對策。

昨晚上偷襲他們隱藏別院的事，王翔一定已經知道，這回定是氣得屁股冒煙了吧。至於被俘的六人，五人禁不住酷刑招架，竟咬破牙齒裡暗藏的毒藥，自殺而死，對於趙大幸虧項思龍見機得早，卸了他的下巴，使他計謀自殺沒法得逞。

但怎知他們派去豐邑那邊的人把劉邦怎麼樣了？希望千萬不要出什麼問題。

項思龍正這樣尋思著，王翔已雙目狠毒的盯著項思龍，走到了他的對面，冷聲道：「項少俠可真有雅興，竟然有心情品茶。」

項思龍心下一突，表面平靜的道：「人逢喜事精神爽嘛，大洩了一番這些天來所受的鳥氣，自然應該放鬆一下。」

王翔心下氣得咬牙切齒，但竟然微笑起來道：「項少俠可知劉邦他……」

王翔的話還沒說完，項思龍就壓不住心下的冷靜，阻住了他的話狠聲道：

「你們如果動了劉邦一根汗毛，我今天就要你橫著出去，且要讓你們所有的人屍骨無存。」

王翔聽得前脊樑直冒冷氣，哈哈一笑穩住情緒道：「項少俠還沒聽我把話說完呢？怎麼，你這麼關心劉邦嗎？我是想告訴你，我們已抓住了劉邦的父母兄嫂，如果你不交出劉邦的話，我們就把他們全給殺了。哼，劉邦已經不在豐邑城裡，連他的人馬都撤走了。昨晚你們燒焚別院時，我們有人親眼見到劉邦和曹參在一起，嘿嘿，項少俠，你還想說你沒見到劉邦嗎？」

項思龍聽得他這番話心懷大暢，愁雲盡去的豪氣道：「你們也有趙大他們在我手上呢？何況今天我也要把你留下。」

王翔聞言一驚，冷笑道：「項思龍，原來你也會耍小人行徑。枉我還把你看作英雄呢！既然如此，你就出招吧。」說完拔劍橫胸作勢。

項思龍心下感覺慚愧，但情勢已是身不由己，若不擒住王翔，自方這方的籌碼就不夠資格跟敵方談條件。王翔是敵方中舉足輕重的人物，他們不會不考慮一下。想到這裡，項思龍挑起一陣劍花，尋龍劍似靈蛇般攻向王翔。

王翔劍術也不弱，劍勢一轉，斜劈向項思龍的腰部，竟是與項思龍同歸於盡的打法。

一陣金鐵交鳴聲連串響起。

「鏘」的一聲，項思龍劍回鞘內，冷笑看著王翔。

卻見王翔手中長劍雖仍遙指項思龍，但手腕處鮮血直流，臉色蒼白，額頭打橫現出一道整齊清楚的深深血痕。身體一陣搖晃之後，劍撐地上穩住欲倒下的身形，目光狠毒而又駭然的盯著項思龍。

項思龍抱拳道：「承讓了！」接著叫來武士把他捆綁起來押了下去。

項思龍擒下王翔後，正好準備去後廂房與呂姿一起用早膳，卻忽的聽得府門傳來一陣人聲吆喝聲和劍擊聲，心神一驚。

怎麼王翔他們那邊的人找上門來了？想著忙出了大廳往府門外走去。

二十多個武士正圍著十多個人在府門處打鬥，正是上次在芒碭山上追殺項思龍的中年老者一行。

項思龍大喝了一聲道：「住手！」

眾人聞言就收起劍，分成兩邊對峙之勢，目光都朝項思龍望來。

項思龍望著中年老者，臉色陰沉，冷冷的道：「閣下找上府來有何貴幹？」

中年老者目光厲芒暴長的盯著項思龍，沉聲道：「在下等是來找王翔兄弟的，不知閣下把他怎麼樣了？」

項思龍冷笑道：「我已經擒下了他，怎麼樣？」

中年老者大怒道：「你……」似是想大發火光，但又忍了下來，語氣平緩道：「我們對你並沒有惡意，項少俠不知可否賣個面子放過他，只要放過了他，那我們之間的恩怨就一筆勾消。」

項思龍雖對這老者曾在芒碭山放了自己一次很是感激，但想著他是劉邦的勁敵，自己就決不能軟了心腸向他們屈服，當下決然道：「這個恕我不能答應。不過，我們可以來談談條件。」

中年老者強壓心頭怒火，沉聲道：「談什麼條件？項少俠說來聽聽。」

項思龍道：「你們不是擒住了劉邦的父母兄嫂？我們可以彼此交換人質。」

中年老者忍不住喝道：「你不要逼人太甚，我對你是夠容忍的了，三番兩次的放過了你，要不然你還有得命在嗎？」

項思龍略一拱手道：「這個人情在下自是銘記在心，我也會放過你三次以作償還的，但是，我們現在是敵人，處境不同，請恕我暫時不能以人情來談我們目前的問題。」

中年老者冷喝道：「我今天就絕對不會放過你！」

項思龍一擺手道：「在打鬥之前，我們最好能交換過人質，免得……」

中年老者略一沉吟道：「好，就依你所說，事後我們就來拚個你死我活。」

項思龍淡淡道：「無所謂了。」

中年老者對身邊一個漢子道：「四弟，去赤王廟把他們都帶來。」

中年漢子領命而去。項思龍讓得眾人都進了廳內坐下，一時氣氛沉寂緊張。

一個多時辰以後，八十多名漢子押著劉公、美蠶娘、劉氏諸人來到管府。

眾人一見項思龍，又驚又喜的齊聲道：「思龍……」

項思龍見著眾人也是一陣惻然，卻見美蠶娘和劉氏都已憔悴了許多，目光複雜的望著項思龍，似有千言萬語想對他訴說。

項思龍心下一酸，叫兩名武士押出了趙大、王翔二人。

兩人一見中年老者，顯得驚喜而又羞愧得垂下頭去，一語不發。

中年老者冷冷的道：「項少俠現在可以交換人質了吧？」

項思龍點點頭，叫武士放過二人。

中年老者卻也說話算話，叫人鬆開幾人身上的繩索，放了他們來到了項思龍這邊。

劉氏見著項思龍，雖是甚想撲在他身上大哭一場，卻也看出了項思龍情勢的危機，因此就乖乖的站在項思龍身邊。

中年老者察看了一番趙大、王翔二人的傷勢後，走到項思龍跟前，目中殺氣大熾道：「項少俠，現在我們彼此都沒有顧忌了，可以放手一拚了吧?上次敗在少俠手中，確也領教了你的神妙劍法，但是這次我們都不必顧忌什麼武德，江湖道義了，誰那方殺光了對方的人，就算贏！」

項思龍感覺得到他的濃重殺機，他們那方將近有一百來人，且個個身手不凡，但是己方只有五六十人，勝算卻是渺茫，但是不管怎樣為人為己，還是得放手一拚，哪怕戰死也得保護自己所愛的人。

項思龍渾身頓時散發出一股激昂無比的鬥氣來，目光橫掃了眾武士一眼道：「你們怕不怕死？」

眾武士齊聲道：「為項少俠戰死，心甘情願！雖死猶榮！」

項思龍哈哈一陣大笑道：「好！好兄弟！」

雙方均都劍拔弩張；激戰傾刻即發。

這時卻聽得府外人聲湧湧，且有不少人喊道：「縣令溫雄死了！劉邦攻進沛城來了！我們快去接應他！」

眾人齊都一驚。項思龍更是大喜道：「劉兄弟果然不負所望！哈哈，豐沛起義終於發動了！我雖是戰死卻也值得！」

王翔眾人都是滿面驚懼之色，中年老者猛一咬牙道：「撤！」

百多人盡皆往府外奔去。

項思龍也沒叫人阻攔，因為他曾答應過對方要放過對方三次，這一次算是賣個人情罷了。

眾人齊都大鬆了一口氣，劉氏竟顧不得在眾目睽睽之下，就撲到項思龍身上大哭起來。項思龍安慰哄過她一番後，沒得時間與他們敘說別後離情，匆匆辭過劉公、美蠶娘，留下三十名武士護守管府，自己則率領著二十幾個武士直奔府外會合劉邦而去。

剛出得管府一里之遙，卻見劉邦、周勃、樊噲、夏侯嬰領著大隊人馬圍住中年老者諸人正在誓死拚殺。

中年老者那方已經只剩下三十多人了。地上滿是屍體，令人目不忍睹。

項思龍快步走到劉邦身側，一劍隔開擊向劉邦的長劍，拉開他退到一旁急聲道：「邦弟，叫他們停住廝殺！」

劉邦見著項思龍本是大喜，聞言一愣，望著項思龍道：「為什麼？」

項思龍來不及細作解釋道：「這以後再說給你聽吧！快令他們住手！」

劉邦見著項思龍神色急迫，大是不解，但還是趕快下了令。

廝殺終於停寂下來。中年老者那兒剩下的人個個都身負重傷。

項思龍心下惻然，走上前去衝著他們冷冷的道：「我曾說要償還你們對我的不殺之情，放過你們三次的，好，這次就算是第一次，你們走吧。」

樊噲聞言大叫道：「項兄弟，這怎麼可以呢？聽說這幫傢伙多次想行刺你和劉兄弟呢，我們怎麼可以就此放過他們？」

項思龍苦笑道：「這個你們現在就不要問我為什麼了。放行吧！」

中年老者冷冷的看著項思龍，沉聲道：「咱們青山不改，綠水長流，後會有期！」說完領著眾人蹣跚而去。

沛縣府衙裡大擺宴席，熱鬧非凡。

劉邦被眾人選作了沛縣義軍首領，號為沛公。

項思龍心裡激動得大是感慨。邦弟終於走上了成功的第一步了！

但是今後的七年卻是他艱苦奮鬥的七年，他……他能敵得過項羽嗎？

自王翔他們一行來沛城行刺劉邦起，他的心中就模糊的有一種預感，劉邦的歷史危機來了！是不是父親……他想改變歷史呢？

項思龍感覺了一種深深的恐懼。

如果歷史被改變了，中國的將來會是怎樣的發展呢？

不！自己來秦的使命就是維持歷史的樣貌發展下去，絕對不允許任何人來改變歷史！包括父親項少龍在內。

項思龍的心痛苦得都快破裂了。難道自己不想發生的事情終於發生了嗎？難道自己日後要對付的對手，竟是父親嗎？

項思龍的眼角流出幾滴痛苦的熱淚來，他真想大叫，他真想詛咒上天為什麼要對他如此的殘酷。

自己和劉邦都是項少龍的兒子！是同父異母的兄弟，但是父親……他竟然茫然不知的派人來刺殺自己的親生兒子！天啊！你為什麼如此的殘酷？為什麼？

劉邦似看出了項思龍的異樣心情，輕輕的拍了一下他的肩頭問道：「項大哥，你怎麼了？」

項思龍回過神來，強壓住心頭的悲痛，苦笑道：「沒……沒什麼，我只是心中實在的為你高興！」

劉邦動情的道：「其實說來如果沒有項大哥，就沒有我劉邦的今天。來，我敬大哥一杯！」

項思龍舉杯一口而盡，大笑道：「好，今天我們來個一醉方休！」

第四章　縱論情勢

項思龍醒來時還覺頭腦昏昏沉沉的，渾身甚是乏力。

呂姿竟伏在他身上睡著了。可憐的姿兒！項思龍坐了起來，憐愛的輕輕把她的身子移開。呂姿像是疲憊已極，竟也沒有被弄醒過來。看著眼皮紅腫熟睡中的呂姿，項思龍的心中覺著了一絲的溫馨。這可愛的傢伙昨晚定被自己折騰得一夜沒得休息。也不知自己喝了多少酒，竟然醉得如此的不醒人事。

唉，那些心煩的事情就暫且不要去多想了吧，精神繃緊了這麼多天，也應該放鬆一下的了。

剛用完早膳，樊噲就滿面春風的來到了管府，見著項思龍就叫喊起來道：

「項大哥，劉兄弟叫我來請你去喝酒呢！你竟然還在溫柔鄉裡樂此不疲。眾兄弟都在等著你呢！」

項思龍莞爾一笑，鬆開摟著呂姿酥肩的手，訕訕道：「昨晚酒喝得太過量，今天聞酒都色變了！本想今天躲過一醉，看來還是不行的啦。」

樊噲哈哈笑道：「項兄弟抱著個如花似玉的娘子，自是捨不得離開的啦。不過，嫂子，今天大夥還是得借你的夫君一用，不知可行不可行？」

呂姿臭罵道：「我能不同意嗎？你的項兄弟啊，其實一大早就吵著要去你們那裡了，你現在來請他。豈不正合他意嗎？哼，我勸說了他一早上，又被你這傢伙給攪和了。不過，今天你可得保證讓他清醒著回來。」

樊噲哭喪著臉道：「嫂夫人有命，小弟敢不從嗎？我可怕得罪了嫂子，挨項兄弟兩記耳光呢。」

呂姿「撲嗤」一笑，繼而秀眉一橫道：「不行，今天我要跟著他一起去，不讓他喝酒。」

項樊二人心下同時往下一沉，無精打采的望著呂姿。

三人來到縣府，早有衛兵前去通報劉邦諸人了。剛進府門，劉邦、蕭何、曹參眾人就都迎了出來。

劉邦此時甚是意氣風發，老遠見著項思龍就爽聲道：「項大哥今天把嫂子也帶來為大夥湊熱鬧了？」

呂姿臉上一紅，嗔道：「我是來看我姐姐的。」

劉邦此時已拉著項思龍的手，側首望著呂姿笑道：「你不是來當臨時看守，看住項大哥的嗎？」

呂姿又氣又惱道：「人家才不會這麼小心眼呢！我不跟你們說了。」

說完飄身快步往府內走去，途中回首狠瞪了項思龍一眼。

眾人一陣大笑，往府內客廳走去。

這次出席的人數特多，大約有兩三百人，廳中鬧哄哄的，氣氛熱鬧非常。

項思龍與劉邦、蕭何、曹參、樊噲諸人共坐一席，坐在劉邦下首。

劉邦意氣飛揚，兩眼神光閃閃，大改往昔輕浮之態，精神顯得亢奮非常。

蕭何同樣面含微笑，不住向眾人敬酒談笑。

劉邦興高采烈的道：「此次攻破沛城，還全仗蕭兄的良計妙策，一箭修書入城，使得沛城百姓紛紛響應，殺了縣令溫雄，大開城門迎我軍入城，所以此戰功勞最大者乃是沛城眾民也。」

項思龍見劉邦能深解欲成大事需先獲民心之道，甚感欣慰，笑道：「先聖有言，逆人心者，無有不敗。現秦君統治殘暴，攪得民不聊生，大失民心。致以各地反秦風雲四起。

「今天下大亂之時，秦王朝的威嚴已成了昔日黃花，往日在民眾頭上作威作福的秦朝官吏，自是令他們深惡痛絕。現今見你來沛起義，他們自是立即回應。所以只有順應民意者，才能獲得眾人擁護。」

蕭何聽得連連點頭道：「項兄弟說得不錯，我箭書上所說就正是依你所言，抓住民眾心理，告訴他們起義反秦已是當今天下大勢所趨。幫助縣令守城是不明智之舉，一旦沛城被攻破，他們則也跟著會有殺身之禍，但是如果他們能夠積極行動起來，回應劉邦義軍，殺掉縣令，打開城門迎接義軍隊伍，就可以保證大家都過太平日子，且減去他們一年的賦稅。」

項思龍讚道：「蕭兄能以此計策克城，實是才智過人。不過也是的，水能載舟亦能覆舟。民眾的力量是無窮的，得民心者就能成就大事，失民心者則會使眾叛親離。天有四時，地生才富，欲得民心，就得排解他們的苦難，拯救他們的禍患，扶濟他們的危急，這就是為王者的仁愛恩德。仁愛所在，民眾服之；恩德所在，民眾感之。先天下之憂而憂，後天下之樂而樂，為君之道，應當如是也。」

劉邦聽得大是嘆服，朗聲道：「聽君一席話，勝讀十年書，小弟大是受教了。」

蕭何雙目放異彩道：「好一句『先天下之憂而憂，後天下之樂而樂』，此等千古絕句，也只有項兄弟這等才華橫溢的人才能作出。來，我們為項兄弟的絕妙之作乾一杯。」

眾人齊聲附和，項思龍苦笑一下，端起酒杯一飲而盡。自己盜用前人文化遺產已不知有多少次了，若在現代，自己則早就成為個文壇大盜，被捕入獄了。心下想來，不置可否的笑笑。

劉邦忽道：「項大哥現在對天下之勢有何評論呢？」

項思龍收懾心神，沉吟了一番後道：「今天下反秦義軍四起，陳勝、吳廣自大澤鄉起義，其勢速壯，大有銳不可擋，使秦政搖搖欲墜之勢，本是最有條件成就霸業之人。但正因其勢發展過速，兵將繁雜，且傲氣橫生，疏於訓導，不耐堅戰，其必各自擁軍自立，難以合縱，秦政雖是腐敗，但擁有天下最精銳的兵力，章邯率軍南下，一路攻打義軍勢如破竹，就說明陳勝難以成氣候，表面看來其勢雖仍強極，但只是一隻只有匹夫之勇，毫無謀略且身負重傷的猛獸而已。」

蕭何道：「現今項梁、項羽叔侄起兵於吳，立熊心為楚懷王；田儋起兵於齊，自立為齊王；韓廣起兵於燕，自立為燕王；周市脫離陳勝駐兵於魏，立魏咎為魏王。鑒於此際天下群雄並居而立之局面，以項兄弟之見，有沒有可能回復秦滅六國以前，七國並雄的局面呢？」

項思龍想也沒想的搖頭道：「這個我看已是不可能的事了。秦始皇創立了天下大統的局面，今後的天下在長期的一段時間之內都會照此延續下去，因為只要等滅了秦王朝之後，群雄之中如若有一兩派的勢力在這其中強大起來，他們野心也就會迅速膨脹，就會以強凌弱，效仿秦始皇逐個消滅其他勢力，一統中原。」

劉邦思索了一陣後道：「那麼項大哥現在認為義軍中最有發展潛力的是哪幾派呢？」

項思龍泰然自若道：「項梁、項羽叔侄起兵於吳，吳越之地地處南方，土地肥沃，幅員廣闊，資源豐富，這就為他們將來的發展打下了良好的經濟基礎，所以民間有著『亡秦必楚』之謠言。以我看來，項梁、項羽一軍其勢發展將會成為群雄之首，在將後的七八年時間內以他們為群雄之霸。但是楚人生性一向是驕橫自恃，民風靡迷，所以一旦他們功成身退，也就是他們重踏失敗覆轍之時。至於田儋、韓廣、魏咎等目前以安於此等為王為侯之狀，所謂生於憂患，死於安樂，他們也不足為慮也，」

劉邦見項思龍對天下諸雄只是看好項羽、項梁，其他之人似是不足為患，想著自己現在也已擁有六千左右的兵馬，不由得心癢難煞的緊張問道：「那麼大哥對小弟這派義軍又有何觀感呢？」

項思龍微微一笑道：「只要你胸懷大志，勝不驕，敗不餒，與你手下謀士武將群策群力，以德施民，又何愁天下不為你所有呢？」

蕭何想不到項思龍如此看好劉邦，似是隱說劉邦是將來一統天下的真命天子，心中不由大震。他自認識項思龍之後，對他的超人智慧深服敬仰不已，在他的心目中，項思龍是一個能舉天下沉浮的大聖人，但他為何如此的深信劉邦將是主宰天下的大聖人呢？蕭何對項思龍的話大是不解，但是他既然說出此般話來，自是有他的道理，自己就相信他，把心思全心全力的投到幫助劉邦的身上吧。

蕭何的出身說起來並不高貴，但他自小就熟讀文韜武略，也曾立志要在秦朝裡做出一番事業來，但是自他任沛縣的吏使一年多以後，就預感到秦朝將面臨滅亡的危機，所以他深藏其真才實學，在這沛縣利用職務之便，廣交天下英雄豪傑，等待自己心目中滅秦的適合人選出現。現在他在項思龍的指引之下，選定了劉邦，也就將要大展其才的時候了。

其實項思龍他只是深信歷史，照搬說出這番話來；原本是想鼓勵劉邦的信心和鬥志，怎麼也想不到自己的一番話，會使蕭何就因為他的一番話，而讓他今後的一生都盡忠劉邦。

劉邦聽得項思龍此話，心中的興奮真是不可言喻，但表面上還是大紅著臉，嘿嘿笑道：「大哥不是說著哄我開心的吧？」

項思龍昂然仰首，深深的吁出一口長鬱心內的豪情壯氣道：「若以兵論，邦弟你此時自是氣勢甚弱，但是只要你把握住此際的千古良機，做到『六守』、『三寶』，自是可以大有一番作為。」

劉邦問道：「何為『六守』、『三寶』呢？」

項思龍侃侃而言道：「所謂『六守』，一是仁愛，二是正義，三是忠誠，四是信用，五是勇氣，六是智能。只要你能做到此六點，天下良才都會投奔於你，那時只要你擇人任事而用，集思廣益，自是能戰無不勝，攻無不克。當然，你勢弱之時必須避重就輕，躲開鋒芒太露的強敵，降伏勢單力薄的弱敵，逐步壯大你的勢力，才能叱吒一喝，擊敗你最強大的敵手，那你也就可以說功成名就了，但奪戰天下必須得有富強的經濟基礎作後盾，也就需要『三寶』。所謂『三寶』，是指要重視發展農業、手工業、商業，以補充自己作戰損失的物質經濟基礎。」

蕭何大為嘆服的讚道：「項兄弟之語果是妙絕之論，沛公得你之助，欲得天下自不是紙上談兵了。」

劉邦亦是大感信心滿懷，對項思龍更是敬若天神。

酒過三巡，眾人均都喝得醺醺大醉，項思龍更是醉得伏在席桌上睡了過去。

一夜無話，翌日項思龍剛睡醒過來，就被呂姿一陣嘮叨，只得充耳不聞，嬉皮笑臉的對她一陣好哄，才算應付過去。

中午時分，蕭何和曹參一起來到了管府見項思龍。

項思龍苦笑道：「唉，婚姻是愛情的墳墓這句話，真是說得一點不錯，想當初我這娘子看上我的時候啊，對我不知多體貼多溫存。可現在呢，我連喝酒的權力都被她約束了，往後的日子可真不知怎麼過喲！」

呂姿正給蕭何、曹參二人上茶，聽了這話，氣得杏眉倒豎，嗔怒道：「你再給我說說看！」

項思龍嚇得做了怪臉道：「君要臣死，臣不得不死，老婆大人有令，為夫莫敢不從。」

蕭何看著二人如此風趣的打情罵俏，心懷一鬆，哈哈笑道：「項兄弟和弟媳婦兒此況就叫作道是無情勝有情啊，郎情妾意，一切盡在不言中。」

呂姿俏臉微紅，心下甜甜的卻佯作生氣道：「蕭大哥也來取笑了。」

蕭何搖頭一笑後，又對著項思龍臉色嚴肅的道：「呂先生那晚和我一起出城，在芒碭山找著劉邦一行，硬是不聽勸，去追蹤了王翔那幫人，到現在還沒回來，真是叫人擔心。要是他出了什麼問題，我在項兄弟面前真是汗顏無地了。」

呂姿聽得臉上失色，失聲驚叫道：「什麼？我爹他……他竟一個人去追王翔他們了？這……」她急得快要哭了出來。

項思龍心下也是大驚，這兩天來他沒見著管中邪，就已隱隱猜測到可能出了什麼問題，但他相信蕭何會安排好一切的，不會讓管中邪去冒險。

果然蕭何雖面有愧色，還是沉著道：「呂姑娘不必太擔心，我叫劉兄弟派了五十名精兵好手暗中跟著保護他去了，王翔一行全都負了重傷，已無多大的作戰能力，呂先生應該不會有什麼事的，我只是怕他跟敵深入，那就會有危險了。」

項思龍點頭道：「蕭大哥說得不錯，王翔他們身受重傷，應該不會行得太快，所以今天我就向劉兄弟說一聲，我趕去接應他，把他叫回沛城。」

曹參臉現難色，道：「項兄弟若是走了，軍中就無軍師了，怎麼可以……」

項思龍一笑道：「你和蕭大哥一文一武都足可勝任軍師了，有了你們二人的全力相助，劉兄弟定會如虎添翼的，再說我去接應呂公也只要十天左右，就可趕回，你們放心好了。」

蕭何知道項思龍是言出必行，也沒有出話阻勸，只是臉色凝重道：「項兄弟，你可是劉兄和眾主將的精神支柱，你去了後可一定得快些回城，要不然大家可就心浮意動了。」

項思龍知道蕭何之意是說他只可以安定軍隊後方，至於到時遇強敵來攻所應付的戰術策略，他可是不大在行，只因有了我項思龍在，大家才會覺著有了主心骨，而不致亂了陣腳。唉，要是張良在這裡就好了，他可是個用兵如神的高手，劉邦以後奪天下可大半全靠他劃籌運策呢。

項思龍忽的想到此點，旋即想起曾盈、張碧瑩她們來，不覺神色一黯，心情卻迫切起來。

對了，自己此行離開劉邦，一方面監視著王翔他們的舉動，不讓他們有謀殺劉邦的機會，另一方面也可去尋找岳父張良，介紹他投奔劉邦，為邦弟又覓一個好幫手。反正據史書上的記載，劉邦自豐沛起義後會接著打幾個大勝仗，也不會挫敗他的銳氣和鬥志，自己就是遲些天回來也沒有關係，到時算好時間待他要打敗仗之前，趕回他那裡與之會合就是了。

如此想來，項思龍心情開朗了些，應聲道：「蕭大哥放心就是了，我會及時趕回的。」口中說來，心中卻是不以為然。

三人再談了一會有關項思龍去尋找管中邪，事後劉邦這方的安排，蕭曹二人才離開管府回縣衙而去。待蕭何、曹參二人離去之後，呂姿便輕泣撒嬌起來，悲聲道：「項郎，我也要跟著你一起去尋找我爹。」

項思龍用手擦拭去她臉上的淚花，歎然道：「傻瓜，跟著我一起可有得罪給你受，你這樣單薄的身體吃得消嗎？再說你跟著我，也會讓我行動不大方便，我需單獨有什麼行動時，誰來照顧保護你呢？你若發生了什麼意外，我這一生都不會快樂起來。」

呂姿聽得心中大是溫存，嫵媚一笑道：「好了，別說得那麼可憐巴巴的，人家不拖你後腿就是了。」說到這裡又歎了一口氣道：「項郎啊，人家實在是捨不得與你分開嘛！」說完又是悄然淚下。

項思龍心中也是覺著一陣傷感，想起明天將要離開這溫柔體貼的美人兒，立時放縱起來。二人回到房中一番抵死纏綿後，呂姿淚流滿面的哀求道：「項郎啊！你可一定要多多保重，好好回來見將日夜期盼你歸來的姿兒呀！」

項思龍一陣感動，沉重的點點頭。

夜間項思龍去縣府與劉邦說過要辭別眾人，去尋找管中邪之事。

劉邦一聽大急道：「項大哥，你是不是不再幫我了，昨晚上你還說得好好的，現在你……你竟要離開我。我絕不讓你離開！項大哥，算我求你了好不好？留下來幫我吧，沒有你在我身邊，我就覺得我什麼主意都沒有了，去尋找岳父我可以派曹參、周勃他們去的嘛。」說著竟已流下淚來。

項思龍想不到劉邦竟對自己生出如此嚴重的依賴之心，說出此番帶著孩子氣的話，心下暗驚。他可是將來的一代帝王漢高祖哪！怎可如此依賴自己呢？不行，自己這次一定得離開他較長時間，讓他歷練一番。

心下想來雖是氣惱，但還是只得勸慰他道：「豐沛起義你不是沒有我在身邊，也幹得如此漂亮嗎？唉，邦弟，王翔他們來刺殺你我，其間大有問題，我也需要去追究查看一下，為著今後防備他們，知道嗎？你放心吧，在你沒有正式奪得天下之前，我是不會離開你的。」

劉邦聞言一驚道：「項大哥，那你以後還是要離開我，是嗎？不行啊，大哥是我心目中的神，我不能沒有你，否則我會一事無成的，豐沛起義時，因為我知道你在沛城裡相助於我，所以我還是感覺著你就在我身邊，我也就有了勇氣和信心，但是這次，你……你若有什麼意外，我……」哽咽之聲讓他說不下去了。

項思龍長歎了一口氣，色正言厲的道：「邦弟，你是眾人之首，你須得有自己的果斷處事能力和分析能力，知道嗎?將來的天下我保證一定是你的，但是你得答應我在我離開你的這段時間內仍得沉著應戰，冷靜對敵，多多聽取眾人的意見，綜合起來取長補短就是最好謀略，知道嗎？」

劉邦竟給項思龍的氣勢鎮住，愣愣的看著他，不由自主的點了點頭。

項思龍見他神色，知自己的話在劉邦心中產生了效應，大是滿意的微笑了起來，拍了拍他的虎背沉聲道：「明天我就出城，你也不要來送我了，我不想讓太多的人知道我已出城。」

劉邦是個一點即透的人，知道項思龍用心良苦，他這樣做一是藉此讓自己鍛煉一番獨立處事的能力，二是不要讓大家知道他不在軍中，免得擾亂軍心。

想到這裡，劉邦禁不住再次的流出兩行感激的熱淚，猛的一把緊緊的抱住項思龍，良久無語。

項思龍心中一熱，也不覺眼睛模糊起來。

第五章　深入敵地

項思龍領著十多個從劉邦軍中挑出來的武士，悄悄的出了沛城，追尋管中邪他們而去。

一路上沿著管中邪和暗中保護他的眾武士留下的暗號追蹤下去，兩天後不覺就已來到了吳越境地。項思龍的心中愈來愈是緊張。

就快到項羽的勢力範圍了，岳父他們可千萬不要出了什麼事情，同時心中也有一種驚懼的疑惑。

項羽身邊的謀士到底是不是父親項少龍呢？若真是如此？父親為什麼要幫項羽呢？難道他真的是想在這古代裡再轟轟烈烈的大作一番，想改變歷史？

項思龍一想起這個問題，就痛苦頭痛欲裂，自己來到這古代，難道是要與自己的親生父親拚個你死我活嗎？

不！事情絕不會是自己想像的這個樣子！父親來到這古代二十多年了，歷史還不是沒有任何改變嗎？師父李牧曾告訴過自己，父親雖曾幫助過秦始皇，鞏固了他的王權，但是父親從沒有與秦始皇為虎作倀過，父親在師父眼中是個俠骨柔情的君子，他怎麼會這麼巧於這二十年後自己來到了這古代，就又推想來改變歷史呢？

項思龍強行的平靜自己的心情，但始終不能釋然，他抑制的感覺告訴他，除了是父親想改變歷史，派王翔等來刺殺劉邦外，就無法解釋自己心中的這個結，因為在這古代裡，只有自己和父親兩個才知道劉邦是將來主宰天下的漢高祖。

難道天命真的如此，自己來到這古代裡就要肩負起與父親兵戈相見的使命？

這時，眾人來到了東城縣，管中邪等留的暗號突然中斷。

項思龍心下猛的一震，一種危機感湧上他的心頭。

糟糕，莫不是岳父他們遇到什麼危險了？

東城離吳地郡城只有二百來里的路程，項梁、項羽叔侄將要探軍北上入這東城，自是早就暗伏有他們的人馬，王翔等到了這裡，自是有人接應保護他們了。岳父等勢單力薄，若與王翔他們交鋒，自是不敵。希望老天爺不要讓他有什麼生命危險就好。

想到這裡，項思龍的心突然地跳了起來。

自己現在該怎麼行動呢？一定得救出岳父他們。但是此戰只可智取，不可力勝啊，憑自己幾個人跟王翔他們鬥，何異於孤羊入狼群？更何況這裡接近他們的勢力範圍？不行，得想個什麼法子巧妙的混進項羽軍中才行。

正當項思龍在思前想後之時，其中一個武士湊到他耳邊低聲道：「項少俠，我們身後似乎有十幾個人，賊頭賊腦的跟蹤監視我們。」

項思龍聞言心下一驚，想不到自己只顧想著管中邪他們，竟疏忽了自己一行的處境。看來敵人已經發現自己等了，王翔、中年老者他們在沛城裡力戰後，身負重傷，這會自是沒有恢復作戰能力，所以派人監視著自己，只待他們從吳地趕來的高手一到，就會對自己等發動攻擊。再有就是他們還摸不清自己等現在的勢力底細，所以也沒有冒失向自己發難。

心念電閃之中，項思龍眉頭一皺，計上心來，低聲的吩咐眾武士道：「不要去驚動他們，裝作毫不知情，若無其事的樣子，我們專往偏僻的地方走去，躲開他們。」

眾武士心下雖是不解，但都對項思龍的英雄勇猛事蹟聽得如雷貫耳，對他敬服非常，也都沒有提出什麼疑問，依言在東城縣的各條巷子裡東竄西轉，最後來到了城東的一個滿是墳墓的山林裡。

林子裡的樹木並不繁密，稀稀落落的，夕陽的餘光斜射著樹林，把它映得一片澄紅，多增了一份墳場的恐怖感覺。

項思龍和眾武士找了一處乾燥的草地坐下，掏出乾糧，吃起晚餐來。

項思龍故意悠閒的吹著口哨，躺倒在草地上細看著徐徐西下的夕陽。

天色終於暗了下來，敵方還只是密切監視著墳林，並沒有發動攻擊的意圖。

項思龍叫眾武士都大聲打著鼻鼾，自己也靠在一棵樹的根部，瞇著眼睛細察著敵人的動靜。

子夜時分，項思龍的眼皮已經沉了下來，驀地一陣腳步聲傳入耳際，心神一斂，睜開眼睛朝四周望去。卻見七八條黑影，手中拿著網狀的東西，躡手躡腳的向他們靠近過來。項思龍心下冷笑一聲，就地一滾，把眾人都報醒了過來，猛地從地上站起，拔出尋龍劍往黑影箭步衝去。

戰鬥在一聲慘叫中拉開了序幕。

眾武士都是第一次跟著項思龍作戰，在他的無形力量鼓舞下，都精神抖擻的拔出佩劍，向眾敵撲去。只聽得慘叫聲連連響起，劃破夜空的沉寂。

敵人卻是愈來愈多，一時墳林裡兵刃交擊聲和喊殺聲震天響起。

項思龍等憑著日間勘察熟悉的地形與眾敵展開場遊擊式的搏鬥。

火光倏地亮起，項思龍拔出一把在沛城閒暇時到鐵鋪裡定打的小形飛刀，往火光處飛擲而去，只聽得一聲闖叫，敵人應聲而倒。火把跌落地上，燃起了地上的枯葉枯草。

項思龍暗叫一聲「不好」時，已有兩名武士被敵人的弩箭射中。

項思龍心中一陣刺痛，大喝一聲，「旋風式」應聲而出，火光中只見劍芒大作，圍攻項思龍的二個漢子被劈得身首異處。

眾武士見著項思龍如此威猛，信心大振，面對著三十多個強敵竟敢毫不畏懼，拚力與他們廝殺著。

戰鬥經過盞茶工夫終於結束，敵人不是當場被殺，便是中途被擒，無一倖免。眾武士有三個戰死，二個身負輕傷，其餘的都鬥氣昂揚，卻又有點哀傷的望著項思龍。

此時林中草木都被燃了起來，火光把夜空照亮得明若白晝。

項思龍冷酷的看了一眼被俘的敵方七個俘虜，厲聲道：「都給我報上名來！否則！哼！」

說著從懷中拿出魚腸短劍，縱身砍下一段手臂粗的樹枝，用魚腸劍如切豆腐般隨手削著道：「否則我就像削這根樹枝一樣，削去你們的雙腿雙手，再削去你們的耳朵鼻子，反正是你們身上突出來的地方都給削掉。」說到這裡往一敵的胯下摸去，嚇得他驚叫一聲道：「啊！不要！我說我說！我叫王志！是王翔家中的護衛。」

項思龍點點頭道：「好！你很合作，我自然會放過你的，但是還得老實的告訴我，這幾人中誰是你們的首領？」

王志朝其中一個身材魁梧，臉形寬闊，雙目虎虎生威的三十左右的漢子望了一眼，觸著他那嚴厲的目光，顫顫道：「這個……這個小人不大清楚，我們這幾個人都是王翔的下人，領首的王躍可能……可能已經戰死了。」

項思龍嘿嘿怪笑道：「是嗎？那就算了，我這寶劍只有沾了人血越多才會越鋒利，看來削木棒只會讓它變得鈍了。」說完拿著魚腸劍在他臉上搭了幾下，那冷森森的寒氣只嚇得王志竟小便失禁了起來。

眾武士見了齊都苦忍住笑。

項思龍嗤笑了一聲道：「你還是不說吧？」

王志嚇得軟坐在地，喘著粗氣道：「只要你當真不殺我，我什麼都說了。」

項思龍嘴角浮起一絲冷笑，細問了七人姓名，在王翔府中的職務，以及王翔他們的住處。還有七人的性格，王翔府中重要人物的相貌，王志乖乖的一一作了回答。其中又有四個也都怕死，就為王志作了些補充。

項思龍滿意的點了點頭道：「多謝了，不過像你們這等廢物我替王翔殺了，他只會感激我的。」說完只見魚腸寶劍寒光一陣橫閃，五人都驚懼得瞪大雙眼倒在了地上，沒有發出一絲叫喊，喉間都已冒出血來。

眾武士齊聲叫好，對他的殺人手法都大是驚駭，如此殺人於無聲無息，他們確也是首次見到。

當然這對在軍方特種部隊裡受過嚴格訓練的項思龍而言，又都是小兒科了。

項思龍漫不經心的擦了擦劍上少許的血跡，走到那剩下的兩個敵漢跟前，冷聲道：「你們兩人就是王躍、王進了吧，好！還算有點骨氣！只要你們回答我一個問題，我就絕不食言，放了你們。否則，也就是他們的下場。」

說到這裡指了地上的五具屍體，頓了頓又道：「只要你們說出你們王翔老爺子他們是不是抓了一個四十左右叫作管中邪的漢子，我就即刻放了你們。」

王躍冷冷一笑道：「哼，你們要去送死也無妨，告訴你們，前天黃昏我們確是圍攻了五十多個劉邦那方的兵士，擒下了他們十幾個人，但是你們若想拿我們去交換，那你們就想錯了。」話剛說完，王躍、王進二人竟都咬牙自盡了。

項思龍心下一陣惻然，想不到王翔他們訓練的武士竟有如此多不怕死的硬漢子，上次在沛城西側的別院裡所擒的幾人，也都是毫無懼色的咬牙服毒自殺，這次王躍、王進二人更是堅毅不屈的嚼舌自殺。如若項羽一軍全都是此等不畏死的戰士，那如果劉邦一開始就跟項羽對立硬拚一場的話，能是他的敵手麼？

項思龍想到這裡，頓湧起一種強烈為劉邦擔心的情緒。這並非不可能的事，如果父親項少龍真的在暗助項羽，那……這就很有可能會成為不久後的現實了。

項思龍覺著自己緊張的神經都在收縮，心底裡也覺一份釋然。終於清楚了岳父管中邪他們的下落，知道他還沒有生死之危，也可少操一份去找尋他的心思。

項思龍對著王躍、王進的屍體默哀了一陣後，吩咐眾武士脫下此七人的衣服外，再隨便脫下兩個死去敵人的衣服，叫眾人換上，自己則換上了王躍的服飾。

接著為各人易容成眾敵模樣，告誡他們要記住各自所裝扮的敵人的名字和性格等等，至於不知敵人姓名的兩個裝扮武士則叫他們不要隨便說話。

再接著叫眾人演習一番互相熟識適應一下彼此現在的身分，叫他們如何改變自己的嗓音等事宜後，處理好隱藏一切痕跡的後事後，就領著眾人往王翔在東城裡的秘密府第走去。

王翔的府第座落在城南的縣衙附近，主建築是座豪華的四合院，建在白石台階之上。正門處有磚雕裝飾的門樓和照壁，門樓上書著「王府」二字的門第牌匾，氣勢磅礴，顯出主人似乎在這東城縣有著高貴的身分和地位。

項思龍此時易扮為的王躍渾身血跡，身上多處受傷，衣服也破爛不堪，領著八位也是身體有傷的武士狼狽的往王府府門走去。

此時天還未亮，王府大門緊閉，只有門樓上掛著的兩盞紅燈籠發出的弱光照在他們身上，更顯幾分猙獰可怖之色。

項思龍舉起血紅的大手往大門一陣猛拍，大叫道：「王福，開門！開門啊！」一聲音在這夜色中更添幾分淒慘。

不大一會，大門「吱吱」一聲應聲而開，走出一個五十多歲中等身材的老者，一見項思龍等的模樣大驚道：「啊？王躍，你這是怎麼了？快進來！」同時又大叫其他人來幫忙。

眾人七手八腳的把項思龍他們扶進了廂房，為他們敷上了治療外傷的藥物後，王翔因傷勢尚未完全復原而還顯蒼白的臉上，顯出威嚴之色的冷聲道：「二弟，我不是叫你監視著項思龍他們的嗎？你怎麼……怎麼搞成了這個樣子？」

項思龍見未露出什麼破綻，心下安然，臉上顯出痛苦的道：「大哥，我……我跟蹤他們到城東的一處墳林，他們夜間在那裡歇息了，我按捺不住性子，所以就帶人去，想把他們擒來，可沒想到項思龍那賊子竟然奸詐得很，他們利用有利的地勢對我們進行襲擊，所以……所以……」說到這裡垂下頭去，一臉的惶急淒苦之色，心中卻暗罵道：「老子這下虧大本了，裝扮敵人竟要自己大罵起自己來。唉，為了救岳父大人，還是委曲求全一下吧。」

王翔歎了一口氣道：「唉，我跟你說過多少遍，那項思龍可厲害得很，連滕大哥都敗在他的手裡，你有多少斤兩，竟然去惹他，這下給你打草驚蛇，他們行事會更加小心警慎了，我們要對付他也會更麻煩了。」

頓了一頓又道：「不過，你能在他手下撿條命回來已足夠幸運的了，好了，你這幾天就好好養傷吧，等滕大哥從吳郡城裡趕來，再安排諸事。哼，項思龍他飛不出東城的，我們還有他的一張王牌在手呢，他不會溜走的，到時只要項爺來了的話，別說他一個項思龍，就是秦始皇嬴政他也可以收拾得了。」

項思龍對他的話又是好笑又是驚疑，好笑的是王翔他們竟也如此害怕自己，但自己到了他眼皮底下奉承也不知道。驚疑的則是管中邪果然被他們抓住了，但他的話中卻又隱隱透露出可能有一個姓項的高手來對付自己。

項思龍心念倏地一動。會不會是自己父親項少龍呢?想到這裡，心中不由得激動起來，脫口道：「那項爺還要多久才能趕到?」

王翔還以為他是因為項爺來了就可以對付項思龍而激動，微微一笑道：「明晚上可能可以趕到吧，好了，你也累了，就好好休息吧。」

說完起身來離開了項思龍的廂房。

項思龍雖是有著滿肚子的疑問，卻也不敢糾纏王翔追問，免得被他看出什麼蛛絲馬跡的破綻來，那自己可真就完了。至於那幾個武士身分只是王府護衛，他們也都是精明之輩，應該不會出什麼錯的。項思龍七七八八的胡亂想著，竟也真的模模糊糊的睡了過去。

項思龍醒來時，已是中午時分，身上被自己故意劃傷的傷勢已好了很多，心想這王府裡的金創藥倒也效果好得很。

有兩個俏婢待他漱洗過後，又為他端來午餐。

項思龍倒也毫不客氣，風捲殘雲的吃了個飽，只讓得兩個俏婢都瞪大眼睛看著他的吃相。

項思龍抬頭來見著二婢看著自己的異樣目光，臉上一紅，佯裝惱怒道：「你們瞪著我幹嘛？還不收拾碗筷？」

二婢似是並不懼王躍，抿嘴一笑應：「是。」

項思龍看著她們的俏麗模樣，不由得想起王躍的夫人來。她會不會長得很俊俏呢？想著自己現在是王夫人的丈夫，可以對她輕薄，不由大感刺激，色心一起道：「夫人哪裡去了？」

年齡略大的女婢笑道：「王爺這幾天在外忙著，沒有回家，夫人昨天下午隨著滕爺去了吳郡城了。」

項思龍「噢」了一聲，大覺沒趣，拉過其中一婢女的柔夷道：「小梅，你倒是越長越漂亮了！」

項思龍從王志口中知道王躍夫人有兩個婢女叫作小梅和小蓮的，聽王志描述，應該是眼前這兩個婢女沒錯的了，且王躍這人生性雖是正直豪爽，但卻有點好色，這倒正合了項思龍的口味，所以扮演起王躍來也頗維妙維肖的。

叫作小梅的俏婢似與王躍以前就笑罵慣了，俏臉微微一紅道：「王爺你又在取笑我了。」說完嬌軀連顫，身體斜靠在項思龍懷裡，似是受不住他的挑逗。

小蓮望著他倆卿卿我我的樣兒，莞爾一笑道：「王爺你真是色性不改，身上有傷，竟然還在想怎樣欺負梅姐，若讓夫人知道了，看你……」

說到這裡竟被項思龍那色瞇瞇的目光看得粉臉微紅。

項思龍看著二婢的嬌羞模樣，心中大樂的捉挾道：「那好，今天趁夫人不在家，我就來個一箭雙鵰，跟我的梅兒蓮兒一道共赴巫山。」

二婢嗔怒的連聲嬌罵不已，但心底兒卻似樂開了花，媚目含情脈脈的收拾了碗筷，輕快而去。

項思龍待二婢走後，不由得吁了一口長氣。

唉，為了不讓人懷疑，自己必須得不擇手段了，不過若那王夫人回來，自己倒真不知該怎麼應付。

嘿，管他的呢！兵來將擋，水來土淹。走一步算一步是啦。

項思龍形貌憔悴，出了廂房，在王府裡漫步的轉悠起來，其中遇著不少陌生面孔的漢子，都主動親熱的上前來向項思龍問好。

項思龍對他們均都只有微微一笑的應付而過，心中卻叫苦起來。

想不到這王躍在王府中地位也算很高，卻跟這許多的護院武士關係都很親切，那自己以後可倒不知怎麼應付了。

唉，還是救出了岳父管中邪就開溜吧，在這種鬼地方終日還得提心吊膽的，真是沒得意思的。

項思龍在這王府轉了一個大圈之後，逐漸的熟悉了這裡的地形。

這王府主宅兩旁是左右兩個別院，別院裡住的都是護院武士，主宅前面是個練武場，大約有三百來名武士。宅後是一個大花園，花園建在一個長池中央，有一座凌空架起的白石雕橋連通。至於整座院落組群均被高牆圍起。

看來在這王府裡若跟他們硬拚起來是逃不出去的了，但不知岳父他們給關在哪裡？難道這王府裡也有什麼地牢？

項思龍暗自苦苦思量著，卻見小梅小蓮二婢向他走來，前者嘟起小嘴咳道：「老爺還說在屋裡等我們的呢？誰知竟是騙我們的，讓得人家歡喜的等了你老大一會兒。」

項思龍嘴角浮起邪笑，湊到她們耳邊低聲道：「你們難道這麼思春了嗎？連一刻也不耐寂寞？那好，我現在就抱著我的兩個嬌美人兒，回去……」

說到這裡快捷的親了二女的粉臉一下。

二婢羞得大窘，小蓮氣得跺腳道：「不跟你說了，大爺正找你有事呢。」

項思龍聞言心神一斂，納悶的想著，王翔這會兒找自己有什麼事呢？難道是他所說的那個什麼項爺和滕大哥來到東城了？

項思龍心中又驚又喜，隨著二婢逐步來到了客廳，卻見王翔一見著自己就用一種異樣的目光向自己打量，臉色陰沉沉的。

項思龍一陣心虛，難道自己被他看出什麼破綻來了不成？強壓住心頭的波動，走上前去鎮定的道：「大哥，你找小弟來是否有什麼事商量嗎？」

王翔沒有回答，只是雙目狠狠的盯了他好一陣子，沉思了片刻後，才搖了搖頭緩緩道：「這個……沒有！噢，對了二弟，項爺今天晚上不來了，他遣人送信來說要我們明天趕去吳郡城。」

項思龍心下大是疑惑，王翔他們到底又在弄什麼玄虛？看他這樣子似是已探得什麼消息，懷疑起自己來了，但又為什麼不擒下自己等一看究竟呢？

項思龍百思不得其解，心下雖是忐忑，但還是裝作大喜道：「可以見到項爺，那可真是太好了！」

王翔的眼中顯出一絲痛苦之色，看著項思龍，似是閃過一絲殺機，但卻轉瞬即逝，微笑道：「你可要好好把握住這個機會，多向項爺討教幾招劍法來喔。」

項思龍一笑點頭應是，兩人又各懷心思的閒聊了一番後，項思龍告辭而去。

回到廂房，項思龍不由得驚出了一身冷汗。

王翔這老狐狸定是已經知道了自己的真實身分，也必已布下了對付自己的天羅地網，對岳父管中邪也定會看守得更加嚴密，只不知自己是何處露出了破綻，難道是眾武士？

那他們現在定是已經被擒了，對了，自己何不去武士別院看看呢？

想到這裡，剛準備出房去，卻見易容成眾敵的八個武士和同著其他的十多個武士正向他的廂房走來，見著項思龍，其中有人喊道：「王總教頭，你身體好些了沒有？王進兄弟跟我們說你的劍術十分高明，連他都不是你一招之敵，我們以前怎麼沒聽說過啊？所以兄弟們想請你去演試兩招，讓我們開開眼界呢！」

另有一人也叫道：「王進兄弟方才一個人對打我和王武二人，我們兩人都不是他之敵，何況他還是負傷跟我們打呢！我們問他劍術何故進展如此之快，他說是得到你的私下傳授，兄弟們都說你有點偏心哩。」

一行人哈哈笑笑，不覺已是包圍了項思龍。

項思龍見眾武士安然無恙，心底安心了許多，但對王翔的舉動更感覺到高深莫測起來。

王翔到底有沒有懷疑自己呢？但看他剛才對自己的神色似是很不友善，王躍可是他的胞弟啊，他怎麼會這樣對待自己呢？除了他已經疑心自己是項思龍外，就找不出其他的理由來解釋自己心中的這個疑團了。

項思龍邊尋思著邊隨眾人鬧哄哄的來到了練武場，卻見場中已有一百多名武士正分作了幾組在練習比劍，其中最惹人眼的是正南面的場地中有一名少女模樣的小姐與二個武士對打著，那少女似很潑辣，劍式招招奇狠，而那兩名武士卻似不敢盡全力攻擊他，劍招總是適可而止，根本就不敢傷著他分毫似的，以致被那少女打得手忙腳亂，衣服盡被少女劍芒劃破，甚是狼狽不堪。

眾武士見項思龍目光盡盯著那少女，其中一個笑道：「王菲小姐卻也是我們這裡的『高手』呢，王總教頭要不要跟她比試兩招？」

項思龍收回目光一笑道：「我只看那丫頭似被你們寵壞了。」

那叫王菲的少女見著項思龍等向她這邊圍來，驀地劍勢一轉，卻見她手中長劍挑起了朵朵劍花，快捷的向兩武士的喉間分別襲去。兩武士身形一倒就地滾了開去，才避過她這神妙的一劍。

眾武士一齊哄笑起，王菲這時收劍跑到項思龍跟前，嬌聲道：「躍叔，你來陪菲兒比一場好不好啊？我剛才從項伯那裡新學來了幾招劍招呢，你來陪我餵招吧。」說著邊拉起項思龍的手來。

項思龍這時近看王菲，亦不由稍稍動容。

王菲年齡在二十許間，秋波流盼，櫻唇含貝，笑意盈面，最動人處是她有種純真若不懂世事的仙子般的氣質，使男人生出要保護疼惜她的心情，但她的臉上卻顯出一種頑皮的嬌氣。

王菲見項思龍用一種異樣的目光看著自己，不由得嬌顏一紅，嗔道：「躍叔，我們去比劍嘛！」

項思龍回神過來，莞爾一笑道：「菲兒，你可是女大十八變，愈發的變得楚楚動人了，還記得你十來歲的時候，可還是個黃毛丫頭呢。」

王菲把嬌軀一扭，嗔怒道：「躍叔，你說什麼嘛？人家十多歲的時候，你還不是說我很標緻，怎麼現在卻說什麼我是個黃毛……喂，我不說了，你們再笑我就割了你們的舌頭。」

眾武士嚇得齊都忍住笑意，倒是項思龍哈哈大笑道：「好好好，我的菲兒從小到大永遠都是漂亮的，可以了吧？不要生氣了，我跟你比劍去。」

王菲破涕為笑道：「好，你可不許撒賴，打不過人家就也得滾倒在地喲。」

項思龍對這純情少女打心底裡有著一種好感，取笑道：「我們來打個賭行不？誰輸了誰就要給對方洗三天的衣服。」

王菲小嘴嘟起道：「這樣人家吃虧了嘛，你的衣服天天都會弄得很髒的，而我的衣服卻三天也不會洗一次。」

項思龍驚叫道：「哇，菲兒竟三天也不洗一個澡嗎？」

王菲大窘的提劍就向他刺來，劍勢竟是快捷狠辣異常。

項思龍使了一個假身，險險避過一劍，叫道：「喂，我還沒有準備好呢。」

王菲嬌笑道：「誰叫你出言戲弄人家呢。」話說完又是一劍向他橫掃過來。

項思龍被迫得急退了三四大步，臨急之中想起《天機秘錄》中所記載的「百禽身法」，趕忙施展開來，卻見他恰到好處的躲過王菲擊來的長劍。

王菲見連使兩招絕妙劍法，還是不能逼亂項思龍的身形，氣得銀牙一咬，手中長劍一抖，「唰唰唰」連刺三劍，鋒寒如電，狠辣無比，又沒有半絲破綻。

項思龍知她對自己氣惱不過，暗自好笑，就在劍鋒乃至身前，不容發中往前一衝，向王菲握劍手腕抓住，真是靜若處子，動若脫免，且又動作瀟灑，意態飄逸，傳來一陣喝采聲。

王菲見項思龍似欲向自己身上撲來，又驚又羞，叱喝一聲，劍鋒回收，劍身忽地幻出數道虛影。

項思龍心中暗驚，王菲劍法確是層妙不窮，但她尚是初學，所以沒有融會貫通，不能施出劍招一半的威力，但自己空手下來卻也有甚是難以招架之感，若是教她這套劍法的人施展開來，自己定是難逃一招之災。

項思龍不禁大是叫苦。自己如此閃避下去，身法用老時，定會被她逼得敗下陣來。不行，自己現在的身分可是王府裡的總教頭，怎可以敗給一個女人呢？何況若真要自己給她洗三天衣服，那可是殺了自己也不幹。

對，得給這刁蠻少女一點顏色看，殺殺她的驕氣，自己可是她「叔叔」，她總不會要「割了自己舌頭」吧。

項思龍疾身閃過王菲擊來的長劍，身形在空中一個翻轉，快捷的自懷中掏出了魚腸短劍，持身體著地後，閃電移前，搶著王菲左側處，短劍「鏘」的一聲脫鞘而出，同時施出「破劍式」。

卻見魚腸劍幻出令人難以相信的無數朵似有實質的劍花，劍勢若攻非攻，一時寒光大盛，籠罩住了王菲。

王菲見項思龍居然出手還擊，且劍法絕綸無比，簡直讓自己毫無招架之力，心頭又驚又急，手中長劍改攻為守，一步不讓的連擋項思龍五劍。

項思龍哈哈一笑，倏地退身收劍，神態自若的衝著王菲笑道：「好了，菲兒，咱們點到為止吧。你的劍法確是大有長進，躍叔自問難以取勝，故想見好就收，咱們握手言和吧。」

項思龍本意欲給這潑辣少女點顏色看看，但倏地轉念一想，自己可不要因此而讓王翔更加疑心自己，還是算了吧。意下想來，便也只迫退王菲就退下陣來。

王菲心下雖是不依，但知自己雖然從嫣然姑姑那裡學來了新劍法，但還不是這躍叔的對手。若敗了下來，自己可要實行賭約，為他洗三天衣。想到這裡，心下氣餒道：「現在我不跟你打，但你得教我你剛才所施的劍法。」

項思龍對這又嬌又蠻的「侄女」也大是沒法不依了她，只得點頭苦笑道：「好吧，以後有機會再教你。唉，我跟你打了一場，傷勢又觸動了，大感勞累，現在想回房休息了。」

王菲雖知項思龍是想躲過她的糾纏，但亦也還是甚關心他的身體，「撲嗤」一聲抿嘴說道：「好吧，我現在不纏你傳我劍術，但明天你可不得耍賴，不行，咱們得拉個勾，耍賴的是小狗。」

項思龍大感頭痛，自己跟她可以說也是處於敵對位置，為了解釋王翔對自己的懷疑，所以故意的應付小梅小蓮二婢、眾武士以及王菲的，幸好自己在他們面前還尚未露出什麼破綻來，若讓王菲把自己纏住，自己色心一起，一時把持不住，可就前功盡棄了。

唉，誰叫這小妮子確也有著一種風味吸引自己呢。原本以為隨便應付她一下是了，誰知現在弄得，搞不好自己就要做起「小狗」來。

唉，佛曰：我不入地獄誰入地獄。還是委曲求全吧。

項思龍辭過了眾武士和王菲的糾纏，逕自回到了廂房。此時已是天色黃昏，將近用晚膳的時候了。項思龍忽地想起小梅小蓮兩個俏婢，湧起一種燥熱的感覺。原來剛才他被王菲嬌嗔潑辣的新鮮形象及她的絕色容貌，給刺激得挑起了慾火，甚是荒唐的想找二婢發洩一下。

項思龍的身上流有項少龍的血，所以繼承了其父的風流本性，來這古代的一年多，他對女人的態度完全改觀。在沒有來古秦以前，他對女人是冷漠的，但現在只要他在某一女人身上發現了自己心目中尋求的一種美來，就會產生一股熱情，一種衝動。

正當項思龍荒唐古怪的想這想那時，小梅小蓮二婢已端了飯菜推門進得房來，見得項思龍滿臉通紅，雙目發呆，同時大驚道：「王爺，你怎麼了？」

項思龍望著她倆一陣邪笑道：「今天你們兩人挑逗得我慾火焚身，現在我就要你們為我退退火。」

二婢想不到項思龍惡人先告狀，且說話如此的赤裸粗野，羞得滿面通紅，小梅呼吸加重冷哼道：「王爺你是不是喝醉了？盡說粗話！」

項思龍其實是故意的開門見山就情逗二婢，想挑起二女的春情。現果見她們被自己一句粗話就逗得俏臉粉紅，秀目含情，心中大感刺激。走到她們身邊一手摟住一個，怪手在她們身上大肆侵略起來。

二女差點驚呼出聲，忙用小手捂住紅唇，嬌軀都覺酸麻乏力，嚶嚀一聲，一左一右竟摟住了項思龍的腰際和勁脖，都微閉春情蕩恙的秀目，微微張開那櫻桃小口，喘著粗氣。

項思龍亦感一股熱氣直往上湧，分別痛吻了一番她們的櫻唇後才道：「好了，二個乖乖，去浴室為我們放好熱水吧，待我吃完過後，就來與你們一起鴛鴦嬉水，共度于飛。」

二女戀戀不捨的鬆開了項思龍，小蓮嬌聲道：「這次你可不要哄我們哦。」

項思龍樂得直是點頭，待她們離去後匆匆吃罷，來到浴室，卻見二女身上只披一件透明可窺春色的裙衫，見項思龍進來，都衝了上來把他拖進浴池，那饑渴熾熱的眼神，似乎欲要把項思龍溶化掉。

項思龍想不到二女竟是如此放蕩，湊到她們耳邊低聲道：「我有多長時間沒有與你們歡好了？」

二女這時竟是毫不嬌羞，邊為項思龍脫著衣服，小梅邊答道：「有兩個多月了吧，自從上次我們被夫人抓到了後，你就再也不敢碰我們了。你不知我和小蓮想你想得有多痛苦呢。」

項思龍聽得心下飄飄然的，伏在浴池旁的一張榻上，由二個玉女為他渾身上下細細按摩起來，舒適得連呼痛快。

這些天裡，項思龍時刻想起父親到底是不是想改變歷史和岳父管中邪被抓這兩種事，心情一直鬱結難解，這刻被兩個嬌蕩的俏女刺激得暫且忘記了一切的煩惱。他需要藉此來麻醉平靜自己的心懷。

項思龍露出充滿男性氣概的虎軀，坐在池邊，一左一右抱起二女，細心地為她們洗擦起來。二女白璧無瑕的身體顫慄著，任由項思龍怎樣作弄，她們已完全迷失在了項思龍熟練手法的挑逗之下。

項思龍在這二女熱情如火的反應下，不由得想起了與田貞第一次鴛鴦戲水的情景，亦也想起了曾盈、張碧瑩、呂姿、劉氏諸人，前塵往事，湧上心頭，滿心感觸。

再又想起明天的前程凶卜未知，更覺得應有得樂時應及時行樂。

人生得意須盡歡，莫使金樽空對月。

管他明天會將如何呢，明日事明日再說吧。

第六章　風變雲幻

翌日，項思龍起床時，只覺精神甚是爽朗，昨夜與二女瘋狂的荒唐了大半個晚上，身體不但不覺得酸麻，反感整個身心都進入了一種平衡的戰鬥戒備中，頭腦清醒得很。

項思龍穿好了衣服，看著榻上兩個姿態慵懶的睡態可人兒，在她們光溜溜的屁股分別拍了兩巴掌，輕聲道：「該起床了，兩隻懶貓！我大哥待會要來，被他撞見可就糟了。」

二女一聽，心神一震，忙都極不情願的匆匆穿好裙子，小蓮嬌道：「都是你嘛，弄得人家現在都渾身四肢無力。」

項思龍擺了一下她的粉臉笑道：「還不是你們這兩個小騷貨纏著我。」

三人戲笑打鬧一番，二婢眉目含情的匆匆離去，出門時卻剛好撞見來找項思龍學劍的王菲。二婢嚇得趕緊拂下身子向她請安，卻是大氣也不敢吭一聲。

王菲今天的心情似是特別好，只是對她們冷冷的道：「你們下去吧，下次可不要再纏著王二爺了，他現在身體還沒復元呢，得讓他多多休息，養足精神教我練劍，知道嗎？」

二婢趕忙退下飄身而去，項思龍卻是聽了她的話暗暗好笑，這小妮子似乎吃起因二婢打攪自己而不能教練劍的飛醋來了。唉，要是自己與她們不是敵人，自己恢復本身的身分，這小妮子會不會喜歡自己而專吃其他跟自己歡好的女子的醋呢？項思龍也不知自己怎麼會如此莫名其妙的想，禁不住失聲笑出。

王菲走進房來，對他杏眉倒豎的冷喝道：「哼，看我不去秀雲二姨那裡告你狀去！竟然趁二姨不在家就與小梅小蓮他們鬼混，你……你太不潔身自愛了，難為二姨這個大美人兒對你還死心踏地呢。」

項思龍尷尬一笑，轉過話題道：「好了，乖菲兒，只要你幫我這一次忙啊，我就把我的劍法傾囊傳與你，怎麼樣？」

王菲眉頭一鬆，嘟起小嘴嬌笑道：「說話可得算話喔！從今以後你得把你的劍術傳授到我可以跟你打成平手為止，否則……」說到這裡俏臉一紅的笑起來。

二人彼此心知肚明，不過項思龍可不怕她要脅自己，因為自己不知道過得多少天後就要離開她們了，何況那王夫人也並不是自己真正的妻子，怕她個什麼來著，倒是你這瘋丫頭有些讓我意亂神迷。好吧，一切都暫且答應你，哄哄你開心。唉，也不知哪一天，你或許要用我傳你的劍術跟我兵戈相見了。

項思龍想到這裡長歎了一口氣，喟然道：「人有悲歡離合，月有陰暗圓缺，此事古難全。唉，罷了罷了，菲兒，我會全力傳你劍術就是了。」

王菲這時喃喃低吟著項思龍剛才所「作」的兩句詩，沉默許久才舉起一雙明眸望著項思龍，輕聲問道：「躍叔，你是有什麼心事嗎?語意那麼悲切。」

頓了一頓又道：「人有悲歡離合，月有陰晴圓缺，此事古難全。躍叔此語真是絕妙之作，讓人讀來竟是不覺的黯然淚下呢。」

項思龍苦笑一番，自己心有感情，隨口念出「前人」名作已成習慣，但在這古代每一句都會讓人驚奇不已，認為自己詩才橫溢。但只要他們細問一下自己《詩經》，自己就原形畢露了。

王菲見項思龍沉默不語，這時竟出人意外的平靜，一雙秀目銘仰的望著項思龍，被他剛才的兩句詩所震懾。

項思龍忽而哈哈大笑兩聲道：「嘿，你躍叔可是個只懂拈花惹草，舞刀弄劍的粗人呢，哪會作出什麼絕妙之作，剛才的兩句也不知是從哪本書上偶爾看來，隨口吟出罷了，唉，你可不要讓我教你作詩來著，那可只會要了我半條老命。」

王菲這時也脆聲一笑，卻溫柔的道：「我才不信呢。二姨可能就是被你的文武雙全給迷住了的。好，咱們不說這些，去後花園裡教我練劍吧。」

項思龍無奈，只得求饒道：「我的姑奶奶，我才剛起床，還沒梳洗過，也還沒吃早膳呢，再說，我今天還要動身去吳郡城呢。」

王菲一聽拍手歡叫道：「好哇，我也要跟著去。我好想嫣然姨和清姨她們呢，又快有半個多月沒見著她們了。」說到這裡，卻忽的神色黯然下來道：「還有寶兒，不過他現在當了大將軍了，威風得很，不大理我了，以前在塞外的牧原時可不是這樣的。」

項思龍聽到後面這段話，心中不知怎的竟有些酸溜溜的感覺，淡然道：「你要去可得問過你翔叔，要他同意才行。」

王菲聽了氣呼呼的道：「你這故意難為我嘛。哼，我就去賴著翔叔，他不讓我去，我就纏著他。」說完氣沖沖的轉身跑去。

項思龍苦笑的搖了搖頭，向後堂走去梳洗一番後回到房裡，卻見小梅小蓮二女端了早膳進來，規規矩矩的站在一旁，正眼也不敢看項思龍。

項思龍知二女被王菲的話嚇破了膽，也不再出言挑逗她們，免得日後被她們糾纏，假裝苦著臉用過早膳，待二女收拾過後，就盤坐在榻上修習起《玄陰心經》來，等待王翔來叫自己動身去吳郡城。

敲門聲傳來，項思龍睜開了眼睛，收功起身開門。卻見王翔站在門外，氣色似好多了似的望著他微笑道：「二弟，大家都準備好了，都在教場等著你帶隊準備出發呢。」

項思龍一愣道：「大哥不一起去嗎？」

王翔似對他忽然完全信任了似的道：「我不去了。你這次去吳地須得把項爺他們請過來。哼，項思龍又出現了，昨晚他竟然夜探我們王府呢。不過，這人的功夫確也厲害，竟像項爺一樣會飛簷走壁，被他逃掉了。我看他定是來探聽呂公消息的，不過，我早就把他交與滕大哥押去吳郡城交給項爺處理了。」

頓了一頓又問道：「對了，你前天晚上與項思龍他們對打負傷逃回時，他有沒有追蹤你們？」

項思龍不解的搖了搖頭道：「這個我也不知道，我們狼狽逃竄回來，哪還有心情去理會其他。不過，我想他應該會追蹤我們。」

王翔似是遇著想不明白的事情，沉吟了半晌後道：「這個應該是不錯，可是這人的寶劍怎麼會藏在我們王府門樓的牌匾之內呢，真讓人想不明白。」

項思龍這時被他前番說得稀裡糊塗的，滿頭霧水。他說昨晚自己夜探王府，這是怎麼回事？自己昨晚與二婢瘋了一晚上，根本就沒有出過房門啊，難道是劉邦派人來暗助自己了？但是劉邦手下哪有那麼好的身手呢？不過，也真虧這個神秘客的出現，為自己釋嫌了王翔對自己的懷疑。可是，他也不知怎麼發現自己藏在牌匾後的尋龍劍的？

項思龍心下納悶，暗叫好險，卻也故作愕然道：「是嗎？這賊子膽子倒也真大呢，或許是想混進我們王府有什麼圖謀吧。」

王翔點頭道：「我也曾這麼想過，但昨夜的飛賊確也定是項思龍無疑，所以我才想不明白他為什麼要這樣做。」

項思龍乾咳一聲道：「他或許是想向我們揚威呢！笑我們王府沒得能人。」

王翔冷哼一聲道：「這賊子也太目中無人，無法無天了。當日在沛縣真應該除去他，想不到現在他竟然成了我們的心腹大患。不過，只要項爺出手，管叫他有去無回。」

項思龍連聲應「是」，對這「項爺」卻更感一種沉重的好奇來。

二人邊說邊走，不覺已來到了教場。這次隨同項思龍同去吳郡的武士有四十來個，王進他們有四人在其中，那刁蠻少女卻也正洋洋得意的手裡牽著一匹高大白馬望著他笑著。

項思龍知道這時王翔對自己毫無疑心了，心情大好，哪還理得其他，辭過王翔就準備帶領眾人出府時，王翔叫住了他道：「你再等一會兒吧。」說完快步走入主宅裡，出來時手中拿著一把長劍，交給項思龍道：「二弟，你劍術也算不錯，這把項思龍留下來的寶劍就給你作兵器吧。」說完，連拍了項思龍的肩頭兩下，兄弟之情溢於言表。

項思龍心中大喜，接過尋龍劍。心下卻對王翔的真情有些感動，想著王躍已死，一時竟望著王翔眼睛紅了起來。唉，看來這王躍真是條漢子，可惜卻被自己逼死了，想起此來項思龍頓覺一陣心虛。王翔卻還以為項思龍這「兄弟」對他有點難分難捨，微笑道：「走吧，一路保重！」

項思龍神色黯然的與他握手揮別，出得府外，領著眾人驅馬揚塵而去。

項思龍領著眾武士向吳地群城進發。

王菲驅馬與他騎走在眾武士的前頭，望著項思龍得意的笑道：「翔叔還不是應允我跟你們一起同去吳郡城了，就你那麼小氣。哼，看我到了那裡怎麼去向秀雲二姨告你的狀。」

項思龍心境舒暢，也不氣惱，淡淡道：「你難道不想向我學劍了嗎？」

王菲聞言一怔，嬌咳道：「你想耍賴嗎？咱們可是拉過勾的，你不教我劍術你可就是小狗了。」

項思龍捉挾道：「我是小狗公，那你秀雲姨就是小狗婆了，還有你就是小狗公的狗侄女了。」

王菲氣得大喊道：「你怎麼可以這樣推理呢？我只是跟你打賭嘛。」

項思龍故意道：「可我這推理沒錯啊，誰叫你是我侄女呢。」

王菲見項思龍耍無賴，氣得嘟起小嘴道：「我以後再也不理你了。」話剛說完雙腿就猛的住馬腹一挾，快速向前衝去。

項思龍見這小妮子又耍起了小性子，急得連連大叫道；「喂，菲兒，算我說錯了話好了，你不要生氣嘛，哎，等等我們！」

項思龍也逐馬向前追去，一行人驅馬一陣疾馳，到得正午時分，已經到了烏江沿邊。項思龍下令眾人休息一會兒，給馬餵些食料和水，準備生火造飯。

王菲飛身下了坐騎，氣呼呼的一個人漫步在烏江邊上。

項思龍追了上去，看著滾滾流逝的烏江之水，倏地想起將來不可一世的西楚霸王項羽攜著他的愛妾虞姬就是在這烏江邊上自刎，不禁湧起了一種莫名的悲壯感覺。

項羽是因徹底敗給劉邦而悲憤自刎的，而劉邦卻或許是因為有自己而打敗項羽的，所以如若真是這樣，那在某種角度上就可以說是自己逼死項羽的。

想到這裡，項思龍忽的打了一個寒顫。那自己這樣做，是不是改變了歷史呢？如若沒有，那歷史上為什麼沒有自己的名字？難道……難道……

王菲見項思龍一直沉默不語，滿面的愁容，不由得首先打破沉寂道：「躍叔，你怎麼了？是氣惱菲兒耍小性子嗎？」

項思龍被她打破沉思，歎了一口氣道：「沒有的啦。菲兒，要是人人都像你這麼清純，那這世界不知會有多麼的歡樂，可是人們卻偏偏都要去為名為利，爭個你死我活，其實到頭來是一場幻夢而已。唉，我們都是人在江湖，身不由己了。菲兒，我卻希望你不要捲入了這場殺伐戰爭中去。」

王菲似是不明白項思龍為什麼對她說出這麼一番話來，側起俏臉把他的話品味了一會兒後問道：「躍叔，你以前不是這麼多愁善感啊，怎麼這兩天我看你變了個人似的，盡是長歎短吁的呢？你有什麼心事嗎？可不可以說給菲兒聽呢？」

項思龍心神一緊，暗忖道：「自己可不要為此而露出了什麼馬腳來，唉，得編個故事釋去她心中的疑點。」沉思一番後，項思龍才道：「這些天我們所有的人都為項思龍而煩心著，他殺死了我們不少的兄弟，但是這些事說到底還是我們率先去招惹他的，所以我想著這些你來我往的殺伐，禁不住心有感慨起來，唉，我也曾慘敗在他手中。」

王菲好奇且不服氣的道：「項思龍到底是個什麼樣的人呢？難道他長有三頭六臂嗎？有機會我倒要會會他。」

項思龍想不到自己這番話又讓她有這種說法來，心下苦笑。你現在不是就見到了他嗎？他就站在你的面前呢！

王菲倒沒有去注意他臉上怪異的笑容，頓了一頓又柔聲道：「躍叔，你上次所作的兩句詩好美呢，可不可以再作兩句給菲兒聽聽？」

項思龍對這思想亂七八糟的王菲可真感頭痛，但自己卻又偏偏有些喜歡她這種頑皮的性格，也就不想掃了她的興，隨口念道：「問君能有幾多愁，恰似一江春水向東流！」

王菲聽了嬌軀直顫，秀眸迷離道：「多麼切情切景的絕句啊！躍叔，我想嫣然姨和清姨二人的才賦也不如你呢！只有項三伯的才智才可與你媲美。」

項思龍渾身不自在起來，她口中所說的項三伯是不是父親項少龍呢？眾人休息片刻後，項思龍依王菲所教的與對岸的人連絡的信號，叫眾武士成三角形的點燃三堆火來，果然不消半個時辰，江心就出現了四座大帆船來。

王菲歡呼起來，船越來越近，卻見最前頭船上赫然站著就是那跟自己交手過的中年老者。

項思龍心神一緊，聽得王菲歡叫道：「是滕二伯和荊四伯他們！」

項思龍強定心神，待船靠岸放過挑板時，走了上去衝著那中年老者哈哈大笑道：「滕大哥，怎麼是你們來接我們啊？」

中年老者笑道：「是三弟叫我們過來的。」說完用一種異樣的目光打量了一番項思龍，嘴角掛著一絲詭秘的笑意。

項思龍暗暗警覺，笑道：「那我今次的面子可夠大的。」

幾人依足禮數客套一番，項思龍被中年老者領上了其中的一艘船，與王菲和眾武士都分了開來，心裡更是暗暗戒備。

進了船艙，卻見裡面是個會客廳，兩面都開有窗戶，把這二三十平方的船艙照得大見光明。當中是個圓桌，周圍擺有六張椅子，但卻空無一人。

中年老者微笑著叫項思龍在其中一張椅上坐下，自己則進了後艙。

項思龍對他的這些舉動大是不解，心中隱隱有一種強烈的壓迫感，感覺到將會有什麼特殊的事情發生似的。難道是見自己的父親項少龍？項思龍忽地想到這點，心情倏地一緊。如果真是見他，自己該怎麼辦呢。勸他回到現代？還是勸他不要改變歷史？

但是如果他向他身邊親密的人洩露了劉邦將來會一統天下的天機，亦或是告訴了項羽，那自己又該怎麼辦呢？帶著父親回到現代？這樣歷史豈不還是會被改變？自己來到這個古代，身負的歷史使命就是阻止父親改變歷史，如果一走了之，那自己還不是有負國家使命所托。

更何況在這個時代裡自己已經有了許多所愛的人，盈盈、碧瑩、姿兒，自己可以狠下心腸離開她們嗎？還有自己也曾答應過劉邦一定要幫他平定中原後才離開他的，自己又怎可食言呢？他是自己同父異母的親兄弟啊！

項思龍只覺著心如刀絞。不！如果父親真的是想幫項羽來改變歷史，那自己就一定得阻擋他，哪怕是……是要與父親兵戈相見，自己也決不能退讓！對，一定要幫得劉邦平定天下一統中原後，再離開這個時代！

後艙傳來的腳步聲把項思龍驚醒過來。抬頭一看，卻見走進來的是這些天來讓自己擔心掛念的岳父管中邪，心中不由得又驚又喜，忙站起身來迎了上去，興奮的道：「岳父，你沒事吧！這幾天我們正在找你呢！」

管中邪乍見易容成王躍的項思龍，一臉的古怪之色，似笑非笑，似哭非哭，愣愣的看著項思龍，好一陣後才緩緩道：「思龍，是你？我……我沒事的了，有我老朋友照顧著，我怎麼會有什麼事呢？」

他的話剛說完，身後又緩緩走進來了一個三十幾歲，身體高大魁梧，充滿男性魅力的漢子，正用一種激動而又慈愛的目光盯著項思龍。

項思龍對這漢子有著一種似乎親切熟悉卻又陌生遙遠的感覺，跟他向自己射來的目光交纏在一起良久後才同時收回目光，垂下頭去。項思龍只覺心中突突的跳了起來。他的第六感強烈的告訴自己，眼前這漢子就是自己的父親項少龍！

但他的心裡還是想存在一絲僥倖。不！不是的，他不是自己父親項少龍！可管中邪的話打破了項思龍所有的希望，只聽得他道：「思龍，他就是你歷盡千辛萬苦尋找的父親項少龍了。」

項思龍一聽，只覺一陣天旋地轉，整個身心都冰涼冰涼的。

天啊！自己日思夜想的父親已經站在自己面前了！為何沒有絲毫的激動和興奮呢？自己的心中為何只有痛苦的感受呢？

雖然他早就猜測到了他是自己父親，但是當這成為現實時，在這樣處境之下，項思龍還是不能接受眼前這個帶著幾分殘酷的現實。氣氛一時凝固了起來。

那漢子看著項思龍，目中竟淚光盈盈，嘴角輕輕的抖動了兩下，但沒有說出話來。

項思龍很想說些什麼來，但是心中的千言萬語在這一刻都似成了一片空白，所有的話都哽在喉嚨裡。

中年漢子此時雙目赤紅，臉上顯出痛苦之色，緩緩的朝管中邪擺了擺手，示意他出去。管中邪退出船艙後，這一對陌生而又似熟悉的父子倆，就你望著我我望著你的默默對視著。

項思龍突然間覺得自己壓抑著的深埋在心中對父親多年思念的感情全都湧發了出來，一時淚如雨下。

中年漢子默默的走到項思龍身邊，長長的吁了一口氣，強作鎮定，聲音嘶啞的道：「命運為什麼要如此的作弄我們呢？都二十多年了，原本已經逐漸學著淡忘了我們那個時代的人，可是你的出現，卻把我所有的思緒都給打亂了。」

頓了一頓又緩緩道：「思龍，你恨父親嗎？唉，恨吧！誰叫我不安心於塞外草原那種平靜的生活呢？一個人要想在這世上轟轟烈烈的活過一番，終是要遇著許多挫折和困難的，同時也要付出一定的代價，我和你現在的處境，或許也是一種宿命吧。」

項思龍緊咬牙唇，平靜自己凌亂的情緒，悲聲道：「可是你……你為什麼想去改變歷史呢？任由歷史自行的發展下去不是更好嗎？我們都是來自這個時代之外的人，改變歷史，只會讓我們成為歷史的罪人。」

項少龍慈愛的望著他，沉思了好一番後才道：「創造歷史的那種滋味是最最動人的。我想一個人不管將來的成功失敗如何，只要在這世上轟轟烈烈的活過，也便不枉度此生了。思龍，你我所處的立場雖然不同，但是我們都俱有這個時代所不能比擬的智慧和力量，所以我們將來即使要在沙場上兵戈相見，但我們都算是創造過歷史，我們在這個時代裡所留下的形象，將會永遠活在這個時代的人的心目中。」

歎了一口氣又接道：「我們的使命不同，你是屬於劉邦的，但我是屬於項羽的，往後我們各顯神通，明爭暗鬥的日子還長著，思龍，好好的把握你手中的機遇，即便將來我是敗給了你，但是你……你是我項少龍的兒子，我還是會引以為榮的，為了成就你，就讓我在歷史上作個罪人也罷。不過，思龍，我也不會故意相讓於你的，你若想打敗我，就得拿出你的勇氣和鬥志來。」

項思龍聽著父親這一番古怪的話，心中也不知是什麼滋味，酸澀的道：「難道我們就把歷史當作遊戲來耍嗎？這個時代並不是屬於我們的。」

項少龍渾身一震，想不到項思龍竟能說出如此有力度反駁自己的話來，目中異彩一閃，凝視了眼前的這個愛子，好一會才平靜下情緒，臉色微紅的道：「我們這是在創造歷史，並不是在戲耍歷史，我們創造歷史的目的是為了證實我們人生存在的價值，遊戲是沒有目的，但是我們卻因有創造歷史的艱苦奮鬥而使我們的人生輝煌起來。」

項思龍覺著父親的這一番話沒有絲毫的說服力度，淡淡的道：「你這只是在自圓其說罷了。不過你既然如此固執，那我也就要義無反顧的幫助劉邦到底了。不過我們還是都需依著歷史發展下來，否則的後果我們都不可想像，你既然已經創造了項羽的雛形，我也已奠定了劉邦的基礎，那麼事實已經證明了我們在創造歷史，我們的目的已經達到了。但是我們不可以去改變歷史，也就是說我們都不可以去刺殺劉邦和項羽，讓他們因為有我們的創造而自行發展。」

項少龍只覺項思龍的目光讓他一陣心怯，閉上眼睛沉吟良久後發出一陣悲壯的大笑道：「好，我答應你！讓歷史是由我們父子倆創造卻不是由我們改變。」

項思龍此時驀地想起時空異隔的母親周香媚來，不覺又是一陣悲從心來。

媽，兒來這古代已有一年多了，你現在一切都還好嗎？我已經找著父親了，可是現在我還……我還不能和他一起回到你的身邊。媽，原諒孩兒的不孝吧！

項少龍這時突地輕輕的道：「好了，思龍，我們不要談這些不愉快的事情了，好嗎？你媽是香媚嗎？」

項思龍想不到父親還記得母親的名字，這證明他還是在這古代的二十多年裡也想母親的。啊，媽！爸並沒有忘記你！這也不負你多年對他的思念了！

項思龍想到這裡，眼角又不禁濕潤了起來，輕輕的點了點頭，幽幽的道：「爸，我們處理了這古代的事情後，回到原來的時代去與母親團圓，好嗎？」

項少龍想不到項思龍終於喊自己為他父親了，只覺一層層異樣的感情直往上湧，襲遍自己全身，像通了電似的，眼睛也不禁迷離起來，似是憶起了他在現代時的種種生活片斷。

但只沉默了一陣後，搖了搖頭痛苦的道：「我們在這個時代裡也都有了自己所愛的親人和朋友，我們可以忍心離開他們嗎？唉，世上的事情總是難以預料，命運決不會因我們的努力和意志有分毫的改變，我們既已來到了這個時代，那麼我們的命運也就溶入了這個時代中。我們只知道這個時代歷史的結果，但是卻並不知道我們自己在這個時代的命運會怎麼樣，離開這個時代還是後話，這後話就留著以後有機會再說吧。」

項思龍只覺父親的話深深的勾起了自己的思潮。是啊，自己能忍心離開這個時代嗎？這裡已經有了自己所愛的親人和朋友啊！

兩人又一時陷入了沉默之中。

項少龍首先打破平靜道：「思龍，你在這邊陪我幾天，再回到劉邦身邊去好嗎？」說到這裡，見項思龍臉上有異色，又微笑著道：「你放心，我絕對不會再派人去刺殺劉邦的了，這世上除了我們兩人知道歷史的秘密外，我想不會有第三人知道了，是嗎？」

項思龍臉上一紅，被父親看出心中猜疑，但父親的話已表明了他會堅守此秘密的立場，自己也就可以放心了。至於自己，那就是死了，也不會洩露這個秘密的。當下也一笑的點頭道：「是的。不過，我跟在你身邊，不會被人懷疑嗎？」

項少龍老懷大開的道：「你放心吧，外面那中年老者雖是知道你的身分，但是他是我拜把的二哥，他叫滕翼，決不會洩與其他人知道的，哈哈，今天真是開心。思龍，我們來痛飲一場好嗎？」

項思龍受了父親親情的感染，也覺心情大是輕鬆了許多，哈哈一陣大笑道：「好！我們今天就來個不醉不休。將進酒，杯莫停，會須當飲三百杯，與你同消萬古愁。爸，今天我們就來痛飲一場。」

第七章　吳郡親情

項思龍醒來時，卻見項少龍竟就伏在自己身邊睡著了，心中頓時溢起一股暖暖親情。唉，自己應不應該告訴父親，劉邦也是他的親生兒子呢？

項思龍正這樣想著，卻見滕翼進行船艙，望著項思龍微微一笑，走上前來推醒睡著了的項少龍道：「三弟，船靠岸了。」

項少龍站了起來。拉起項思龍道：「我們下船吧。」

三人一齊莞爾一笑，出了船艙，卻見岸邊站滿了來迎接他們的人。

項思龍突地覺著有些緊張和心慌。項羽在不在這眾多的人群之中呢？

橫眼掃過那一排武士裝束的士兵，卻也並沒有發覺有什麼特別顯眼的人物。

眾武士的領首雖是個身材雄偉，神態軒昂，虎背彪腰，相貌也頗為俊朗的青年，但卻跟史記中所描繪的項羽形象比來，少了一種威猛的英雄氣概。那這青年就定不是項羽了。

想起這將來風雲歷史號令天下群雄的一代西楚霸王，項思龍心中忽地湧起一種悲壯的古怪感覺。項羽可以說是由父親一手締造出來的，但是他卻註定要敗在自己扶佐的劉邦手下。這到底是一種怎樣的宿命陰影呢？

難道命運在與他們開著這個帶著悲劇色彩的天大玩笑？

項思龍倏地覺著這種無可奈何的悲劇命運極為淒涼。

要是自己沒有來到這古代，父親是不是也不會幫助項羽，不會想去改變歷史呢？項思龍雖明知自己的這種想法幼稚可笑，但是他卻是真的希望能不與父親為敵，歡歡樂樂的團聚在一起啊！

但是各自身負的歷史使命卻註定了他們父子倆終得各為其主而終需兵戈相見。項思龍只覺心中一陣劇烈的刺痛。不過，或許從另一個角度看，項羽和劉邦又是雙贏的吧。

劉邦得天下，為歷史塑造了第一個平民皇帝；項羽失天下，在中國歷史的後代文化裡留下了一段讓千古人騷客可歌可泣的英雄悲劇。二人各有得失，或許也可算是命運的公平了吧。

項思龍知道自己這樣想來是想平衡一下自己不平衡的心態，但是自己此刻只能緣於此的想想，聊以自慰吧。

正當項思龍想著這些問題時，項少龍突緊緊暗握了一下他的手，示意他回得神來心情平靜些，不要慌張，免得被人看出破綻，而對他生出疑心來。

項思龍醒覺過來，忽覺一種親情在心中轉湧著，心懷頓刻放鬆了許多。

項思龍與項少龍並排著由跳板走上了江岸，卻見立時有五六個絕色少婦笑意盈盈的迎了上來。

項思龍只覺眼前一陣昏眩。眾美婦人個個都是國色天香，又各有一番與眾不同的動人風情，真是教人目不暇接，百看不厭啊！

項思龍正看著眾美婦發楞，項少龍突然湊到他耳際輕聲嚴肅道：「小子，不要對她們動什麼歪心思啦，她們可全都是你的後娘。」

項思龍回神過來，望著項少龍莞爾一笑，也湊到他耳邊道：「哇，老爸，你可真是很有眼光！我這幾個後娘啊，個個都如花似玉的，真教人羡慕得很喔！」

項少龍臉上只覺微微一紅，心下不知是什麼味道。

唉，想不到自己這兒子倒也繼承了自己風流的習性來。

正當二人交頭接耳的說著悄悄話時，眾美婦已經走上前來圍住了項少龍，七嘴八舌的對著他指劃起來。

項少龍哭喪著臉對項思龍苦笑道：「王二弟，瞧，女人多了可也甚是麻煩得很呢。」

項思龍知道父親這話的意思，是提醒自己不要忘了現在的身分，二是告誡自己要少近女色。心下覺著一種綿綿的溫情，當下搖頭笑道：「項三哥此言差矣，妻妾多了不是麻煩，而是一種幸福。你看眾嫂夫人一個個都對你關切異常，你可不要身在福中不知福啊！」

眾美婦人見項思龍幫著她們說話，本對項少龍的話感覺氣惱的神色旋即緩和下來，又有了一絲笑意。其中一個讓人覺著特別嬌豔的美婦人嬌嗔道：「是啊，你這沒良心的可真是身在福中不知福呢！我們大老遠辛苦跑來接你，得到的卻是你的咒罵？哼，看我們以後還會不會理睬你？」

項思龍見著此豔婦的嬌態，真覺魂都被她勾走了，狎笑道：「唉，嫂子，大人不計小人過。你宰相肚裡能撐船，且網開一面，不要與項三哥太過計較喲！」

美婦人被項思龍的連珠妙語說得目中異彩一閃，轉過頭來衝著他嫣然一笑道：「王二弟今日說話可也真是妙語彈發呢！好，只要你即刻能作出一句詩來，我就饒過了他。」

項思龍和項少龍肚裡暗笑，這對他們二人來說，還不是個舉手之勞？隨便盜用「前人」的一兩句絕妙之作就可應付過去了。

項思龍故作頗是為難的思索一番後道：「這個……唉，這個……哈，有了！」說到這裡好整以暇的頓了下來，見眾女都緊張的等待著他的下文，微微一笑，緩緩的道：「嫣然一笑百媚生，六宮粉黛無顏色。」

項少龍一聽，首先拍掌大笑道：「好詩，妙詩，絕詩，適情適景。嫣然，這下你沒得話說了吧。」

那豔婦粉臉一紅，望著項思龍讚道：「想不到王二弟才華橫溢，平時卻是深藏不露呢。嫣然以後可要多多的向你請教了。」

項思龍聽得大窘道：「哪裡，嫣嫂子深諳音律詩詞，才真是天下聞名的才女呢，小弟只是一介草莽武夫，何談才華橫溢？」

項思龍說的這番話原本是想拍拍紀嫣然馬屁的，然事實卻也給他猜個正著。原來這紀嫣然在嫁給項少龍以前，是大梁國傾國傾城的絕色美人，又以才藝震驚天下，與當時秦國的寡婦琴清並稱當代雙絕，不過這兩個大美人都給項少龍娶了來作妻子罷了。

紀嫣然坦然一笑，剛想說些什麼，卻聽王菲老遠就衝著她叫道：「嫣然姑姑，你們在談些什麼呢？氣氛這麼熱烈？」話剛說完就已來到眾人面前，撲到紀嫣然的懷裡。

紀嫣然摟著她的嬌軀，伸手摸摸她柔嫩的臉蛋柔聲道：「我們正與你王二叔談論詩歌呢。」

王菲一聽頓時來了精神，望了望項思龍，微笑著隨口念道：「人有悲歡離合，月有陰晴圓缺，此事古難全。」

紀嫣然聽得大訝道：「菲兒，你……」話未說完，王菲已「撲哧」一聲笑了起來道：「這詩並不是我作的，也是王二叔作的呢！」

紀嫣然對項思龍的文才更是驚服不已。

項思龍此刻聽得此詩，心中卻是大有感慨，喃喃道：「此事古難全，但願人長久，千里共嬋娟。」

紀嫣然聽了秀目更是異彩連閃，把整句詩連起來低吟了一番後，情緒有些激動的道：「王二弟的這幾句詩當堪稱是不世之作了。嫣然今日能得以拜讀，真覺思潮萬千，如此絕句，當可作為知古名句，永世流芳呢！」

項思龍此時心下苦楚，無心聽她讚語，淒然一然道：「欺世盜名，何用之有？人生苦短，親情才是最為珍貴的。」

項思龍的這兩句話說來語氣悲傷之極，紀嫣然聽了默思一陣後點頭稱是，心中卻是詫然，項思龍方才還有說有笑的，現在何故卻如此魂斷的樣子呢？

項少龍卻最是明白項思龍此刻心境了，黯然一歎，不覺心情也是沉重起來。

眾人來到吳郡城時，天色已是暗了下來。此時城裡萬家燈火通明，時而可聞遠處傳來的歡聲笑語。看來吳郡城裡的居民，生活過得甚是平和的了，父親卻也深諳戰爭首需安民心呢！

項思龍心中想來，只覺得了一絲的快慰。吳郡比之泗水，又有不同面貌，少了泗水城的古樸宏偉，卻多了幾分綺麗纖巧，在裝飾上更見多彩多姿。城內街道，以南北八條並行的大街，和東西的四條主街互相交錯而成。

十二條大街在這清朗的夜初，卻見人來車往，燈火通明，別有一番熱鬧。其他小街橫巷，則依這些主街交錯佈置，井然有序。沿途熱鬧升平。項思龍看著這自來這古代以來，從未見過的古代夜市，心中只覺一種異樣的溫情。

這可是父親的傑作啊！自己與他比來，可真是差得太遠了。想起沛城裡的蕭條景象，項思龍只覺一陣愧然。

不多時已來到了項少龍所住的府第。宏偉並不算是，也沒有城河護牆，說是一座清幽雅致的園林別院卻是更為確切些的了。看來這並不是吳郡城的郡府了，只不知項羽是否也住在這裡？

項思龍一想起項羽，只覺心情又忐忑了起來，隨著眾人進了府去。

穿過一條修竹曲徑和經過了幾排精雅房舍，眾人來到了一個寬敞大廳裡。

項思龍環目一看，這座大廳裝飾得高雅優美，最具特色處是不設地席，代以幾組方几矮榻，廳內放滿奇秀的盤栽，就像把室外的園林搬了部份到廳裡似的。其中一邊大牆處掛著一幅巨型的山水帛畫，輕敷薄彩，雅淡清逸。

項思龍正舉目四顧，卻倏見後堂處嫋嫋走出一個二十五六左右陌生的絕色少婦，逕自向他走了過來。

項少龍此時湊到他耳邊低聲道：「王二弟，你夫人來了。可小心應付啦。」

項思龍只覺心神一震，顯得有點手足無措，然還是不由自主的細目往那婦人望去。卻見她與父親的眾絕色夫人相比下來竟也毫不遜色多少。身材修長，穿著素白的羅衣長裙，一雙眼睛清澈澄明，秀眉細長嫵媚，斜向兩鬢，使人感到她風姿飄逸，給人一種清淡純真的震撼美感。再加上她那成熟豐滿的婦人體態，亦讓人看了覺著一陣心曠神怡。

哇！這就是王躍的夫人？竟也如此美絕呢！自己若是與她一室相處的話也不

知自己能否把持住衝動呢？但旋即想起間接死在自己手上的王躍，又不覺一陣神情黯然。

婦人見著項思龍緊緊盯住自己的異樣目光，還以為自己這幾天離開他來。他對自己思念關心得緊呢。俏臉微微一紅，嬌嗔的白了項思龍一眼後又倏地嫣然一笑，心下喜色躍然臉上，真讓人見了只覺又愛又憐。

項少龍卻是望著項思龍古怪的笑著。

項思龍心知肚明父親是在竊笑自己什麼，乾咳兩聲掩過窘態。

婦人卻也不好意思當著眾人面前與「夫君」親熱，關切的飄了項思龍一眼，趕到眾女叢中，與她們說笑起來。

項少龍叫眾人隨便坐定後，又吩咐婢女為各人獻上了香茶，同時亦吩咐她們準備晚宴。王夫人就挨坐在項思龍左側，含情默默的看著自己的「夫君」。她隱隱的感覺「夫君」似乎比往日多了一份從沒有過的讓她心動的吸引力。

項思龍被她那柔情似水的目光看得頭皮發麻，求助的望向坐在自己右側的父親項少龍，卻見他只是看著自己偷偷詭笑，似乎對他的窘態莫不在意。

難道父親的意思是慫恿自己去泡這王躍的夫人不成？項思龍如此想來，只覺又是好笑又是可氣，甚是傷起腦筋來。幸好此時紀嫣然的話吸引去了王夫人的目光，只聽得紀嫣然問項少龍道：「少龍，你這兩天不聲不響的上哪兒去了？累得我們都為你擔心死呢。現在外面兵荒馬亂的，你怎麼可以一個人單獨出行呢？」說到這裡，頓了一頓又道：「寶兒啊，他在吳郡城裡找了個遍，也沒見著你人影，這會兒可能在郡府裡等著你呢？今下午有人來報我們，說你去了東城，黃昏時分會回來，我們也沒有告訴寶兒，就跑去烏江邊接應你了。」

項少龍苦笑了一下，雖知夫人這番嗔怒的話是出於對自己的關心，但是這其中的緣由卻又教他怎麼去跟眾夫人解釋得清楚呢？

原來項少龍自滕翼「擒押」回來的「老故人」管中邪口中得知，讓滕翼一行在沛城刺殺劉邦的行動未遂，並且使他們遭受慘敗的主要勁敵項思龍，竟是自己的親生兒子，並且項思龍因追尋管中邪等也已到了東城。

這一突如其來的喜訊讓項少龍平靜的心海上突地湧起萬丈浪濤般，使他激動不已。當然管中邪並不清楚項思龍的真正來歷，但是項少龍通過滕翼和管中邪的話中種種跡象的推測，卻隱隱的斷定自己這個神秘的兒子很有可能是跟他一樣來自這個時代之後二千多年的「現代人」。

項少龍想到這點，心裡又驚又喜。自己竟在現代裡生下了個兒子！自己的兒子竟也來到了這古代！項少龍只覺精神極度的興奮，匆匆的告知滕翼一聲，一個人偷偷的溜到了東城。他沒有去驚動王翔他們，只是根據滕管二人對項思龍相貌的描述，暗中查尋項思龍的蹤跡而來。

終於在城東墳林裡找著了項思龍一行，那時項思龍剛好在給眾武士易容。

項少龍見著王躍、王進諸人被殺，心下甚是難過，只覺怒火中燒，真想衝出去摑項思龍兩記耳光。但轉念一想，項思龍與自己這方是處於敵對的，也難怪他手段殘忍了，想來自己若處在項思龍的這種情勢下，或許也會如此作來著的。

唉，事已至此，只能說是命運作弄自己和項思龍了吧！戰爭本身是殘忍的，又何謂什麼是對什麼是錯呢？自己助小盤成為秦始皇時，不也是滿手血腥嗎？何況自己又一次為義子項羽重新過上舔血江湖的日子呢？往後自己的日子又知會有多少的殺戮呢？如此想來，項少龍只覺自己對項思龍如此作法的怒火平靜了些，反不由自主的驚讚起項思龍的機智來……

再後來跟蹤著易扮成王躍的項思龍到了王府，卻無意間窺見著王翔發現項思龍藏在門樓牌匾後的尋龍劍，暗道糟糕。果然第二天王翔就對項思龍起了疑心，且陰謀策劃了擒殺項思龍的行動。項少龍探悉後暗暗心驚。

原來小蓮小梅二婢是王翔引誘項思龍的引子，想待二女迷住項思龍，與她們廝混得神魂顛倒之際，施放迷煙毒昏項思龍，同時怕他作垂死掙扎，安排了大批的弓弩手守住府第。又驚又急又擔心之餘，項少龍臨危計出，暗中著人通知王翔，叫他翌日與「王躍」一起務必去吳郡，同時入夜之後便裝扮成項思龍的模樣夜闖王府，以惑王翔。

翌日王翔果然對項思龍疑心盡去，且因覺得心下有愧，便把尋龍劍送給了自己「二弟」，以釋心懷。

項少龍見計得逞，心中安然下來，於是快馬加鞭趕回吳地，剛巧碰上準備去東城尋他的滕翼、荊俊、管中邪諸人，便領著眾人到了烏江邊等待接應項思龍。

想著這諸般事情，項少龍慈愛的望了項思龍一眼，不過心下卻還大是犯愁。現在嫣然的問題叫他怎麼回答呢？難道告訴她說自己去東城見兒子項思龍了嗎？唉，這可是萬萬說不得的了！自己這麼多年來沒有使眾夫人生下一個鳥蛋，也就證明自己在這古代裡已經失去了生育能力了，這會又哪來的兒子呢？要是她們對此纏問不休，那自己可真是不知該怎麼回答了，總不能告訴她們說項思龍是自己在她們這個時代以後二千多年的「現代」裡所生下的兒子吧？

其實，項少龍又哪裡知道他在這古代裡確實也有了一個親生兒子，且這個兒子就是他義子項羽將來的強敵劉邦呢？

滕翼見項少龍眉頭緊鎖，知他對嫣然的問話感到為難，當即站了起來，微笑著插口道：「三妹，三弟去東城是為了安排一個應付我們目前面臨的強敵項思龍，此次他單獨前去，是為了縮小目標，不致引起項思龍等的戒備。」

滕翼說的這個理由雖是牽強，但項少龍聽了卻是大喜的趕緊接口道：「是啊，我去東城時也跟二哥打過招呼的，因為事情情況急迫，所以也就沒來得及告知你們。唉，夫人，這次算我錯了，你就網開一面，不要對我興師問罪了吧！」

紀嫣然見著項少龍那副苦瓜臉，「撲哧」一笑道：「誰向你興師問罪了呢？裝作這麼可憐巴巴的樣子！人家只是關心你嘛。」

項少龍見紀嫣然板著的臉色鬆了下來，頓覺也大鬆了一口氣，知此事就這樣「糊塗」過去了。

那王夫人這刻卻是收回了目光，突地湊到項思龍的耳邊低語道：「躍郎，這兩天妾身也很擔心你呢！還好你安然無恙！」

項思龍只覺那婦人吐氣如蘭，一陣沁人心脾的女性幽香撲鼻而來，頓覺一陣意亂神迷，禁不住拉過「夫人」的柔荑細細把玩起來。

項少龍見了兒子項思龍和那婦人的親熱勁兒，竟是毫不介意，只是望著項思龍，眉頭一揚的笑笑。

項思龍這會卻已是毫無緊張之感，反是慾火升起，想與這假「夫人」共效于飛了。

晚上的宴會是熱鬧而又洋溢著親情的。項思龍好久沒有這麼開心了。自他來到這古代以來，就一直在尋找著自己日思夜想的父親項少龍。現在終於與父親相聚了，心中的興奮之情真是難以用筆墨來形容。

雖然父親與他終究是要處於敵對位置的，但是在這刻裡，項思龍享受著父親和父親身邊所愛的親人和朋友對自己的那種親切感情，頓然讓他忘卻了心中所有的恩怨情仇。他只覺著一種讓他激動非常的情緒在心中翻滾著，讓他渾然忘卻一切。一種從未感受過的親人的溫情深化了他受傷累累的心，他真想大聲的叫喊……親情的愛是永恆的！

項思龍喝得醺醺大醉，得由「夫人」和兩個婢女一起扶到了廂房。雖然頭腦昏昏沉沉的，但項思龍的靈智卻還是清醒的。靠在「夫人」柔軟而富有彈性的胸脯上，害得項思龍的心兒忐忑跳著。

怎麼辦呢？自己現在已是慾念大熾，待會怎麼控制得住自己的衝動呢？項思龍的心下雖是抑制著自己的慾念，但一雙怪手卻不由自主的在婦人身上大肆遊逸起來，只弄得她不由得嚶嚀著呻吟起來。看來美女的魅力雖是沒有幾個男人能抵擋，但是對於這種成熟的女性，卻也因肉體實際的需要而不能抗拒男性的挑逗。

項思龍怪怪的想著，把婦人摟個結實，按倒在榻上，狂烈的在婦人身上不停的搓來搓去。兩人肢體交纏，陣陣銷魂蝕骨的感覺激蕩來回。

項思龍只覺渾身燃燒了起來。他驀地記起了兩句話來。

這世上有兩種女人最討男人歡心。一種是男人看了就想強暴的女人；另一種是想強暴男人的女人。看來眼前這婦人在自己心目中是屬前者。

兩人的呼吸都變得急促起來。

項思龍撫摸著婦人充滿彈性、柔嫩滑膩的大腿，再慢慢的伸入到她那女人的神秘之地。婦人的動作反應像火焰般熾烈，身體不停在他懷裡蠕動揉纏，口中發出使人魂銷魄蕩的嬌吟聲，誰都知道她現在渴求的是什麼。

開始時項思龍的心像還做賊般的感覺緊張刺激，這刻見婦人表現如此放浪，知她此刻被自己挑起了慾火。有了這想法後，項思龍老大的不客氣起來，放心享受著與她抵死纏綿的樂趣。他帶著酒興，粗野的撕開了婦人身上的衣裙，露出了她那晶瑩透紅的胸部。婦人嬌羞的閉上了秀目，卻並不反感項思龍的粗暴，反覺著幾分新鮮的刺激感。

項思龍俯首痛吻著她豐滿堅挺的胸部，一番施為下，婦人已是像隻白綿羊蜷伏在他的懷裡，俏臉粉紅，春意盎然。廂房裡一時春色無邊。

項思龍努力半個多時辰後，改為由婦人作主動，直到那婦人頹然伏在他身上時，項思龍先把她摟緊，才痛下決心湊到她耳旁低聲道：「夫人，我並不是你的夫君王躍！」

婦人嬌軀一陣劇震，顫聲道：「那你是誰？你為何裝扮我的夫君？啊！難道……難道你已殺了他？」說到這裡，一臉驚懼憤怒之色。

項思龍心下此刻只覺對這婦人愛煞，可想起自殺了的王躍，神情又是一陣黯然，緩緩的點頭道：「是的！王躍已死了！不過他不是我殺的！他是自盡的！」

夫人聽到這裡，悲哀的一聲嬌吟，哭泣起來，但卻並沒有叫喊，只是目光愛恨交織看著項思龍，一雙粉拳恨打著他寬闊結實的胸肌。

項思龍看著她那悲痛欲絕的神色，心下一陣刺痛，又愛又憐，咬了咬牙道：「我就是項思龍！」

婦人嬌軀又是一陣顫抖，卻不由自主的伸手捂住了他厚實的嘴唇，同時一怔，又縮手回去，秀目中淚水涓涓而下，神情甚是痛苦。

項思龍也是因愛極了這婦人，不忍心繼續欺騙她，所以才決心豁出去了，把自己的秘密告訴了她。這刻心情雖是舒暢了些，但看著婦人那讓人心痛不已的悲狀，只覺心頭又湧起另一種沉重的心懷來。

婦人強忍住哭聲，突地垂下粉首在項思龍的胸肌上狠咬起來，只痛得他咬牙皺眉才苦忍住叫聲，同時心底卻平靜了些許。他深深的感覺到這婦人對自己愛恨交織的矛盾心理，不由得再次反手把她摟緊，在她光滑白嫩的肌膚上輕吻起來。

婦人只是象徵性的掙扎了兩下，終於又瓦解在項思龍熱切而又溫柔的攻擊之下，主動獻上香唇，與他再次纏綿起來，臉上卻還掛著淚漬。

項思龍知道這婦人釋解了對自己的憎恨，心下一陣甜蜜。

又一陣風雨席捲二人而來。

次晨，項思龍睡至起碼太陽過了第二竿才勉強醒來，往旁一探，卻摸了個空，一震下完全醒了過來，睜開眼睛一看，不由得心神大驚。

卻見婦人已經著好了羅裙，手裡拿著自己的魚腸劍，披頭散髮，眼睛紅腫，卻目射仇恨的瞪著自己，一臉的怨恨哀容。見項思龍醒來，顯得有點慌張，魚腸劍往前探進了少許。

項思龍看著她的淒貌，喟然一聲長歎，閉上眼睛輕聲道：「你刺吧！只要能洩了你的仇恨哀怨，我死在你的手上也會瞑目的！」

婦人卻是雙手顫抖著，秀目淚珠盈盈滾下。對眼前這個殺了自己丈夫且侵佔了自己身體的漢子，她又愛又恨，心裡矛盾的痛苦噬蝕著她脆弱的心靈。
淚珠滴在了項思龍胸肌上，讓他只覺通體冰涼，不禁又重新睜開了虎目，卻倏見婦人倒轉過魚腸劍準備自殺，心裡驚得亡魂大冒。驚急之下竟猛的伸出手去，一把抓住了鋒利無比的魚腸短劍。一陣鑽心劇痛使項思龍忍不住慘叫出聲來。卻見左手血肉模糊，也不知手指被切斷了沒有。
婦人亦也驚叫一聲鬆開魚腸劍，慌亂的扯過被單包住項思龍負傷的手掌，一頭撲在項思龍的身上失聲痛哭起來。
項思龍強忍住了呻吟聲，額上豆大汗珠滾滾而下，聲音顫抖脆弱的道：「秀雲，你為什麼要作傻事呢？你……你如果有什麼不測，只會讓我更加悔恨一輩子！你……你恨我，還是殺了……」
婦人劉秀雲的香唇已經堵住了項思龍的話，片刻後，只聽她悲聲道：「思龍，你才傻呢！我……我……」痛苦聲代替了她所有想說的話。
項思龍蒼白的臉上浮起一抹淒慘的笑容道：「秀雲……」
劉秀雲這時突地收住哭聲，準備站起身來。
項思龍知她想出去喊人進來幫忙，但自己現在的身分又怎可洩露出去呢？雖說是有父親祖護著自己，但這樣亦會給父親帶來麻煩啊！項思龍心下想來，忙一把拉住了婦人的衣角，低聲道：「我衣兜裡有治傷用的金創藥，那個藍色小瓶就是。」說到這裡已是痛得語不成聲。

劉秀雲忙取來項思龍的衣服，一陣亂攪，終於找著那藍色小瓶，大喜之下俏臉竟露出一絲笑容，看得項思龍雙目呆了呆，暫刻似忘卻了手痛。

劉秀雲見項思龍這刻還有心情色瞇瞇的望著自己，嬌嗔的白了他一眼，但即刻又顯出憐愛關切之色，拿起項思龍抓劍的手，解開已經染得血紅的被單。卻見項思龍的五根手指皮裂見骨，手掌處亦也肉綻血流。

婦人心痛得悲吟一聲，小心翼翼的倒過金創至傷處。

項思龍被漬痛得臉上肌肉扭曲。不過這金創藥卻也著實靈驗，藥到處，傷口血液竟是片刻後就已凝固不流。

項思龍突地想起自己名義上的師父「鬼谷子」來了，想不到他留給自己的藥物功效竟是如此之好，不由心下一陣感激。

婦人將昨晚被項思龍撕裂的素白羅裙撕成條狀，細細的為項思龍紮起傷口。

項思龍看著婦人那認真小心的動作，不由心中泛起一種溫情，湊到她耳邊突地輕聲說道：「秀雲，嫁給我！好嗎？」

婦人正全神貫注的為項思龍包紮傷勢，聞言精神一怔，驀地一陣慌亂，卻不小心碰著了項思龍的痛手，使他不由得悶哼一聲。

婦人臉上春潮一片，目中顯過喜色，聽得項思龍哼叫，又不由得一陣惶急，茫然不知所措的望著項思龍起來。

項思龍看著婦人嬌態，不禁心神一蕩，伸手摸摸她帶著淚花的臉蛋。

項少龍和管中邪從劉秀雲口中聽得項思龍受傷的消息後，都匆匆忙忙的趕到了項思龍所住的廂房中。

看著臉上帶著痛苦微笑的項思龍，項、管二人都不覺感到又氣又惱。

劉秀雲卻面帶紅潮忐忑不安的站在一邊。

管中邪臉上露出關切之色道：「思龍，你沒事吧？那小妮子可真可惡啊！」

項思龍乾咳了一聲，阻住了他下面的話，往秀雲望去，卻見她神色黯然的低垂著頭。

項少龍也想不到事情會弄致如此地步，但見兒子項思龍因禍得豔福，征服了劉秀雲，不禁微微一笑道道：「好小子，以後可要好好的對待秀雲。對了，這幾天你就在這裡安心養傷吧。哈哈，老天也像想讓我們父子倆多聚幾天似的。」

劉秀雲聽得這話驚異不已，嘴角動了幾下，似想說些什麼話來。

項少龍見狀，拉過嬌羞驚惶的劉秀雲，輕聲道：「秀雲，以後思龍可就要煩你多多照顧了。」

項思龍聽了父親這話，只覺雙眼一熱，眼淚就欲奪眶而出。他深深的知道父親這話的意思。等到他要離去吳地時，也就是他們父子倆不知何日才能如此融融樂樂的見面之時。

項少龍輕歎了一聲後，又轉向管中邪沉聲道：「管兄，還有你，思龍往後也要你多多幫助了。」

管中邪心下一片茫然，苦笑的望了一眼這恩怨交織的「老朋友」道：「這個，放心吧項兄，只要我管某有得三寸氣在，就決不會讓人傷他分毫。到時，就是連你……」說到這裡竟是哽咽的再也說不下去了。

項少龍黯然一笑道：「這個是自然的了。不過有了管兄這句話，我就大可放心了。」

項思龍心下悲苦，慘然一笑道：「我們現在不要談這些不開心的事好嗎？我在這裡還想多住幾天呢。」

項、管二人聽了齊聲大笑，劉秀雲卻是滿頭霧水，不明所以。

項少龍頓住笑聲，臉色嚴肅的對劉秀雲道：「秀雲，我和思龍的關係，你絕對不可以向任何人說起，知道嗎？就連嫣然、琴清她們也不例外。」

劉秀雲乖巧的點了點頭，她雖然不知道這到底是為什麼，但她隱隱的卻感覺出了一種連自己也說不出的沉重感來。或許是因自己愛項思龍心切的緣故吧。

項思龍就在這吳郡城住了下來。

紀嫣然、琴清、滕翼、王菲等諸人都來看望過項思龍，問起他為何會受傷時，項思龍把早已擬定好的答案倒背出來，說自己酒醉後不小心摔了一跤，手撐著了一個尖利石頭，所以就……

劉秀雲在一旁自是為他圓謊，說他如何如何受傷的。

眾人雖是將信將疑，但此番搪塞也把他們應付過去。

已是兩天過去了，項思龍對父親府裡的人都熟悉起來，不過卻並沒有見著項羽，想來是父親不想自己和項羽碰面吧。心下雖是極想見見這將來風雲歷史的人物，但一想起自己和父親的微妙關係，想來不見也好。

手上的傷勢是好了五六成了，王菲每次來見他，都似有話卻又欲言而止。

項思龍知道她是想纏著自己教她劍法，卻又見自己手傷未好，所以不好意思開口，心下暗笑，但還是安了她心，說再過兩天便教她劍法，只讓得王菲當時歡呼雀躍起來。

項少龍見到王菲和項思龍的親熱勁，心下卻是有一種怪怪的感覺。

第八章　有情無情

項少龍只覺心中莫名其妙的湧起一種忐忑不安的感覺來。

思龍不會又喜歡上了菲兒吧？唉，看來倒像是菲兒喜歡思龍多些。這可怎麼辦呢，兩人要是日久生情，思龍告知王菲自己真正的身分來，使王菲不顧一切的要跟定了思龍，那卻如何是好？

還有，思龍與自己終究是勢不兩立的，如果菲兒和思龍好上了，自己卻又怎麼回去向四弟王翦交代呢？難道讓各自都痛苦不堪嗎？

原來王菲是當年秦國一代無敵戰將王翦的獨生女兒，而王翦卻又是項少龍的拜把兄弟。至於王翔、王躍二人則是王翦的堂兄弟，自王翦向秦二世告病還鄉，到塞外大草原與項少龍等一起享受自由自在的生活時，王翔、王躍兩兄弟就也已聽王剪安排到了東城隱居下來。東城縣令見他們二人是上將軍王剪的親戚，所以對他們二人特別恭敬。

想起四弟對這個獨生女兒王菲的特別鍾愛，這次帶她出塞外四弟曾囑託自己可得好好的照顧她，且似有意把王菲許給自己義子項羽。現在出現王菲和思龍相處歡好的局面，怎叫項少龍不擔心呢？

不行！自己得想法阻止他們！青年男女玩出火來就如乾柴烈火，到時一發不可收拾就糟了。

項少龍暗下決心，看了一眼正在花園裡談得歡聲笑語連連的項思龍和王菲，眉頭緊鎖。

項思龍的手傷已基本好了起來，傷口都已痊癒後結疤了。這日，項思龍正在房中與秀雲戲笑，王菲卻連蹦帶跳的推門突地闖了進來，見著二人的親熱勁兒，俏臉一紅，垂下頭去。

劉秀雲忙推開項思龍，站了起來。項思龍卻是毫不在意，虎目一挑嬉笑道：「菲兒，找我有什麼事嗎？」

王菲平靜情緒下來後脆聲道：「二叔，你答應過人家今天教我練劍的呢！」

項思龍故作恍然道：「噢？是嗎？唉，人老了記性真是差多了，嘿，我差點又給忘了呢。」

劉秀雲肚裡暗笑不已，項思龍作弄王菲倒也一本正經似模似真的，真讓人難以看出什麼破綻來呢！要不是自己現在已經知道了項思龍的身分，可也會認為他說的是真話。

王菲聽了項思龍的話，頓刻嘟起小嘴道：「哼，你盡騙人家呢！今天推明天，明天推後天。莫不要推至我們都老了才肯教我不成？」說到這裡不禁「撲哧」一下笑出聲來，但旋即發覺自己話中有語病，立時又羞得滿面通紅，焦燥不安的玉指扭弄著衣角，模樣兒可愛極了。

劉秀雲竊笑的搖了搖頭，走到王菲身前，拉過她的小手，淺淺一笑道：「今天啊，我督促著你二叔教你練劍，菲兒這下滿意了吧。」話剛說完，忽地想起項思龍的真實身分，那自己實質上現在也只可與王菲姐妹相稱了。想到這裡，也不覺粉面通紅，渾身不自在起來。

項思龍看著二女嬌態，心下一陣大樂，哈哈一陣大笑道：「好！今天我就開始教菲兒練劍，滿意了吧，夫人？」

說完逕自走到劉秀雲身邊，又輕聲道：「夫人今晚可得給我一點獎品喔！」

劉秀雲聽了羞得罵他一句，心下卻喜，拉了王菲的手輕快飛步走出房去。

三人來到練武場時，卻見場中紀嫣然和趙致正在演練擊劍對打，二人劍來劍往，利劍相碰之聲不絕於耳。站在旁邊圍觀的有四五十人，時時發出轟然采聲，好不熱鬧。

王菲最是喜歡此等場面，拉了劉秀雲的手飛快往圍觀的人從中跑去，來到了琴清諸女身邊，立即加入了為場中對打二人吶喊助威的行列。

項思龍搖頭笑了笑，緩步走到了父親項少龍等諸人身側，跟他們打個招呼後微笑著說道：「我看這裡的武風還尚是非常濃烈呢，連兩位夫人的劍術都如此高明。」

項少龍淡淡一笑道：「但比起王兄弟你的劍法來，我想卻又是差得遠了呢。哈哈，王兄弟今天有沒有雅興演試幾招，讓大家見識見識你的絕妙劍法呢。」

滕翼、荊俊、烏果等人哄然叫好，聲音倒是蓋過了為紀趙二女助威眾人的采聲。

項思龍莞爾一笑道：「嘿，我哪裡會什麼絕妙劍法的了？比起項三哥和滕二哥的劍術來，我可是小巫見大巫的了。」

這時場中紀趙二女停下了對鬥，眾人又都圍向項少龍和項思龍這邊。

王菲聽說是項思龍要出場比劍，立時眉飛色舞的拍手叫好道：「好哇！又可一睹王二叔的神妙劍術了！不過啊，最好是二叔和三伯兩人比試一場，那才最是精彩呢！」

管中邪這時卻插口道：「王兄弟的手傷還未全好呢，倒是不適於讓他握劍使力，還是由我來替他出這一場吧！」管中邪當年與項少龍幾次比劍，都因戰術失誤敗給項少龍，這次卻想藉此機會以報當年「一箭之仇」了。

項少龍自是明白管中邪的意思，微微一笑道：「管兄高超劍術，小弟可是多次領教，這次我看……」

話未說完，管中邪就已搶過話頭道：「我與項兄只是砌磋演練一番劍術罷了，嘿，項兄何必藉口推辭掃了大家的興呢？」

紀嫣然等知道管中邪的厲害，眾人都是臉色微變，黯然無語，暗暗為項少龍擔心不已，可自己等又不能出言勸阻，真是急煞人了。

項少龍也知道自己的劍術定是遜管中邪一籌的了，但是用百戰刀法呢，自己卻是自信能穩操勝卷。現在自己是吳郡城裡眾軍的精神力量和軍師，若敗給了管中邪，自是對自己在眾人心目中的威信大有打擊，所以此戰自己是只許勝不許敗。

唉，想不到自己想看看能打敗二哥滕翼的自己兒子項思龍的劍術到底有多厲害，卻還弄出個麻煩來，看來管中邪的心機的確很深，思龍有他相助，自己到是大可放心了。

想到這裡，項少龍心下已有計議，拱手道：「那項某就恭敬不如從命了。」說完走到荊俊身邊，叫他去把自己的百戰刀取來。

百戰刀是項少龍當年依現代東洋刀樣式設計的一把兵刃。鍛造這把百戰刀的清叔是紀嫣然手下的一名大梁國著名的煉劍高手，他依項少龍教給他的現代合金治煉技術，在百戰刀內加了「鉻」，使百戰刀既重且沉，鋒利無比，也堪稱是當代的一柄神兵利刃了。

項少龍有了百戰寶刀後，又自創了一套威猛絕倫的「百戰刀法」。「百戰刀法」乃是項少龍把現代東洋刀法和古代劍法揉合而成的一門刀法。當年項少龍與齊國「劍聖」之稱的曹秋道一戰，就是靠這「百戰刀法」與他相搏了有兩三百招之餘，從而獲得「刀皇」的美稱。

片刻荊俊就已拿了百戰刀出來遞給了項少龍。

項少龍百戰刀一握手上，頓覺一股堅定無比的信心傳遍全身。

項思龍亦也覺著父親身上此刻隱隱散發著一種凌架於一般高人所有的逼人氣勢，心下倏地一緊，暗暗為岳父管中邪擔心起來，不禁脫口說道：「這只是場比武較技，二位兄長只可點到為止啊！」

項、管二人見著項思龍的焦慮神色，均都心下一動，臉上顯出一絲異色，但卻轉瞬即逝。

兩人分了開來，在全場默注下，凌厲的眼神緊鎖交擊著。

圍眾者的心神都被兩人身上散發的凌厲氣勢所感染，都不由自主的緊張起來。

項少龍收攝心神，「鏘」的一聲拔出百戰刀，朗聲道：「請管兄賜教。」

管中邪見對方刀剛出鞘，自己心中就頓然產生一種沉重的無形精神壓力，臉色微微一變，「鏘」的一聲以左手拔劍，坐馬沉腰，長劍不快不慢的照對方臉面削去。

項少龍正全神戒備，百戰刀雙手緊握，斜舉於身體左側，本認為是最嚴密的防守起手式，卻不想管中邪這一劍仍使他泛起一種無從招架的怪異感覺，這種感覺且似有點似曾熟悉來。

驀地記起了曹秋道。

管中邪現在的劍術不就是也已達到了當年「劍聖」曹秋道的境界了嗎？

項少龍心念電閃之際，百戰刀也已隨著他的一聲低喝電閃而出，其勢真是雷霆萬鈞，凌厲無匹，甚是讓人覺著心神也要為之顫慄。

管中邪竟是毫不慌亂，兩目神光如電，嘴角裡逸出一絲讓人高深莫測的笑意，冷喝一聲，腳步向左移動兩步，劍勢猛地加速，長劍幻出大片劍影，再突地現出劍體，閃電橫削而出。

項少龍感覺對方長劍封死了自己百戰寶刀的所有進路，叫他似乎只有運刀架封之力。

心神一凝，百戰刀上下翻飛，寒芒電射，「唰唰唰」一連三刀連續劈出，有若電閃雷擊，威勢十足，凌厲至極。

管中邪對他的猛烈攻勢，首次被迫改攻為守，但還是半步不讓的應付著項少龍水銀泄地般攻來的刀法。不過這一窒凝，使他氣勢如虹的鬥志立時削弱三分。

項少龍雖是攻勢猛如狂風掃落葉，但亦感對方的劍勢就像一個防守堅固的城堡，無論自己的刀由哪個角度攻去，對方都能化解。

「噹噹噹噹」突地四聲清脆刀劍相磕之聲響起，使圍觀眾人提懸著的心更是一震。

管中邪長劍被百戰刀的沉重力量蕩開，手腕亦是震得一陣劇痛，手中長劍差點脫手而出，心下一陣大驚。驀地長劍微微一陣抖動，手中長劍幻出重重劍芒，竟是身形不退，反大跨前兩步，長劍如靈蛇吐信般往項少龍攻擊，一付兩敗俱傷的打法。

眾人齊聲驚叫出聲。

項少龍亦是感到管中邪此劍讓自己已避無可避，更是刀勢不敢停頓片刻，只得也使出同歸於盡的打法，但是心神卻是劇震，刀勢略之一緩。

眼看兩人就要血濺當場。

驀的只見項思龍展開「百禽身法」，身體如離弦之箭般衝向兩人，手中拔出尋龍劍在他渾身四周幻起無數劍芒。

項管二人見狀同時大驚，刀劍傾刻間都頓了下來，但餘勢還是已經不由自主攻向了對方。

「噹噹」又是兩聲劍響。

後見三條人影乍的分了開去。

全場頓然靜默無聲，喘息可聞。

頓刻後，眾人靜心細望，才都大鬆了一口氣。

卻見三人凝目而立，手中握著刀劍動也不動。

過了良久，項少龍和管中邪才都發出一陣帶著悲壯和欣喜的哈哈大笑。

管中邪喝然一聲長歎道：「項兄的刀法比當年更是精進多了。唉，管某始終還是你的手下敗將！」

項少龍靜默一陣後道：「管兄這是哪裡話來？你我只是打了一個平手罷了。唉，說起來我看王兄弟剛才擋開我們二人的一劍，才真是神乎其技呢！」說完向項思龍投過一種敬愛而又迷離的目光。

項思龍只覺臉上一紅，卑聲道：「兩位兄長，方才驚心動魄的刀法劍法才真是讓人大開眼界呢！小弟剛才魯莽情急之下，對兩位兄長多有冒犯，還請見諒一二。」

這時紀嫣然、滕翼、王菲、劉秀雲等眾人又都圍了上來。

王菲拍了拍胸脯後笑道：「剛才的情形啊，都快嚇死我們了呢！說好了只是比試武技，可真正打起來竟像要拚命似的。若不是王二叔那神妙的一劍阻擋啊，我看……」說到這裡臉上作了一個古怪之色。

眾人也都對剛才的情形心有餘悸。

劉秀雲拉過項思龍又氣又敬的低聲道：「你這人啊，可真是膽大的不要命呢！要是你剛才有什麼……」說到這裡竟哽咽起來，秀目流下了兩行淚珠。

項思龍心中甜蜜的湊到她耳際低聲道：「你老公福大命大，死不了的。嘿嘿，我怎麼捨得丟下一個如此如花似玉的老婆呢？」

劉秀雲又喜又羞又惱的把嬌軀扭了幾扭，瞪了他一眼後輕聲道：「你跟項……跟他一樣的死德性。」她本想說「跟項三哥一樣的死德性」，可突地想起自己現在與項思龍的關係來，頓然改口。

項思龍本還想說兩句挑逗的話，可紀嫣然已來到他身邊，把身子朝他拂了拂道：「剛才真是多虧王兄弟援手了。」

項思龍頓時一陣手足無措的道：「我和項三哥、管大哥都是兄弟，剛才冒然……嘿，是僥倖的了。項三哥和管大哥原本也都無意傷著對方的，我剛才只是緊張的……多此一舉罷了。」

管中邪聽了這話老臉一紅，他方才可是真存心與項少龍打個兩敗俱傷的，他也不知自己怎的愈打愈是想起當年項少龍與自己的各種仇結來，最後竟情不自禁的萌生出了殺機。

唉，要不是思龍方才那一劍，自己或許現在已含恨九泉了。

想起現實，管中邪只覺渾身冷汗直冒。自己如果真殺死了項少龍，那項思龍定也在劫難逃，還有劉邦等人也都將遭項羽的全力攻擊，那自己……

管中邪愈想愈是心驚，剎那間臉上顯出愧色來。

滕翼走到他身邊，突拍了一下他的肩頭，嚴肅冷竣的道：「管兄，你做事可要三思而後行啊！」

項思龍見著管中邪的喪感之態，走了過去沉聲道：「管兄，現在大家不是都安然無事的嗎？何必這麼不開心呢？」

項少龍也微微一笑道：「是啊，管兄，我們方才只是彼此差點失手罷了，幸好有王兄弟相助，不過現在事情都已經過去了，又何必耿耿於懷呢？」

管中邪心下感動，走上前去拉著項思龍和項少龍的手緊緊一握道：「好……好兄弟！」

三人相顧一笑，但是這笑容裡卻又暗含了多少對現實殘酷的無奈呢？

項思龍隱隱的覺著父親項少龍這兩天顯得有些焦燥不安，心裡突的有種怪怪的緊張感覺。到底是什麼事讓父親心煩呢？難道是與自己有關的？是不是那天教場比武，岳父管中邪對父親動了殺機所引起的？

難道是滕翼、荊俊他們勸父親軟禁自己和岳父？要不自己這兩天怎麼會總是有一種被人跟蹤的感覺？項思龍想到這裡，只覺心神猛的一震。

若真是這樣，自己等可就有得危險了！怎麼辦呢？難道……難道父親是想用溫柔手段來穩住自己，而暗暗的卻又派了人去刺殺劉邦？

項思龍只覺心頭一陣冰涼，額上冷汗直冒。如若真是這樣，那父親簡直是太過於狠毒奸詐了。但政治是最殘酷的，為了達到目的，自是要無所不用其極啊！

項思龍頓覺有一種被欺騙的悲痛感覺，心頭只覺一股無名業火在燃燒。如若……如若劉邦真有什麼閃失，我一定要……要大義滅親！只要我活著出了吳地，我不攪得天下大亂才怪！你項羽也別想做什麼西楚霸王了！

項思龍越想越覺得自己的怒火都快迷失了自己的神志。

劉秀雲突然推門進房，見到項思龍雙目赤紅似想殺人的狂態，大吃一驚，走上前去溫柔的道：「思龍，你……你怎麼了？是不是病了？」

項思龍目射殺氣的瞪了她一眼，看著她被自己嚇得花容失色的模樣，心中一軟，神色平靜少許但仍是心煩的暴燥道：「你是不是希望我病了？我死了你才高興對不對啊？哼，美人計！我見得多了呢！」

劉秀雲又氣又急又驚又惱，聽了他的話禁不住失聲痛哭起來，嘴唇顫抖的喃喃道：「我……我……我怎麼會有這種想法呢？你……你怎麼會說出這種話來呢？我……我的命好苦啊！」說完不禁昏厥了過去。

項思龍大吃一驚，忙衝上前去扶住她欲倒下的嬌軀，虎目流下兩行不知什麼滋味的熱淚，輕聲道：「秀雲！秀雲！你醒醒啊！是我不對！我不該在我心情不好時衝你發脾氣的了。秀雲！你不要嚇我！在這裡，我現在只有你才可以給我戰鬥的勇氣和力量了！」說到最後竟也是泣不成聲。

劉秀雲緩緩的醒了過來，聽到項思龍最後的兩句話，只覺心中一熱，抱住項思龍又是一陣痛哭，好一陣後才睜開紅腫的秀目，一臉驚惶的望著項思龍悲聲道：「是什麼事情讓你發如此大的火呢？是秀雲做錯了什麼事嗎？思龍啊！人家心裡好難受好害怕啊！」

項思龍羞愧憐愛的輕吻著她臉頰上的淚花，柔聲道：「對不起了，秀雲，我……唉！」

劉秀雲聽著項思龍長噓短歎欲語無言，知他心懷鬱結，翹首問道：「思龍，你到底有什麼心事呢？可以告訴秀雲嗎？」

項思龍看著她讓自己憐愛得心痛的淒容，尋思道：「看秀雲這樣子，應該不會是父親安排來監視自己的。唉，自己會不會是太多心了呢？或許父親根本就沒有像自己想像的那麼做，那自己豈不是……嘿，太過於小心眼了？」

這樣想來，項思龍只覺自己激動的心懷平靜了好多，搖了搖頭，目光迷茫的道：「也沒什麼的了。唉，秀雲，或許是我太過多心，在疑神疑鬼吧。這兩天我總覺著我的心神很是不安寧，似乎將要發生什麼事情似的。」說完，又輕輕的歎了一口長氣。

劉秀雲撫摸著他寬厚的虎背，幽幽的道：「思龍，你的這個預感或許也會很快面臨到呢，今早我聽嫣然說王翔也已來到吳郡城，似是對你的身分起了疑心，想請項……項伯父來試探識別一下你的真實身分呢。項伯父雖然會為你辯護，但只要他能拿出真憑實據來的話，那時你……就會有危險了。對了，聽說王翔是因在府裡擒下了你安在府裡的四個武士而對你起疑心的。」

說到這裡又悲聲道：「思龍，你……我們現在到底該怎麼辦呢？」

項思龍想不到事態果有變故，只是不如自己先前所想的那樣嚴重罷了。臉上一紅，心下卻是暗暗心驚。

沉默片刻平靜下心懷後，項思龍皺眉道：「這樣看來，我的身分終是會被他們識破的。因此的話，我們只好尋找時機偷逃出吳郡了。」

劉秀雲愁容慘澹的道：「思龍，我們真的定要離開這吳郡城嗎？我……我捨不得離開這兒呢！又要到一個陌生的地方去生活，我也不知道我能不能習慣。」

說到這裡頓了一頓，音如蚊蚋的道：「其實只要你願意留在吳郡，即使你公開身分，項伯父也會幫我們解決一切困難的。」

項思龍聽了神情一怔。是啊，自己如果留在吳郡與父親在一起，那種日子會有多好啊！但是歷史的責任呢？自己難道可以拋棄不顧嗎？

項思龍一想到這殘酷嚴竣的現實，不禁搖頭苦笑起來。

項少龍現在心下的煩惱絕不下於項思龍。

自教場比武管中邪欲殺自己以來，滕翼、嫣然他們都叫自己小心謹慎，防備管中邪和項思龍二人。但是此二人都與自己有著說不清的感情糾葛，叫自己怎忍得下心來對付他們呢？

屋漏更遭連夜雨，自己正為著滕翼他們的話煩惱不堪時，王翔卻帶來了個更讓自己頭痛的消息，說懷疑他二弟王躍是項思龍裝扮的。

自己和滕翼自是早就知道這個事實的真象，但此消息被嫣然、荊俊、烏果他們知道了，卻更是為自己擔心不已，這兩天竟然不許自己去與項思龍會面，並且私下派了人去監視項思龍和管中邪。這叫自己怎不心煩呢？

唉，自己原本是為了和兒子項思龍多相聚幾天，誰知竟弄得如此局面來？

項少龍靠在一張太師椅上，心緒凌亂的思想著這些七七八八的煩惱問題。

如此下去，思龍的身分終會被揭穿，那樣一來，他的處境就會危險了，雖然有自己坦護著他，但……唉，事情終會很是麻煩的了。

自己身為三軍指揮軍師，怎麼可以徇情枉法以身犯科呢？

但是叫自己處置項思龍和管中邪二人，那是無論如何也下不了手的。尤其是項思龍，自己反只會拋棄一切顧慮的去坦護他。看來一是只有偷送他們二人出得吳中，二是對他們二人實行軟禁了。

後者雖然於自己來說是有天大益處的，但是對於思龍來說呢？他只會恨自己一輩子，甚至說不定會……做出什麼傻事來。若真這樣，自己的精神將會遭到沉重的打擊，說不定將來再也沒有什麼心情去幫羽兒了。

唉，自己雖是想去改變歷史，但現實的殘酷冷竣卻如在懲罰自己的這種「罪惡」似的，偏偏叫自己的兒子來克制自己。這難道就是所謂的「命由天定」麼？自己創造了中國歷史上的始皇帝秦始皇，但是歷史確實還是沒有被改變過。

呂不韋不是如史記中記載的那樣，在小盤登基前夕死了麼？還有焚書坑儒的史實等等，不都是史記中記載的嗎？只不過因為自己與小盤的特殊關係，歷史的真實情況被小盤下令篡改了罷了。

但是這些不都證明了歷史是非人力所能改變的事實嗎？

項少龍想到這裡，心中感到了一份淒涼。

難道自己真的是不能改變自己義子項羽兵敗烏江自殺的命運嗎？

項少龍只覺心中一陣陣的刺痛，驀地又怪怪的想道：「如果這時代裡沒有出現項思龍，自己又會不會一定可以改變歷史呢？」

項少龍心下猛的一陣「突突」的劇跳，但旋即平靜下來，咬了咬牙，似做了什麼決定似的。

王菲來找項思龍時，臉色怪怪而神情卻又有點不安的怔怔看著項思龍。

項思龍知道這潑辣的小妮子與自己相處的這麼些天來，已經深深敬愛上了自己。這刻她聽到有關自己身分值得懷疑的消息，心情自是有著一種異樣的不平靜了。

唉，自己又何嘗不是有點喜歡上這活潑開朗而又潑辣的小妮子了呢？自己與她只能是有緣無份罷了。項思龍想到這裡，收拾煩亂的心情裝出一絲笑容道：「菲兒，有兩天沒有見到你的人影了，為叔也正想著你呢。今天來找我是不是要我去教你學劍啊？」

王菲一改往日的活躍，聽了他這話竟是突地眼圈濕了起來，咬唇垂首，沉默不語。

劉秀雲這時也強作歡顏，走上前去，拉過她的手道：「菲兒，你怎麼了？找王叔到底有什麼事情嗎？」

王菲猛一抬頭，目光緊緊的盯著項思龍，一字一字的道：「躍叔，你到底是不是項思龍？」

項思龍心神微微一怔，裝作驚態道：「什麼？菲兒，你說什麼？哈哈，竟說我是項思龍？你這話聽誰說的？」

王菲見著項思龍又驚又憤的神色，心底更是一片混亂，脫口道：「項三伯也說要把你擒下囚禁起來呢！如果你不是項思龍，他又怎會準備如此做來呢？」

項思龍和劉秀雲聽她此話，禁不住心下同時大驚，臉色直變。

劉秀雲更是忍不住失聲叫道：「項……他怎麼會如此做呢？難道竟然不顧與思龍……」

項思龍聽她再說下去就要洩露自己和父親關係的秘密了，忙出聲阻住她的話頭道：「秀雲，你幹嘛如此激動呢？咱們沒做虧心事就不怕鬼敲門，項三哥儘管來抓我罷了。驗明真象後，他自會放了我的。」

說到這裡頓了一頓後又慘笑道：「他也是出於小心謹慎嘛！現在這世上還是處處留一著後手為好。但倒不知他為何會懷疑我就是項思龍來。」

項思龍其實心裡苦痛至極點。父親終究是食言而將要出賣自己了，自己的預感還是沒有錯的。

項思龍突地一陣哈哈大笑起來，笑聲的悲涼讓人聽了心神黯然，只聽得他喃喃的道：「煮豆燃豆萁，相煎何太急？」

王菲聽了已是禁不住落下淚來，神色淒苦的泣聲道：「你果然是項思龍！你不用再在我面前演戲騙我了！你……你還是想著自己怎樣的逃過此劫難吧！」

說到這裡突地一跺腳，扭身往房門外衝了出去，到得門口時又突地停住了身子，轉過頭來恨聲道：「項思龍，我恨死了你！」

項思龍聽了茫然若失的望著她從眼前逝去的身影，心裡覺得好酸好沉。

項少龍焦急不安的在客廳走來走去。

紀嫣然、琴清、烏果、烏卓等都深懷心思的望著一臉愁容的項少龍。

少龍這兩天到底怎麼了呢？自王翔帶來王躍身分值得懷疑的消息後，他的神色就一直古古怪怪的，夫君隱居塞外的這十多年來，從來沒有見他這樣的精神失常過啊！

紀嫣然目光黯然迷離的想著。

難道這王躍身上對他而言有什麼秘密？噢，對了，這王躍可能是易扮的項思龍！那麼這項思龍與夫君之間到底有什麼秘密呢？

看這「王躍」談吐不凡，才思敏捷有若夫君當年，難道他們……或是同一師父調教的師兄弟？還或是同一宗族的家人？

紀嫣然想到這裡，只覺有一種忐忑的怪怪感覺。

那麼少龍為什麼自「王躍」來這裡之後，就不許寶兒來見他呢？他向來都是很疼愛寶兒的啊？可為何今天寶兒來找他，他竟然叫二哥滕翼和五弟荊俊把寶兒強迫的送回郡府去呢？

紀嫣然覺得自己愈想愈是糊塗起來，禁不住站起身來走近項少龍，溫柔的道：「少龍，你有什麼心思最好能說出來讓大家幫你分擔一下。都相處這麼多年了，你難道還信不過我們嗎？就是天塌了下來，大家都會來幫你扛住的。」

項少龍停住了腳步，憔悴的面容上閃過回憶之色道：「唉，要是我們在塞外草原裡不出關外，繼續過那種自由自在的生活，日子會有多麼的愜意啊！現在就不會有這許多煩惱的事情了！」

眾人聽了神色一愣，雖是茫然不知所以他為何這刻說出此等話來，但眼睛裡都也不禁流露出一種沉迷陶醉的回憶神色。

項少龍的心更是飛過這充滿戰爭殺伐的塵世，飛回到了讓人渾然忘憂，遼遼草原的生活裡……

第九章　情繫草原

風，拂面而來，輕悄悄的。

草，漫步而過，軟綿綿的。

柔和的夕陽光斜射在這一望無際的大草原上。成群的野馬在這綠草如茵的「大地毯」上悠閒的啃著地上的草兒。

項少龍和紀嫣然挽攜著踏步在這夕陽下的大草原上，心中各是思緒萬千。

終於逃離了那塵世中的勾心鬥角了！

戰爭和殺伐也終於離開他們遠去了！

項少龍語氣滿是感慨而充滿激情的道：「嫣然，我們嚮往已久的生活，終於在我們的眼前展現了。你瞧這草原的黃昏是多麼的美啊！平靜而和諧。無絲竹之亂耳，無案牘之勞形，真是此境只應天上有，人間能有幾處在？」

紀嫣然目光迷離的看著自己愛煞的夫君，偎依在他堅實寬廣的懷裡，朱唇輕聲道：「經歷了許許多多的坎坎坷坷，才來到這與世無爭的大草原裡，夢想終於變成現實，我們自是非常珍惜這得來不易的生活。但是天下間的勞苦百姓，卻是沒有幾人能有我們這般幸運的了，他們還在流血中痛苦呻吟呢！」

項少龍神情一黯道：「可是我們又能做些什麼呢？世上的許多事情都是非一人之力可以扭轉乾坤的，我們可以做的只有空虛的同情，空虛的自我安慰。唉，問君能有幾多愁？恰是一江春水向東流！嫣然，我們還是不要去想那些令人煩惱的事情了。對了，寶兒這兩天在做些什麼？」

紀嫣然的秀眸裡幽怨的神色這時閃過一絲異采道：「他這兩天纏著二哥給他講中原的故事呢！尤其是關於你的英雄事蹟。唉，寶兒那小傢伙似乎很嚮往中原的生活，常嚷著要回中原去見識見識呢。」

項少龍聽了只覺心裡一突，有些怪怪感覺，目光盡顯憂慮。

難道寶兒真的是將來馳騁中原，不可一世的楚霸王項羽嗎？

項少龍又覺心裡一陣恐懼和刺痛。若真是這樣，那自己也就沒有幾年這樣平靜的生活可過了，戰爭和殺伐又將襲捲到自己頭上來。

還有……還有項羽終是被劉邦迫得偕美女虞姬自刎於烏江邊上……

難道這些殘酷的現實真的將面臨到自己頭上來嗎？

項少龍的虎軀不自覺的打了個寒顫。

紀嫣然見了一怔，擔心的道：「少龍，你身體有什麼不適嗎？噢，有了涼風了，我們還是回營帳去吧！晚膳也差不多快準備好了。」

項少龍平靜了一下心懷，看著紀嫣然那嬌豔若芙蓉的俏臉上帶著幾分關切的焦色，心下一甜，輕接著她的纖腰，吻了一下她嬌嫩的臉蛋，微微一笑道：「這麼一點涼風會吹倒你的夫君嗎？那麼晚上我怎麼去應付我的六位夫人呢？」

紀嫣然俏臉一紅，嬌怒的瞪了他一眼道：「人家剛給你一點顏色，你就故態萌發了。哼，你還不是個……這麼多年來我和幾個姐妹肚子都毫無動靜，都恨死你了呢！」說到這最後兩句，聲音已是弱如蚊蚋。

項少龍也是心神一震。自己這麼多年來怎麼沒有讓眾夫人中的任何一個懷孕呢？難道自己是被「馬瘋子」那個什麼時空機器破壞了生育能力不成？

想到這裡，項少龍只覺著心裡驀地一陣冰涼，同時也覺得自己真是愧對眾夫人了，不禁生出一種痛恨自己的感覺來。

紀嫣然見自己的話使得夫君不開心起來，心下歉然的陪笑道：「我只是隨口開玩笑的呢，夫君大人生氣了嗎？其實我們有了寶兒，都已經心滿意足了，又哪會怪恨你來著呢？」

項少龍知道嫣然此番話是安慰自己，臉上苦笑，心下卻還是不能釋然。

項少龍和紀嫣然回到營帳時，卻見眾女正在有說有笑的大擺晚膳。

荊俊見著項少龍臉上有異色，怨聲笑道：「今天是靈兒的生日呢！我和二哥都找你們老半天了！大家都等著你這做三伯和三娘的回來主持生日宴會呢！」

項少龍倏地記起二婢善蘭今天還特意叮囑過自己，二哥兒子滕靈今天生日，叫自己可千萬不要忘了，因為靈兒吵著要自己為他舉行生日宴會。

想到這裡，莞爾笑道：「嘿，我這不是回來了嗎？時間剛剛好呢！好了，寶兒和靈兒呢？」

琴清這美女湊過來笑道：「也還不是出去找你們了，這兩個小傢伙今天都樂了一天呢！二哥被他們纏個半死，非要他給他們講故事聽，當然都是關於你這個很會享受的大英雄的事蹟啦。」

趙致這時也過來續道：「這兩個小傢伙啊，在眾孩子們面前都裝作大人般的成熟，可一見著你和二哥就又敬又怕，老老實實的。今天二哥給他們放了一天假，沒有要他們去做功課，二小都高興得什麼似的，帶著眾孩子啊在這草原上演習打仗的遊戲呢！可真像透了你這個做乾爹的當年，喜歡打打殺殺的。」

項少龍心下又不自然起來，嘴上卻笑道：「這就叫作虎父無犬子嘛！舞刀弄槍才方顯男兒本色呢！」

這時身後傳來一陣哈哈大笑道：「我們的『大聖人』又在高談闊論些什麼？」卻見鄒衍從帳門外走了進來，臉上含著微笑的望著項思龍。

紀嫣然一見著是鄒衍，忙上前去嬌聲道：「乾爹，你不是和圖先生、蕭先生一起去了塞北的草原了嗎？今天怎麼也趕回來了？」

鄒衍慈愛的看著她笑道：「烏果今早就去那裡把我們接了回來，一百多里的路，騎馬很快就到了嘛，大家都快有半年多沒有歡聚在一塊兒啦，今天難得有機會，我怎麼捨得不來呢？」

帳外又傳來兩聲爽朗的笑聲道：「是啊，我們都是來湊熱鬧的呢！鄒先生昨晚還跟我們說，明日我們會遇著喜事，卻果也被他說個正著。」

圖先和蕭月潭二人也走了進來。

烏廷芳大喜道：「我爹和大哥來了嗎？」

蕭月潭搖頭道：「他們要在那邊鎮守牧場，不能來了。不過卻托我們給靈兒帶來生日禮物了。」

項少龍要大家都圍坐了起來，叫了荊俊去找滕翼和項羽、滕靈他們。

荊俊剛出得營口不多久，卻見得他又轉了回來，笑道：「我剛出營帳就碰著他們三人，倒省去我找他們的工夫了。」

趙致嬉笑道：「這次又便宜你了。」

話剛說完，滕翼帶兩小已走進帳營。

項少龍望著滕翼苦笑了一下，項羽卻已躍到他懷裡撒嬌道：「我和靈弟一起找了你大半個下午呢！爹，你可是哪裡去了？」

項少龍看著懷裡健壯的義子項羽，卻見他雖只十二歲，但卻長得比一般孩子高壯多了，已經有得自己齊肩般高，濃眉環眼，雙瞳仁，手腳粗壯之極，臉骨粗橫，肩寬臂粗，眼若獵鷹，渾身散發著一股堅毅勇猛的鬥氣。

項少龍心裡頓然又有一種怪怪的感覺，看著懷裡的項羽發愣。

滕靈的童脆聲把項少龍驚覺過來，只聽得他怨道：「三伯昨晚還說今天陪我玩的呢，誰知卻是說話不算話！」

項少龍鬆開項羽，走了上前去一把抱起比項羽矮小許多的滕靈，摸了摸他的臉蛋道：「好吧，今晚三伯就給你講兩個故事以作補償，好嗎？別哭喪著臉了，今天可是你生日呢！」

滕靈聽得項少龍將講故事與他聽，高興得連拍小手道：「好哇！三伯這次說話可要算話啊！」

項少龍放下了他笑道：「當然啦，這次有你這麼多的伯伯爺爺作證，三伯想賴也賴不了了。」

眾人聽了一齊大笑起來。

這時烏果帶了二十多個皆約十二三歲左右的男孩女孩，吵吵嚷嚷的進得帳內。一時營帳裡更是歡聲笑語，孩童叫喊聲連連不絕，湊成了一首歡快的眾人合歡曲。

項少龍看人數差不多到齊了，安排眾人圍桌坐定後，先叫滕靈閉上眼許了個願，隨後領著眾人唱起了早就教會了他們的現代的「祝你生日快樂」的生日歌。

歌聲劃破草原夜空的靜寂，場面熱鬧非常。

眾人鬧哄哄的狂歡了好一陣子，滕靈這時突然大聲道：「我們來聽項三伯講故事好不好？」

孩子們聽了齊聲歡呼，紀嫣然、滕翼、鄒衍諸人則是望著項少龍微笑不語。

項少龍平靜了一下還在興奮之中的情緒，看著眾孩子們一雙雙渴求的眼睛，乾咳了兩聲，然後好整以暇的道：「好，現在我就開始講第一個故事。在很古很古以前啊，天下有十個太陽，晝夜循環在天空中運行，使得人間沒有日夜之分，人們的起居作息都失去了時間準則，再者呢，那十個太陽散發出的熱量啊！使得天都下不了雨了，以致造成天下大旱，農民百姓都餓得奄奄一息。」

說到這裡頓了一頓，卻見在座眾人無論孩子大人都瞪大著眼睛望著自己，靜待自己說下去，暗暗好笑，要說叫自己講故事，在現代時看過的各種小說雜誌可多得是呢，即便講上一年自己也講不完。

項羽見項少龍故意賣關子，催聲道：「爹，快接著講下去啊！」

項少龍笑了笑接道：「就在這民眾都接近死亡邊緣的時候，當時的一位聖帝王廣招天下奇人異士，找出了一個叫后羿的神射手，叫他射落多餘的太陽。

「這天，后羿在眾多百姓圍觀之下，連射了九箭，射下了九個太陽。圍觀的百姓都對這后羿敬若神明，把他擁立為王。好了，這個故事就講到這裡。靈兒，你聽了後有什麼感想呢？」

滕靈偏著小腦袋，苦想了一會後說道：「三伯是告戒靈兒日後要行俠仗義，為民除害嗎？」

項羽則是眨巴著眼睛接口道：「同時也說明了一個道理，一是說射技習到極致可以克敵於幾百丈之外，二呢則是說練好神技為天下百姓除害，就能得到眾人的愛戴。」

鄒衍聽了後，目射奇光點頭讚道：「不錯！孺子可教也！虎父無犬子，實沒說錯。」

蕭月潭也頓首道：「其實說來，箭乃是兩軍對敵中的最佳武器，可以讓你先置身於安全之地而再殺敵於百丈之外。所以習射自古至今在各國練兵中一直受到重視。」

滕翼這時也接口笑道：「說起習射，我卻也想起一個故事來。從前有一位射箭神手收了一個徒弟，教徒弟射箭時除了要他練臂力外，卻主要讓他練目力，方法是先懸車輪於架上，教徒弟時時注目而視，一段時日後把車輪再換成銅錢，待徒弟告訴他練到了凝視銅錢也感覺如車輪大時，又將銅錢改換成了一隻蒼蠅。

「三個月後，徒弟再告訴他，運神注視蒼蠅也可感覺如車輪般大。但神射手依然搖頭說徒弟只練到形而未練到神。要他繼續勤加練習。一年以後徒弟全神注目而視蒼蠅，只覺蒼蠅在自己眼中就像定了形似的，絲毫畢露的落在自己眼中，而渾然忘卻其他，神射手這才微笑著跟徒弟說，他的射術練成了。」

紀嫣然道：「你這故事也就是說，善射者必須做到意隨心動，弓隨意發了。我看這樣的箭術只有王翦四弟才會，可惜他不在這兒啦，要不可以讓他給我們表演一番。」

項少龍想起自己與四弟王翦首次相識是為爭奪做小盤的太師傅，想起他那神乎其技的絕世箭術，現在都不禁心動折服。

項羽則聽得神往不已道：「二伯射術也厲害得呢，我親眼看到他一箭射三隻飛鳥來呢！對了，二伯，從明天起你就開始教我射箭好不好？」

滕翼對自己這給三弟項少龍過繼的大兒子項羽特別疼愛，聞言一笑點頭道：「只要你吃得住苦啊，我盡可以教你。」

項少龍聽了項羽又要習射箭，心裡也不知是個什麼滋味，只覺著心有點突突的直跳。自己的義子項羽，到底是不是未來的西楚霸王呢？

項少龍突地覺著頭痛欲裂來。

項少龍在這怡然恬靜的草原生活裡，心裡總是有著一個疙瘩似憂悶不樂。自己把小盤一手締造成了秦始皇，難道真的卻又要自己幫義子項羽一手把大秦帝國給毀掉麼？這是一個滑稽而又痛苦的命運啊！

但是史上記載的項羽身世卻不是這樣的啊！他是楚國名將項燕的孫子啊！

再說自己這裡也沒有什麼叫項梁、項伯的人。自己到底為什麼會有這種忐忑不安的擔心呢？

難道歷史真的又會把這個災難的使命降臨到自己身上？項羽的外貌性格都太像史記中所述的西楚霸王的形象了。這究竟是怎麼一回事呢？難道只是同名同姓的巧合？

項少龍陷入了一種痛苦的深深沉思之中。

紀嫣然不知何時已來到了項少龍身邊，看著夫君一臉的愁苦之色，把頭輕輕的靠在他寬厚結實的肩頭上幽幽的道：「少龍，到底是什麼事讓你這麼心煩呢？我們現在已經擺脫了世俗的苦難了，在這渾然忘憂的大草原裡，自己所愛的親人和朋友都已歡歡樂樂的相聚在一起，我們應該過得很開心才對啊！」

項少龍反手一把把她摟住，感受著這美女對自己的綿綿溫情，輕輕的歎了一口氣道：「煩惱不惹人，人自尋煩惱。唉，或許是人愈老了也愈變得膽小怕事多愁善感了罷。我總覺得我們這種平靜的生活終會被什麼打破似的，暴風雨似乎就隱埋在這平靜生活的深處裡。嫣然，我真的是感覺有點恐懼，我不知道我是否能承受再一次打擊的痛苦。」

紀嫣然把嬌首深埋在項少龍的懷中，心中激情湧動的道：「少龍你不是說過嗎？人生得意須盡歡，莫使金樽空對月。我們現刻擁有著這寧靜美好的生活，就暫且去盡情的享受他吧！何苦又去想那許多還是未來的愁苦來煩惱自己呢？想開些吧，明日愁來明日還。」

項少龍聽得夫人這一番柔情似水的安慰話來，只覺心中一蕩，喃喃道：「嫣然，我項少龍能夠得你為妻，也不知是哪世修來的福份？」

紀嫣然赧然的甜蜜一笑道：「妾身能夠得你為夫，也甚感欣慰呢！舉天下之士，有得幾人有我夫君這般才智敏捷，勇略過人的呢？」

項少龍情緒不覺一陣激蕩，端起紀嫣然的俏臉細細端詳，又是一陣意亂情迷，忽地只覺慾火頓起，想到了一種鬆弛精神的妙法，湊到她耳旁低聲道：「我的好夫人，今天陪我好嗎？我想……」想到這裡，俯頭在她的香唇上痛吻起來。

紀嫣然臉上飛起一朵紅雲，嬌柔的道：「夫君要妾身怎麼樣就怎麼樣吧。」

項少龍捉狹道：「那我的好夫人就請先回閨房等我，不准你身上有半件衣物，待會我進來與你立即纏綿，可以嗎？」

紀嫣然又羞又喜，「嚶嚀」嬌呼，脫出他的懷抱，白了他一眼，逕自奔回房去。項少龍看了心中大樂，神情蕩然。

天蒼蒼，野茫茫，風吹草低見牛羊。

項少龍和烏卓、滕翼、荊俊三位兄弟忘情的在一望無際綠草如茵的草原驅騎漫遊著。

項少龍看著在這藍天白雲下的大草原上追逐嬉耍的一群大約十三四歲左右的少男少女，嘴角上浮起一抹幸福滿足的笑意道：「如此怡然自樂與世無爭的草原生活，我想是每一個飽受過戰爭痛苦的人都嚮往的吧！」

滕翼也感慨的道：「現在天下終於算是風平浪靜。嬴政平定了六國，建立了強大的秦王朝，天下百姓應該也會有一段太平盛世的日子過了吧！戰爭已經是平息了！」

烏卓則是心有餘悸的道：「嬴政的手腕也確實是太過厲害罷了！自呂不韋等二黨倒台後，他就一把收攬了秦國所有的軍政大權，利用自己強大的國勢震懾力度，輔以賄賂、離間、分化等軟硬並施的各種懷柔手段，再叫王翦、桓奇等超級名將出征六國，遂使六國被逐一擊破或是自動降服，使之成為了歷史上威名遠播的第一個統一天下諸多王侯並雄局面的始皇帝。」

荊俊卻又是冷笑的道：「哼！若是沒有三哥的幫助，他嬴政會有今天的風光麼?或許現在已成了戰爭的代罪羊羔兒呢！可這小子竟是狼子野心，三哥成就了他，但他卻恩將仇報，忘恩負義得連自己這一生輝煌成就所賜的恩人也想殺。我看啊，這小子的江山定是不會坐穩多久的了。如此逆反人心的人，天下必將會起而反之，又怎會能統治好天下？」

項少龍聽得心下一震。

他想起了小盤殘暴專橫的行為，沉重的賦稅，繁重的傜役，還有殘酷的刑罰以及因自己而起的焚書坑儒等等，這些天怒人怨的行為，都醞釀了將來使秦王朝滅亡的強大反抗力量。對了，不是有陳勝、吳廣的大澤鄉起義麼？

項少龍只覺著心中有一種說不出感覺的劇烈刺痛。

小盤是自己一手把他締造為秦始皇的，但是他完成統一大業後的殘暴專橫卻又是自己所阻止不了的，也就是說自己無力扭轉歷史發展的必然趨勢——秦王朝滅亡的結局。

忽的又想起了李斯，項少龍的心中更是湧起一股怪怪的酸味來。

李斯是由自己一手推薦給小盤的，但想不到他將來竟因爵祿熏心，泯滅良知的教使胡亥變本加厲的推行秦始皇的暴政，使之把胡亥和他自己都引向迅速滅亡的道路。

這到底是一種怎樣的命運呢？

善有善報，惡有惡報嗎？但是對於政客的善惡又用什麼來作為標準衡量呢？

項少龍不禁搖頭苦笑，想起自己以前的那些所作所為也不知什麼是善，什麼是惡，什麼對，什麼是錯，心裡感覺糊裡糊塗的。

若是沒有自己，小盤肯定是當不上什麼秦國國君的了，李斯也不一定能做上秦國宰相。想起他們的結局卻又是讓人感到可悲的，心下不禁又是一陣默然。

如果自己造就義子項羽成為一代西楚霸王，那歷史又將是怎樣的局面呢？

項少龍只覺一陣怦然心動，心情緊張忐忑起來。

一陣少男少女的歡呼聲把他驚醒過來。

項少龍抬頭往發聲處望去，卻見義子項羽正在和滕靈練劍，二小劍來劍往，倒也儼然有一派劍手的模樣。

紀嫣然，琴清、趙致、田鳳諸女都圍在旁邊觀戰吶喊助威。

項少龍心中頓然升起一種甜美的感覺來。

滕翼這時望著他疑惑的道：「三弟，你在想什麼呢？竟然這麼入迷出神？」

項少龍看著不遠處，揮劍淋漓瀟灑自如的義子項羽，在陽光下那英俊威嚴成熟的面孔，忽地一陣哈哈大笑道：「世上的萬事萬物本身都是會新陳代謝的，想來歷史也當是如此的了。一代舊人換新人，只要隨著歷史發展的潮流走，也就是自己在這時代的歷史責任了。」

滕翼、烏卓、荊俊三人聽了項少龍這番沒頭沒腦的話，都是一臉茫然，不知他在古里古怪的說些什麼。

項少龍望著他們神秘的莞爾一笑，目光又投向正在舞劍的項羽。

這日下午，項少龍正在營帳內與趙致、田貞二女說笑嬉鬧。

滕翼和荊俊二人突地風風火火的闖了進來，一臉焦急不安的神色。

項少龍心下一驚，俊臉微紅，放開二女忙站了起來迎上去道：「二哥，發生了什麼事？這麼慌慌張張的！」

滕翼緩了一口氣後，語氣急促的道：「我們牧場遭到胡人的偷襲了，他們這次竟出動了三千多的人馬，我們派守牧場的人都快守不住了。」

原來這胡人乃是這塞外漠北一帶裡的一個凶蠻的少數民族部落，他們族中人人會武，起居無定，經常流動的搶奪劫殺這塞外周圍弱小部落的財物和美女。

因這塞外遠離中原本土，秦政勢力範圍難以涉及，所以這一帶雖無戰爭殺伐，但盜賊繁多。就像這胡人就是塞外人人談虎色變的一霸。

三年前他們也曾氣焰囂張的有五六百人來到這豐饒的牧場想大肆搶奪一番，但不想碰的是訓練有素的烏家軍，所以被打得灰頭土臉的狼狽而逃。從此就再也沒有來侵犯過。

這次捲土重來，自是想洗當年一箭之仇。

項少龍聞言心中大震。他們這邊鎮守牧場的烏家軍只有一千多人，如果是在猝不及防的境況下被胡人馬賊偷襲，那情況自是大為不妙。以少勝多一是靠巧妙計策或利用有利地勢，二是需全軍凝固的合堅力量。烏家軍雖是人人身手不凡，但是這批胡人卻是凶殘橫蠻，個個都是力大無比，而且善射。

現在該怎麼辦呢？項少龍心念電閃之中，已經自帳壁上取下了百戰刀，低喝道：「快！我們前去看看！」

三人出得帳外，策馬飛馳往爭殺之地衝去。

不多時三人就已來到戰場。

卻見前方草原防守隘礙處一片混亂，喊殺聲直沖雲霄。烏卓領著一千多名烏家軍，正死命擋著敵人一波又一波的進擊。烏家軍在眾賊一批又一批箭矢的射殺下一個個慘叫著倒了下去。

項少龍看得心中刺痛，雙目赤紅，狂喊一聲，拔出百戰寶刀，帶頭衝殺過去。滕翼、荊俊二人亦是看得怒火直燒胸懷，發出一聲撕心裂肺的狂叫，提劍策馬衝上前去。

項少龍一口氣斬殺了數十名敵人，所到之處，眾賊驚呼而避。

項少龍心中怒極，百戰刀刀勢加疾，前後左右一陣直劈橫砍。

眾賊見項少龍太過威猛，箭如飛蝗般向他射來。

項少龍跨下坐騎一陣慘嘶狂奔，但不到百十步就驟然倒斃。

項少龍騰空躍起，百戰刀在半空中劃出一道圓弧，擊落眾賊射來之箭，同時自腰中摸出一把飛針疾射而出。十多名弓弩手應聲而倒。項少龍雙足觸地時，卻見十多個賊人策馬向他所站之處馳來，似想借馬匹的衝擊把他踩死馬蹄之下。項少龍大驚，暗叫「我命休矣」時，卻見滕翼已策騎飛馳而來，一手提墨氏木劍向眾敵砍去，一手伸出向項少龍抓來。

眾敵坐騎速度由於受到滕翼阻擋，暫緩了一下，項少龍忙跨步標前，抓住滕翼伸出的左手，借力一個飛身躍上馬背，同時百戰刀向衝來的兩名敵人砍去。

敵人慌恐之中忙運劍格擋，豈知百戰刀過處，長劍立斷為兩截，寒芒透體，翻身滾下馬去。

項少龍和滕翼二人衝出敵叢，立時有百多名烏家軍衝身過來護住二人。

滕翼左臂已中了一箭，箭頭深入有四五公分之深，亦流出黑色血水來。

啊，箭頭有毒！項少龍又驚又恨，一時只覺怒憤填膺，殺機大熾，真想豁出去與敵人拚個你死我活。但看著額上直冒冷汗的滕翼，虎牙一緊，冷靜下來。

看來敵人已占了壓倒性的上風，自己等如若誓死與敵人硬拚，只會導致全軍覆沒罷了，二哥現在又受了傷，看來只好先避其鋒芒，撤軍再說了。

想到這裡，項少龍策騎來到烏卓身邊沉聲道：「你帶上二哥等人馬撤退，留下一百個敢死隊員與我一起拖住敵人！」

烏卓剛想出言反對，項少龍又已低喝一聲道：「快！二哥已經中毒了！」

烏卓知項少龍意志已決，目中投過一抹激動之色，順手接過已昏迷的滕翼。

項少龍這時已糾集了百多個誓死與敵人相抗的烏家軍兵將，同時下令其他的人隨同烏卓撤離此關隘。

兵敗如山倒。在戰場上撤軍是件非常危險的事情，眾敵一旦乘勝追擊不捨，那將是會使己方陷入一敗塗地的境地的。

項少龍率領著百多名烏家軍呈一字形排開，誓死阻殺追擊進攻的敵人。

項少龍一時只覺胸中熱氣沸騰。自來到這塞外牧場就從未痛開殺戒了，這次寶刀重新飲血，讓他頓然覺著有種重回到了當年戰火紛飛場面的感覺。數百名敵兵如狼似虎的向項少龍撲來，狂攻不捨。

項少龍一手猛揮百戰寶刀，一手拔出腰間飛針，夾馬前衝。飛針連環擲出，寶刀上下翻飛，眾敵紛紛倒地。但是敵人還是一批又一批的向他湧來。

項少龍身上此時受傷已不下二十多處，但大般都只是不重的皮肉之傷。看著身後已經撤離得不見蹤影了的烏卓眾人，項少龍心中大感安慰。自己即便犧牲了，也是為了保護族人而光榮就義了，自己死得其所。

只不過想起項羽、紀嫣然諸人，心頭又是一陣黯然，但同時也生出一般強烈的求生心理。自己決不可以死的！為了自己心愛的女人，為了看到將來功成名就的羽兒，我一定要活著去見他們！

想到這裡，項少龍頓刻忘了肉體的痛苦，只覺精神進入了一種無比亢奮的狀態之中。

危亂間，飛針已經擲完。然寶刀所揮之處，還是所向無阻。

敵方首領似已氣極敗壞，催動主力狂攻項少龍一人。

項少龍突地只覺肩頭一陣劇痛，繼而有些麻木感，握刀的手竟是乏力起來。

眾敵中有人狂歡喊道：「他中毒箭了！」

敵方首領聽了似是大喜吼聲道：「不要殺他！把他活擒下來！我桓楚倒是想看看殺我軍四五百之眾的敵方將領到底是何方神聖？」

第十章　似敵似友

悠悠醒來，項少龍只覺四肢活動甚是不便，且疼痛難忍，不過肩上的麻木之感卻是消去。

睜開眼睛一看，卻見自己手腳已被鎖上腳鏈手拷，苦笑一下，旋即記起在草原關隘那慘烈的一戰來……

一百多個烏家勇士一個個在自己眼前倒下，自己身中毒箭之後，箭毒侵遍全身，渾身麻木起來，頭腦亦是昏昏沉沉，握刀的手竟不聽使喚，眾賊在耳際狂笑，最後意志終於迷糊，接著就是人事不醒……

怎麼？自己真的被這幫馬賊擒住了？但是他們為什麼不殺自己呢？自己可殺了他們三四百人馬！

他們到底想把自己怎麼樣呢？看肩上的箭毒，定是馬賊給自己解的了。這卻是在對自己弄什麼玄虛來著？

項少龍心下大是疑惑不解，但想起自己就這樣栽在一群馬賊手裡，心下不禁甚是悲涼。想起自己當年威震六國，是何等風光？舉天下之間誰人不對自己敬服三分？但是今日呢？卻是落得個如此狼狽落魄，成為一眾馬賊的階下之囚。

滿懷感慨下來，又不禁想起了自己的愛妻愛妾和項羽他們來。

唉，原本以為來到塞外草原，就可以逃離一切殺伐和苦難，過著桃花源似的世外生活，誰知還是……

長長的歎了一口氣，良久後才平靜下心情，舉目細細察看起這關押自己的牢房來。

室內並不暗潮，甚至還有一張簡陋的舊床，自己就正躺身在這床上，牢門是用一根根手臂粗的木棍做成的，中間有許多的空隙，室外的光線可以射進來。

門外卻站了兩個三十左右的粗壯漢子守在門口，手持長矛。

見項少龍醒來，兩人朝他狠狠盯了兩眼，目中閃過像是仇恨又像是驚懼的神色，都不自覺的端正自己的身體，凝神戒備起來。

項少龍心下暗笑，自己現在手足受制，被關在這守衛森嚴的監牢裡，卻想不到餘威猶存，竟嚇得兩人……喂，差不多快屁滾尿流了吧！

想到這裡，突地覺得喉嚨甚是乾渴，站了起來，走到木欄邊，啞聲道：「喂！兄弟，給我端碗水來喝可以嗎？」

那兩個大漢似被他突然發話嚇了一跳，身子不自覺的震了兩下，手中長矛一晃。但聽得項少龍只是想喝水而已，驚慌的神色立時平靜下來，臉上雖甚是不快，但亦沒有出口罵他，其中一個漢子倒真走了開去為他端了一碗水來。

項少龍自木欄間隙接過，說了聲：「謝謝」後，端起碗來一飲而盡，頓覺身心舒暢了好多。

自己在這裡的「待遇」還真不錯呢！倒真不知這裡的馬賊頭子在搞什麼鬼來，對自己不打不殺，只是關著，人也不照個面。

心下想來口中說道：「兄弟，你們到底是什麼來路的人？把我抓來關在這裡不打不殺的是什麼意思？你們這裡的主人呢？我想見他！」

其中一個漢子聽了冷笑一聲壯膽道：「哼！你以為我們真不會殺你嗎？只是未到時機罷了。你現在還有利用價值呢！我們桓爺啊，想借你威脅牧場那些誓死頑抗的人。以你的武功和機智，定是那些冥頑不化的賊子中的首領人物，他們定都不會希望你死了。到時我們就利用你和那些賊子談條件，要想我們放了你，就要他們把牧場讓一半給我們。

「當然啦，放你時，你只不過是個殘廢罷了，我們桓爺定會砍了你那一雙殺過我們五百兄弟的罪惡的手的，要叫你一輩子都不能使劍。哈哈！」說到這裡，那漢子竟是自我陶醉的大笑起來。

另一個漢子接口道：「我們桓爺想做的事，沒有哪一件會不成功的。」

項少龍聽得心下駭然，想不到這些馬賊心腸竟是如此的毒辣奸詐，當下冷笑道：「哼！你們的如意算盤倒是打得不錯，但是我可以嚼舌自盡，使你們的奸計難以得逞！」

二個漢子臉色同時大變，先前發話的那個漢子頓時焦急的軟聲道：「哎，兄弟，我方才那番話只是自己信口編來嚇唬你的，你可千萬不要做什麼傻事啊！要是你出了什麼差錯，我們幫主會殺了我們的！」

說到這裡竟是帶著哭腔了。

另一個漢子趕忙道：「是啊！這位大哥，你就算行行好吧！我這位兄弟剛才是放屁呢！其實，我們桓爺很敬重你呢，看你英偉不凡，武功高強，定是條英雄好漢，所以……這個呢想要你加入我們的大江幫來，與我們幫主同享仙福，萬壽無疆呢！

「嘿嘿，憑你的身手實力，定會被幫主委以重任的，說不定還會讓你當副幫主呢，到那時，我們兄弟二還希望大爺你多多關照呢！」

項少龍想不到自己隨口說的一句話，嚇得二人氣焰大減，竟對自己恭維起來，心中大樂，對這後者拍馬屁的功夫也是大為敬服。

但細想一下，二人話中各有道理，對他們的話倒是不知信前者的好還是信後者的好。

管他的呢！隨便玩什麼把戲都無所謂了！自己現在手無寸鐵，且被縛手縛腳，無論怎樣也是逃不了的了。

好，一切都是隨機應變，見機行事好了！想到這裡，項少龍嘿嘿冷笑道：「哈哈！那還得托兄弟你之吉言呢！對了，你們難道不是什麼胡人嗎？大江幫，我怎麼從沒聽說過？」

先前發話的那漢子這時又得意起來道：「嘿！我們大江幫是這近兩年才發展起來的，勢力遍佈這塞外南北，且滲入到了秦境的會稽群境內。現在這塞外漠北，對我們大江幫真是哪個不知，誰人不曉！胡人？他們算什麼東西？早在一年前就被我們大江幫收服了。」

項少龍模糊記起秦始皇影片中有一段說修驪山皇陵時，苦不堪言的勞工有一部份逃到這塞外漠北裡來，占山為王成為盜賊的片段來。難道這大江幫就是這些逃犯組織的幫派？桓楚，這名字似乎有些熟悉呢！歷史上像是有這麼一個人。

對了！桓楚？好像是西楚霸王手下的一名武將！

想到這裡，項少龍只覺心裡猛的一震。

項羽身邊的人終於出現了！

自己的義子到底會不會是歷史的西楚霸王呢？

項少龍覺得自己的整個身體都在顫慄。

若真是這樣，那麼血雨腥風的日子就真要降臨到自己頭上來了！

項少龍不知自己的心裡是狂驚還是狂喜，整個人動也不動的愣住了。

那兩個漢子見著項少龍怪模怪樣的神色，心下不禁駭然，生怕他有什麼想不開的自殺了，竟是驚惶的連連喊了他幾聲。

項少龍被他們的叫喊聲驚覺過來，想起自己的失態，望著二人突地神秘的笑了起來。

一陣急促的腳步聲，把項少龍再次驚醒過來，睜開眼睛一瞧，卻見牢門外火把通明，十幾個衛士圍著一個四十多歲，眉目橫粗，鼻樑高挺，身材魁梧，滿臉沉威的中年漢子就站在門外。那中年漢子正衝著那兩個昏昏欲睡的守門漢子大聲吼道：「快點起來給老子開門！聽到沒有？」說完後搧了兩名漢子一記耳光。

那兩個漢子驚慌失措的睜開睡意矇矓的雙眼，一臉驚惶之色，手忙腳亂的掏出鑰匙開了鎖來後，退身一旁垂頭不語。對這中年漢子就像是老鼠見了貓似的驚懼非常，大失白天在項少龍面前所抖的威風。

項少龍心下大叫痛快，但見著這漢子氣勢模樣，便猜想他定就是這大江幫的幫主桓楚了。吶，看他一臉威嚴英氣，倒也像個做將軍的樣子，就是語言太粗俗了一點，不過倒也甚合自己脾胃。

旋又想道，倒不知這麼晚了，三更半夜的帶上十幾個衛士來到自己牢房裡究竟是為著何事？不會是想把自己帶出去給偷偷的殺了嗎？

項少龍心下如此想來，既覺好笑又覺吃驚。他若想殺自己，隨時隨地都可以啊！自己又逃不掉，他不必這麼深更半夜的討著麻煩來殺自己的了。

嘿，要是自己打了大勝仗，現在不抱著個女人纏綿一番才怪呢！

心下這樣想來，神色自然平靜了些。咳，且看他臉上神色似是不但沒有殺氣，反是有點焦惶不安，自己定是不會有什麼危險的了。但不知他究竟在搞什麼鬼名堂來著？

項少龍正心念電閃的想著，卻見桓楚已開了牢門走了進來，且是三步並作兩步的來到他身前，突地深深作了一揖道：「桓某不知閣下就是當年威震六國鼎鼎大名的項少龍上將軍，日前多有得罪冒犯之處，還請你多多見諒了。」

兩名守門漢子和眾武士看得一愣，不知自己幫主為何對這己方的大仇敵竟是如此恭敬來。

項少龍亦是不知他葫蘆裡賣的究竟是什麼藥，微微一愣之下歉還了一禮道：「哪裡哪裡！桓幫主此舉此話之意，在下真大是不解呢？」

桓楚再施一禮後，哈哈一陣大笑道：「嘿！這個項兄陪我到府上走一遭就知道了。唉，你的來歷也是我的朋友你的老故人見了你的百戰寶刀後推測出來，才告訴我的。我真的是有眼不識泰山呢！竟然與項上將軍動起手來。」

說到這裡老臉微微一紅，看了項少龍一眼，目中似是閃過一絲妒意。

項少龍聽了心下嘀咕道：「老故人？嘿，自己在這盜賊群中也會遇上什麼老故人？會不會是自己以前的什麼仇家呢？但看這桓楚向自己說起此人時，臉上所露的怪異神色，對方像是個女的。這到底會是誰呢？」

項少龍心存疑團的隨著桓楚出得牢房來，邊走邊想著，當然手腳上的鏈銬早就被嚇得屁滾尿流的兩個漢子打開來了。

穿過幾道迴廊，再走過一條林蔭森森的石板小路，眾人來到了一座造型精巧雅致的客廳前，卻見裡面已是燈火通明，還隱約可見兩個俏纖身影正在廳內走來走去。

桓楚叫眾武士站守在廳門口，自己卻拉了項少龍的手逕自往客廳走去。

項少龍望著廳內二個纖細身影，心裡突地湧起一種似曾熟悉且似親切的感覺來。愈走愈近，這種感覺就愈是強烈和深切，心中不禁怦怦的直跳起來。

廳內的兩個人驚覺到有人進來，舉目向項桓二人望來，目光落在項少龍身上時，卻都是不約而同的狠狠盯著他，神情先是一愣一怔，接著嬌軀就是一陣劇顫，目中盡顯驚喜之色。

項少龍此時也已看清楚了二女面目，心中也是一陣猛震，驚喜異常得差點失聲驚叫出來。

原來廳內二女竟是闊別多年久違了的鳳菲和小屏兒！

三人心中都只覺如小鹿狂跳，彼此都似有著千言萬語的別後離情向對方述說。

桓楚看著三人神色，心下甚是有點不舒服，臉色微微一變，暗瞪了項少龍一眼，但旋即平靜，哈哈一陣大笑道：「項兄，今晚虞夫人和小屏兒乍見我拿著你的百戰刀時，都不知激動得像個什麼樣子似的，又哭又笑，連連催問我這刀的主人在哪裡，我說被我抓到這裡來了，她們竟是急得要我連夜去把你帶來與她們相見。此等情真，可見二女對項兄感情之深了。好了，我不打攪你們談心了，小弟先行告退。」說完轉身向客廳門外走去，領了眾武士轉瞬不見。

項少龍聽出桓楚話意中對自己因嫉妒而生出酸味來，心下苦笑。但見他卻也如此的性格豁達，倒也不覺對他生出幾分的好感來。

鳳菲和小屏兒這時卻是走到了項少龍身前，一副欲言又止的樣子，望著項少龍，秀眸竟是不禁落下了幾滴自己也分不清是什麼滋味的淚珠兒來。

項少龍心中也覺不知被什麼東西哽住似的，一時也說不出話來，只是神色古怪的看著二女。

鳳菲依然是神采照人，穿著一件淺白底子，淡黃鳳紋的寬大袍服，秀髮在頭上結成雙環鬟，一雙無限幽怨的秀眸讓人看了都會不期然的對這美女生出無限的愛憐之意來，但是這次看來比印象中的她更多了一份婦人的成熟風韻來。

小屏兒則是噘起小嘴，眉目間似是興奮又似有些羞澀，圓圓的臉蛋上兩個淺淺的小酒窩有著說不出的動人風情。

三人對望著沉默了好久。

鳳菲和小屏兒急促的呼吸聲突地在項少龍的耳際響起，看二女臉上神色，便知她們都在苦苦的克制著自己想投入項少龍懷內的衝動。

三人自當年齊國臨淄一別，至今已有十多年了，這刻相見，心中也不知是感覺有些陌生，還有對對方情念太深而感情激動，竟是一時雖都覺著心中有千言萬語想對對方說，但卻是不知從何說起。

項少龍亦是喉頭打結，尷尬的深深吸了一口氣，平靜了一下心懷後，才緩緩道：「這……這麼些年來沒見著你們了，日子可還過得好？」

鳳菲乍聞他開口說話，嬌軀一震，神情有點慌張，俏臉也是微微一紅，竟是垂下了目光，不勝嬌羞的低聲道：「還算好吧！……當年我和屏兒去咸陽找過你，可是……可是卻聽說你被秦王嬴政給……我們雖是不相信你會有什麼不測，但我們四處奔走，打聽你的消息，二年多後還沒有什麼收穫，最後只得在李園的幫助下去了楚國。在那段時間裡，我……我……」

說到這裡也是泣不成聲。

項少龍心裡感慨，對這豔美絕倫的風塵女子，當年自己確是禁不住對她動心得很，若不是情勢所迫，自己真說不定會接納了她。但看她現在的模樣神情，看來已經是「羅敷有夫」了。

想到這裡，項少龍長歎了一口氣苦笑道：「這個……緣份前定。鳳……噢，虞夫人，這些過去的事情就不要再提了吧！往事如煙雲，你能找到一個好的歸宿，我真的很是為你感到高興呢！對了，你怎麼會跟這桓楚在一起的呢？你……你夫君沒有在你身邊嗎？」

鳳菲風情萬種的眉宇間顯得一絲黯然之色，傷感的幽幽道：「這個……說來話長了。自秦滅楚後，秦王就下令大肆屠殺，楚國貴族王室和功將謀臣。夫君虞子虛也乃是楚國一名武將，曾跟隨項燕將軍一起與秦軍展開誓死頑抗，所以……所以也是被通緝擒殺的名單中人……

「至於我和小屏兒能倖免大難，則是王剪將軍因知我與你相識的，所以看在你的情面上，私放了我們二人，但是……戰事連連，卻叫我們兩個弱質女子如何在這亂世中活下去呢？我們到處東躲西藏，但卻終因紅顏禍起，我們……我們逃到這塞外時，被一幫胡人劫去，還幸虧這桓大哥救了我們呢！」說到這裡竟又是放聲大哭起來。

項少龍聽了心下黯然，一時也不知用什麼言語安慰，只得走上前去，雙手搭著她的酥肩，柔聲道：「自古英雄多磨難！我們天下第一名姬鳳菲姑娘，現在不是成熟多了嗎？好了，不要哭了，以後……以後桓兄和我都會好好照顧你的。」

鳳菲一頭投入項少龍懷中，雙手緊摟住他的虎背，一時淚如湧泉的悲聲道：「少龍啊！妾身這麼多年來可是無時無刻不在想著你呢！舉天下之大，只有你才是真情實意的對待人家，鳳菲的心早就只屬於你呢！你……你為何不多給鳳菲一絲溫情呢？」

項少龍知道此刻這美女脆弱的心情，感受著這滿懷軟玉溫香，伸手輕扶著她的嬌背，安慰道：「往後日子可還長著呢！菲兒，你現在看起來漂亮多了呢！」

鳳菲收住泣聲，嫣然一笑的咳了他一眼，嬌怒道：「你……你取笑我呢！現在這個樣子……可醜死人了嘛！」說完一臉的不勝嬌羞。

項少龍看著她的嬌態，只覺心中一蕩，下身頓然一股熱氣直往上湧，真想抱住這美女痛吻一番，然後與她共效于飛。

小屏兒的腳步聲把項少龍的心神收斂過來，想起自己剛才的心態，對自己不禁又好笑又氣惱。好笑的是自己在此刻此地竟還有獵豔心情，定力怎麼如此不夠沉著?想來可能是自己早就對這美女動了情，深埋多年，這刻被誘發出來了吧！

項思龍心下苦笑，驀地也記起身邊還有個對自己「含情默默」的小屏兒呢！輕輕的把鳳菲嬌軀撫正，往小屏兒偷眼望去，卻見她臉若梨花帶雨，正目光柔迷幽怨的看著自己，好嬌苦自悲的模樣，真讓人看了無限心痛又無限愛憐。

小屏兒走到鳳菲身側，垂下眼瞼小聲道：「小姐，姬兒醒來了。」

鳳菲聽了望著項少龍赫然一笑，垂首道：「是我女兒，都已經十歲了！我給她取名為虞姬。」

虞姬！項少龍只覺心神猛的一震。

天啊！會不會是項羽的愛妾虞美人呢？這……這事情太過於巧合了吧？桓楚、虞姬都是項羽身邊的人啊！歷史上的西楚霸王項羽現在在哪裡呢？難道……難道就是羽兒嗎？

項少龍整個人都給呆住了。

自己最不願意發生的事情，就像是上天早就安排好了似的，終將會是自然而然的發生。不過若按時間推算，此事卻是不大吻合的啊！

在歷史上，秦朝歷二世而覆亡。由嬴政登上儲君之位，三十七年後病死沙丘，接著秦二世胡亥即位，三年而亡。現在是始皇三十二年，羽兒才十四歲，至秦滅亡時，羽兒也只有二十幾歲啊！

歷史上的項羽卻應是三十多歲的壯年時期了！

如此想來，項少龍心情雖是平靜了些，但還是有些怪怪的感覺。

鳳菲和小屏兒見著項少龍的怪樣子，心下大是驚詫莫名。

他怎麼啦？怎麼像失了魂似的？難道……難道少龍是在怪我與別的男人一起相好過？

但他剛才不是還說過為自己找到一個好歸宿而感到高興麼？現在又怎麼……難道他是聽我說有了孩子而氣惱麼？這……這……

鳳菲忐忑的心神不定的想著，嬌弱的臉上顯出蒼白之色，目光更是乞憐的望著項少龍。

項少龍見著鳳菲和小屏兒看著自己的異樣目光和臉色，心下苦笑。唉，你們都誤解了我吧！但自己的這些心事又怎麼能告訴你們呢？

想到這裡，項少龍作了個古怪滑稽的神情，笑了笑道：「嘿！虞姬！一個很好聽的名字嘛！菲兒，能帶我去看看她嗎？」

鳳菲滿面淒然的望著項少龍，聽他此說，臉色雖是平靜了些，但終是覺著項少龍心裡隱藏著什麼話，不願對自己說似的，心下總覺有些不自然，但還是點頭欣然應好道：「好！那我們現在就去看看姬兒吧！唉，這丫頭現在定又在跟雙兒大吵大鬧吧！」

三人來到了鳳菲廂房。

房間甚是寬敞，裡面擺設樸素而自然，左側是一個古色古色的精雅梳粧檯，前面擺有兩張紅木圓椅。右側牆壁上掛有一幅美女撫琴圖，上面配有幾行筆跡清秀的隸體小字，內側則是一張紅色帳幔垂掛的低矮木榻。

項少龍的目光很快的掃遍全房，最後目光停留在了床邊正在爭執著什麼的一大一小的女人身上。卻見一個看起來差不多有十多歲的女孩正與一個二十幾歲模樣俊俏的女婢吵著要去找鳳菲，否則她就不肯睡覺。

那女孩長得十分眉清目秀，髮鬟梳成魚尾狀，一張櫻桃小嘴微微上翹，眼睛卻似乎流露出一股自然而然的憂鬱和哀怨，讓人看了不禁神為之傷，魂為之斷。心為之跳。

那俏婢正對著女孩千哄萬哄，說她屏姨已經去叫她媽媽去了，很快就會回來的，叫她聽話，乖乖的不要吵鬧，等待她媽媽回來，否則會因生氣而使小臉蛋不美了的。

項少龍見了此等場面，心下暗笑，同時想來這女孩就是虞姬了，看她小小年紀就已出落得如此標緻，長大了以後肯定是個風情萬種，顛倒眾生的大美人，難怪項羽臨死都要帶著她了。

但一想到她跟項羽終究會香消玉殞，心下又是不覺一陣黯然。

項少龍正望著虞姬怪怪的這般想著，卻突地聽一清脆悅耳甜美的童音喊道：「娘，你剛才去了哪裡哩？你不在我身邊我睡不著覺嘛！」

說到這裡目光又盯了項少龍身上道：「咦！娘，這位叔叔是誰啊？我以前怎麼從沒見過他呢？」說完一雙忽閃忽閃的目光詫異的望著項少龍。

項少龍見著她可愛的嬌態，心下甚是喜愛，走上前去笑著問她道：「你是不是叫虞姬？」

虞姬睜大美目，驚詫地問道：「叔叔怎麼知道我的名字？我沒有告訴你啊！」說到這裡又恍然大悟道：「噢，對了！定是我娘告訴你的，對不對？」

鳳菲見項少龍對虞姬甚是喜歡，心下頓覺暢然許多，叫了虞姬過來，拉過她的小手輕笑著柔聲道：「姬兒，這位叔叔就是我經常給你講他的故事的項少龍伯伯啊！他今天是特意來看你的呢！」

虞姬聽了，俏目閃過一絲異采，臉上顯出喜悅之色，側著嬌首興奮的問道：「你真的就是項伯伯嗎？娘給我講的關於你的故事很精彩呢！我最愛聽她給我講有關你的故事了。」話剛說完就跑到項少龍跟前，伸出小手拉過項少龍寬厚的手掌道：「項伯伯，明天你講故事給我聽好不好？我娘說你是個英勇無敵的大英雄呢！對了，項伯伯，你可以飛到月亮上面去嗎？唉，月亮好美好美呢！我好想要去月亮上面看看！你帶我上去嗎？」

項少龍聽得啞然失笑，覺得這小女孩的想像力太過豐富，想是由於鳳菲在她面前對自己太過誇張渲染，使得自己在她幼小心靈中像是無所不能的神仙似的。

心下想來不禁赫然，看來鳳菲卻是對自己用情非常深厚了，但是自己卻……項少龍覺著自己像是欠了鳳菲許多感情債似的，不禁目光柔迷的向她望去，卻見她正也脈脈含情的望自己，柔情似水的目光似想把項少龍給溶化掉似的。

二人目光相接，心下同時猛覺一陣震顫。

項少龍覺著自己身體忽然有了男性生理的反應，臉上一紅，心下暗驚。

桓楚可也像是喜歡上了鳳菲呢！自己怎麼還可以……何況鳳菲對桓楚印象也像是很好，自己也已有了那麼多的嬌妻愛妾，絕對不可再纏上感情的糾葛了。

想到這裡，項少龍頓刻收斂心神，轉過頭來望著虞姬，微笑道：「嘿！伯伯哪裡有你娘跟你所講的那麼大的本事呢？你桓伯伯的本領才真算大呢！你不知道嗎？我可是被你桓伯伯『抓』來這裡的呢！」

虞姬滿臉凝惑的道：「桓伯伯的本事是很大，這裡所有的人都怕他哩！不過娘不會騙我的呀！項伯伯你是不是不願帶我去月亮上面，才這麼說的呀？我才不相信打不過桓伯伯呢！娘說你曾打遍六國無敵手，連秦始皇都對你敬畏三分。」

項少龍心下苦笑，想不到這小姑娘對自己的崇拜竟然這麼根深蒂固，但自己卻是實實在在被桓楚抓來的，這倒是怎麼說才會教她相信自己的話呢？項少龍真是被虞姬說得哭笑不得。

但這時虞姬卻又突然道：「項伯伯，明天你與桓伯伯比試一場，看看到底是誰厲害些好不好？」

項少龍聽了更是大感頭痛，要是這小傢伙明天去桓楚面前故意大搬自己什麼是非，那自己明天可能就真的會與桓楚刀劍分高下了。

同時心裡也暗暗驚覺這虞姬似乎十分崇拜英雄，難道項羽將來欲雄霸天下的心理與虞姬有關？項少龍此時心裡只覺又升起一股怪怪的感覺來，不禁深深的盯了虞姬兩眼。

鳳菲見著項少龍又面露怪異之色，以為他擔心虞姬剛才所說的話，走上前去拉過女兒嗔罵道：「你這小鬼頭胡亂的說些什麼呀？你項伯伯和桓伯伯是朋友哩！又要比試個什麼分什麼高下呢？他們兩人都是大英雄！知道嗎？」

虞姬被母親責罵似乎很感委屈，頓時苦下臉去，垂首一聲不吭起來。

小屏兒似是不忍，走過來抱住虞姬解圍道：「好了！姬兒，你陪阿姨睡覺去好不好？項伯伯與你娘還有事情要談呢！」

項少龍聽出小屏兒話中的酸味，知道這小妮子對自己也是至情不渝，要不然怎會這麼多年還是誓死不嫁呢？鳳菲不是那樣狠心要小屏兒獨身陪她一輩子吧？

但聽她此話是想給自己和鳳菲一個單獨相處的機會，心下不禁大急道：「唉，這個……天就快亮了，我們有話還是明天續談吧！千言萬語也不是一夜可以敘盡的，我們還有明天呢！」

頓了一頓又道：「好了，夜已深了，我……我……現在就先行告退了。」

鳳菲似是明白項少龍此刻的心事，沉默了片刻，目光幽怨的望著他輕聲道：「那……就叫屏兒送你去隔壁廂房休息吧！」

項少龍聽得此話，往小屏兒望去，卻見她聞言喜上眉梢，目光情深的也向自己望來，心神一震，大感頭痛，暗道：「唉！一波還未平息，另一波又來侵襲。負上女人的感情債，真的讓人感覺實在太累了！」

翌日，項少龍睡至日上三竿才打著呵欠醒了過來。身上的傷勢是好了許多了，桓楚為他敷上的治傷金創藥倒也是效果十分好，渾身已不覺得多少疼痛，精神也很充沛。

想起自己日前與桓楚還在戰場上誓死相拚，這刻卻為了鳳菲虛與委蛇的握手言歡，真覺得人生有點戲劇性的味道。

不過因此而撿回一條小命，也不錯啊！

項少龍不置可否的笑笑。倏又想起昨夜與鳳菲和小屏兒之間的感情纏綿，心中也不知是個什麼滋味。

想起昨夜小屏兒送自己回房時對自己感情的進發，那火熱的激情還在項少龍腦中流蕩，自己雖然沒有侵佔她的處女之身，但那番口舌相交的纏綿已經讓項少龍不能自已了。

旋即又想起了項羽、桓楚、虞姬三人的關係，又不禁心煩意亂起來。

項少龍推門出來時，卻見著桓楚和虞姬正坐在對面花園的亭子裡嘀嘀咕咕的說些什麼，桓楚臉色通紅，目中厲芒直閃，疑是被虞姬的什麼話說得憤怒已極。

項少龍的心往下一沉，暗道：「完了！這鬼丫頭果如自己所想般在唆使桓楚與自己之間的矛盾，看來與桓楚的一戰是在所難免的了！」唉，要來的煩惱總會要來，自己想逃脫也逃脫不了，還是鼓起鬥志來面對現實吧！

第十一章 難以消受

項少龍此時真覺有點頭大如斗，心裡甚是凌亂如麻，又覺著有點自己也說不清楚的惱恨。是氣惱虞姬向桓楚挑使自己和桓楚之間的矛盾麼？她可還只是個小孩子，不懂事，無論她做錯了什麼，自己也只得原諒她。

桓楚呢？他偷襲烏家牧場，殺了烏家許多的兄弟，又用毒箭射傷自己……還有……還有就是他也喜歡上了鳳菲。

自己對桓楚的痛恨自是有的，但是，是不是還有點惱恨和嫉妒他喜歡上鳳菲呢？這個……若說沒有，那自是謊言。

但是……但是自己對桓楚的氣憤，感覺似乎只是淡淡的，甚至於……似乎有點欣賞他。

項少龍心情只覺著沉沉的，但又似有股莫名的激動和興奮。

是不是因為見著了闊別多年的鳳菲和小屏兒呢？

似乎不是！

那是不是因為見著了桓楚和虞姬呢？還有，想到自己的義子項羽？

項少龍只覺心裡怦怦的跳著。

他感覺自己義子就是西楚霸王項羽的意識，似乎愈來愈深了。

為什麼自己會有這麼多種衝動的想法呢？難道自己真的又想去這滾滾紅塵中拚一回搏一回嗎？創造歷史轟轟烈烈的動人滋味，是多麼的激動人心啊！

難道自己是耐不住生活的平靜呢？

但是……這與世無爭的草原生活，卻是自己當年日思夜想的生活啊！藍天白雲，草原馬群，嬌妻愛子，親人朋友，歡聲笑語。多麼醉人的世外桃源的生活畫面。

項少龍覺著此時心裡的矛盾，正讓他想站在這世界上的一至高點，大聲的吶喊一陣，以發洩心中的悶鬱。

都是這該死的桓楚打破了自己平靜的生活。

項少龍心裡不禁望著桓楚，暗暗的咒罵著。

「項……項公子，你起來了！小姐等著你一起去用早膳呢！」一聲清脆而溫柔的聲音自項少龍右側響起，打斷了他的神思。

項少龍回神過來，收回目光循聲望去，卻見小屏兒端著一個銅盆向自己廂房走來，臉上掛著一抹羞紅的微笑。

這小妮子倒是挺體貼的呢！自起剛一推門出來，就為自己端來漱洗用水，想是她早就躲在一旁注意自己動靜了。

想起自己該對她好點，心下赫然，俊臉一紅，嘿嘿一笑道：「我……嘿！昨晚睡得太死了……你和鳳姑娘還沒用過早膳嗎？」

小屏兒這時已到了項少龍身邊，望著他的尷尬模樣，「撲哧」一笑道：「鳳小姐有許多的話要跟你相敘呢！沒有你在她身邊，她……她吃不下飯呢！」

項少龍聽得心下怪怪然的，與小屏兒一起返回廂房，隨手把門關下，突的湊到她耳邊低聲道：「小屏兒是不是也是沒有我在身邊就吃不下飯呢？」

小屏兒聽了，粉臉通紅，但卻並沒有發怒，嗔了項少龍一眼後，反是垂下嬌首低語道：「人家還不只吃不下飯呢！昨晚我也是一夜沒得睡著，翻來覆去的。我……盡是想著你呢！」

小屏兒的話說到後面已是弱不成聲，但項少龍卻還是聽得個清清楚楚，心神一蕩，禁不住從背後抱住她的纖腰，柔聲道：「小屏兒願意和我一起去草原生活嗎？」

小屏兒聽得嬌軀一陣劇震，手裡銅盆差點脫手掉地，還虧項少龍幫她接住。

啊！我沒有聽錯吧！項公子……不！少龍的話意是願意接納我了！

小屏兒語音激動，意亂情迷的道：「項……少龍公子，你說的話是真的？」

項少龍認真的點頭道：「屏兒，我當然是真心的！你……對我如此癡心一片，我若有負於你，實乃是沒有心肝之人了。待會兒，我去跟桓楚和鳳菲姑娘辭別，你就和我一起去草原，好嗎？屏兒！」

小屏兒迷醉的點了點頭，但旋即又搖了搖頭，幽幽道：「小姐可也對你一片癡情呢！難道你不帶她一起去草原嗎？小姐……這些年來，她真的過得很苦的，我很少見著她的笑容，只有與虞姬和我談起你時，我才會見著她的歡顏。」

說到這裡，頓了頓又道：「你知道嗎？小姐昨晚自你離去後，在房裡坐哭了一夜。她……她認為是你看不起她已經嫁人且有了孩子，所以傷心欲絕呢！我看，如果你真……捨棄下小姐的話，她說不定會……會……會做什麼傻事呢！少龍啊！你就救救她好嗎？」

小屏兒這時已把銅盆放在了房裡右側的洗臉架上，扭轉過身來，一臉悲苦的望著項少龍。

項少龍聽得她此番話，心裡只覺酸酸甜甜的，一種激動的異樣情緒在胸懷澎湃著。

鳳菲對自己竟是如此用情之深，自己如若辜負了她，那可真是有點落花有意流水無情的味道了！

但是桓楚呢？他也似喜歡鳳菲啊！如果自己對他說要把她也帶去草原的話，桓楚一定會跟自己翻臉，說不定會因新仇舊恨怒火中燒，把自己給殺了，那可說不定……鳳菲和屏兒都會為自己殉情，甚至會引起烏家軍與大江幫的一場誓死火併。

這……自己到底該怎麼辦呢？若是自己稍稍沒有處理好自己與鳳菲、桓楚三人的關係，事情或許是弄之不可收拾的慘局。

說起自己現在與桓楚的表面和局，可全是由鳳菲在牽連著，若是一旦撕破了這層臉面，那……後果可能會發展之不堪設想的混亂。

項少龍只覺自己的整個心神都在緊張的收縮，不禁陷入了痛苦的沉思中去。

唉！女人啊！你們到底是奉了一個怎樣的使命面臨於這個世界的呢？

項少龍漱洗完畢後，心情沉重的隨著小屏兒準備去鳳菲廂房裡用早膳。

桓楚和虞姬這時已從園中亭子裡走了出來，見著項少龍和小屏兒二人，虞姬興奮的連蹦亂跳的跑到小屏兒跟前嬌聲道：「屏姨，我們去捉迷藏好不好？」

小屏兒對這小妮子的頑皮似乎又愛又氣，嗔怒而柔聲道：「我要帶你項伯伯去你娘那裡呢，下午再陪你玩好嗎？」

項少龍卻是知道這人小鬼大的小丫頭的心計，是想支開小屏兒，讓桓楚和自己單獨相處，隨後桓楚便提出向自己挑戰的話來。

唉，你這小丫頭，只知道按自己的心性行事，又怎知道我和你桓伯伯之間的矛盾呢？

項少龍苦笑著瞪了虞姬一眼，卻見她向自己做了個鬼臉，隨後又去糾纏起小屏兒來。

桓楚這時也走到了項少龍身側，打了個哈哈，目中卻是顯出明顯的敵意道：「項兄可真是獲美人心呢！鳳姑娘竟然非要等著你一起才肯用早膳。嘿嘿，我……面子可也真不及項兄一半大呢！」

項少龍也只得虛與委蛇的乾笑道：「哪裡哪裡！鳳姑娘對我只是心存當年的感激罷了，桓兄卻是她的救命恩人，我看鳳姑娘對你才甚俱情意呢！我嘛，與她分離這麼多年了，心裡除了與她有著久別相逢的喜悅外，真的是別無他情可言了，桓兄倒是對我多心了。」

桓楚聽他此說，心裡似是釋然了些敵意，面色緩和了些道：「不過鳳姑娘對項兄也確有情意呢！項兄倒是準備如何應付她呢？」

項少龍聽他的話鋒如此尖銳，心下甚是氣惱，但還是強忍住怒意，微笑著道：「這個……在下自會知曉如何避重就輕的了，桓兄只要再下點功夫，努力的去追，又何愁鳳姑娘不垂青於你呢？我嘛，桓兄就放心好了。」

小屏兒見二人唇舌相戰，桓楚似是為著鳳菲小姐而故意刁難項少龍，心下有氣，不禁對這桓楚增了幾分厭惡之感，但見項少龍步步忍讓委曲求全，知道他此時形勢所迫，不禁又急又恨，但自己卻也是無能為力的幫不上忙。

桓楚見項少龍在自己面前，如此卑聲下氣的居然述說他不會去冒犯鳳菲，心下大是高興，哈哈一陣大笑道：「項兄可真是個聰明人！好！我服了項兄這種能屈能伸的大丈夫性格。不過，我也不想強人所難，我們就來個比武奪美，誰勝了，鳳菲就歸誰，對方絕不可以有任何怨言。再就是無論誰勝誰敗，我想請項兄屈任我大江幫副幫主一職，像項兄這等人才，老死於安逸的生活，不是太可惜了嗎？現今天下百姓，被秦王政的暴政攪得民不聊生，大家都生活在水深火熱之中，像我們這等熱血漢子，自是應當蓄勢待機，舉兵反秦，為天下蒼生解脫苦難。」

說到這裡，桓楚神情激動起來，走上前握住項少龍的雙手接著道：「項兄，我把我心底最坦誠的話都向你說出來了，希望你能如我所願，站出來與我並肩作戰，那麼以後我們就是兄弟了。」

頓了頓，忽地目中又厲芒一閃道：「我知道項兄以前是嬴政身邊的大紅人，但是他掌權之後，連你也想殺對不對？嘿！希望項兄能慎重考慮我方才所說的話了。當然，我也不會逼迫項兄要現在就答應下來。好，三天後，待項兄傷勢基本好全，我們比武之後，你再給我個答覆，這三天裡我們是友非敵，三天過後，是敵是友，那可就全由項兄定奪了。」

項少龍想不到這桓楚突地說出這麼一番話來，心神一震，愣了愣道：「桓兄……原來是個胸懷大志的人，在下先前倒是……多有失敬了。不過，現在正是大秦的頂盛時期，如若冒然起事，定是敗局，俗話說『欲速則不達』，桓兄此舉可是得考慮成熟。我看大秦的這種氣勢持續十年左右，除非……秦始皇仙逝了，看有沒有機會……」

桓楚仰天一陣長笑道：「欲成大事者，都必得先謀定而後動。項兄也看出了強秦必亡，這個大勢所趨，那麼我們再等個十來年的再起事也算不遲，只要能推翻暴秦，我桓楚願意犧牲一切。好，看來項兄已有誠意，那麼今晚我就邀項兄喝個幾杯如何？」

小屏兒見二人剛才還是針鋒相對，這刻卻又像是一對志同道合的朋友般，不禁對男人的心思大是不解。

唉，人們都只說女人的心情瞬息萬變，看來男人也是如此嘛！

項少龍見桓楚決心如此之大，不禁心下對他的敬服又多了一層，亦也受了他情緒的感染，朗聲笑道：「那在下就不客氣的打攪桓兄了。」

二人一齊哈哈大笑，只弄得小屏兒和虞姬二人一臉的驚詫莫名。

唉，這是一種什麼類型的男人呢？會讓女人為之心動的男人！

項少龍隨著小屏兒去了鳳菲廂房，虞姬也悶悶不樂的跟了來。

鳳菲正坐在餐桌旁低垂著頭，一臉的淒苦之色，俏婢雙兒就靜站在鳳菲身側。見著項少龍等進來，鳳菲抬頭望著他們淺淺一笑，站起身來輕笑道：「少龍，昨晚還睡得好吧！啊，點心都涼了，大家將就著吃點吧！」

項少龍看得出鳳菲笑容背後的落寞，知道她已聽到了自己剛才和桓楚的談話，心下愧然，莞爾道：「都是我貪睡害的呢！嘿！你們可以不必等我先行用膳的嘛！現在……唉，我真是……這個……真是不知說什麼好了。」

鳳菲看著項少龍說話結結巴巴的尷尬模樣，不禁「撲哧」一笑道：「我也剛睡醒不久呢，也沒什麼……還是坐下來開飯吧！都站著幹嘛呢？肚子倒是……」她的話剛說到這裡，項少龍的肚子卻倒真的不爭氣的「咕咕」叫了起來。

鳳菲，小屏兒，虞姬，雙兒四人聽了都不禁嬌笑出聲來。

虞姬更是捧腹大笑的脆聲道：「項伯伯……你……娘剛說到肚子餓了，你肚子倒就真……」

項少龍俊臉通紅，走到桌前拿著雙筷夾了一塊糕點送到嘴裡，一陣大嚼後掩飾道：「嘿！這個……已快有一天多未進食了，肚子倒也確是餓極了嘛！這個……有什麼好笑的呢？來來，大家都快坐了開飯吧！我可是等不及了呢！」

鳳菲等人止了笑聲，四人圍坐桌旁，氣氛一時活躍得很。

小屏兒嬌笑道：「項公子這大個人，自是禁受不住餓了……一天多未吃東西，任誰也受不了的呢！」

鳳菲則是抿嘴忍笑道：「好了，大家別只光顧著說話了，快用早膳吧！」

四人有笑有說的在歡快中用過飯後，鳳菲忽面色黯然的道：「少龍！鳳菲但願此身今後只屬你有，任何他人我也不會……對你有絲毫變心的，你若……你若不要鳳菲……那我只好……」

項少龍聽得心神忽地一緊，頓即收斂笑容，道：「菲兒，不要說什麼傻話了。你放心吧，三天後我若贏不了桓楚，當如此筷。」

說完自桌上拿起一根筷子，大拇指猛地一按，筷子受力齊中而斷。

鳳菲、小屏兒二人臉上同時色變。

鳳菲悲苦的淒聲道：「少龍，你……你這卻是說的什麼話嘛！你若是有了什麼意外，我……我也定是不會獨活了！」

項少龍這刻真是深切感受到這丰姿照人的美女對自己的真情實意來，心中一股暖流傳遍全身，朗聲笑道：「菲兒，你放心吧，你這未來的夫君還沒有對你一親芳澤，他是捨不得死的呢！哈！難道你對我沒有信心嗎？」

鳳菲淒顏一展，臉上湧起兩片紅霞，嬌羞的咳了項少龍一眼，心下喜極，但卻還是憂心忡忡的道：「不過，桓楚的武功卻是不弱呢！他的一手霸王槍法使得出神入化，我親眼看到他座下的四大護法秦嘉、景駒、英布、吳丙四人合力鬥他，也不是他敵手。少龍啊，妾身很是為你擔心呢！」

項少龍聽鳳菲說出秦嘉、景駒四人名字，甚覺耳熟，旋即想起他們似乎也是史記上記載得有的人物，心神一震。對了，這英布、吳丙不也是項羽身邊的人嗎？這……這……歷史真的是要迫自己「重出江湖」嗎？

項少龍只覺自己身心又陷入一種惶惶不安的境地中去。

這……自己來到這個古代的使命，難道就是創造歷史麼？

但是戰爭的殘酷，政治場上的黑暗，確是讓自己心灰意冷了嗎？

項少龍整個人又給呆住了。

鳳菲卻是以為項少龍也是在擔心與桓楚一戰的勝敗，突地又黯然一笑道：「當然了，妾身對你是充滿絕對信心的，想當年你連齊國盛名卓著的『劍聖』曹秋道也敢接戰，自是不會怕得桓楚的了。這一戰我對你自有百分之百的信心，但是我只怕桓楚到時會出爾反爾罷了。」

項少龍這時又被鳳菲的話驚覺過來，聞言心下也是一震。

若這桓楚真會如此作來的話，那自己無論勝敗，都是難以功成自退的了，倒也確是不可不防他使這一手。但看桓楚方才與自己說的一昔話，顯得慷慨激昂，想來應該不會如此卑鄙的吧。

心下想來，項少龍稍稍釋然的一笑道：「這個我想不必如此擔心的了，他若真要對付我，早就會出手了。我現在是如砧之肉，他大可以強行迫你與他歡好，但他沒有如此作來，我看他倒是不會耍如此小人行徑的。何況我現在對他還有利用價值，烏家軍也讓他心懷顧忌，他要殺我，自得考慮清楚其中的利害關係。

嘿！目前我最要緊的就是儘快養好傷勢，蓄力一戰，贏得我的美人歸懷。」

說完作勢欲抱住鳳菲。

鳳菲聽得一陣嬌笑嗔怒，那楚楚動人的惹火風情，只弄得項少龍看了一陣意亂情迷。

項少龍正在房中與小屏兒說笑嬉鬧時，有個三十來歲的漢子來請項少龍前去赴晚宴。

項少龍記起早間桓楚說要請自己去喝酒的話來，放開了正在懷裡撒嬌的小屏兒，隨勢捏了捏她柔嫩的臉蛋狎笑道：「我的好屏兒，今晚就以我夫人的身分陪我出席晚宴如何？」

小屏兒喜中帶怒的暗擰了一下項少龍的大腿，嗔道：「誰是你夫人啊？你還沒有正式娶人家過門呢！」

項少龍心中一樂，湊到她耳邊低聲道：「那我今晚就娶了我的親親小屏兒吧，睡在我床上，等著為夫回來親熱好嗎？」

小屏兒嬌軀一扭，滿面羞紅，但卻還是默然點頭。

項少龍看著她不勝嬌羞的媚，忍不住抱起她一陣狂吻，良久才放開了她，輕點一下她小巧的鼻樑，笑道：「好，為夫現在離開我的娘子一會了，不知娘子可批准否？」

小屏嬌笑嗔怒道：「去去去，誰稀罕你這大色鬼陪我來著了？我啊，找小姐聊天去了。對了，可不許喝得酩酊大醉，否則……否則人家今晚就不陪你了。」

項少龍心神一蕩，正想與這俏妮子即刻共效于飛，但門外又傳來了那漢子的催叫聲，無奈之下，只得壓下慾火，出了廂房，隨那漢子去了客廳。

廳中這時已坐了四五十人，都是介乎二三十歲的健壯漢子，人聲吵雜，氣氛熾熱非常。桓楚見項少龍進得廳來，忙站起迎上，拉過項少龍的手，相挽入席，邊走邊哈哈大笑道：「項兄可真是難以相請啊，大家都等了你差不多快半個時辰了。來來來，先罰你喝它三杯，以作懲罰。」

項少龍嘿嘿一笑道：「這個……小弟倒是不善飲酒呢，醉了會失態，讓人家見笑的。」

桓楚連連說道：「嘿！項兄這是什麼話來著了？本幫今天有喜事，這裡所有的兄弟今晚都要喝個不醉不歸！」

桓楚的話剛剛說完，頓時有人哄然叫好。

項少龍再也不好意思出言推辭，待坐定後只得自斟三杯，在眾人哄笑中喝了下去。

唉，今晚要真喝醉了，與小屏兒的好事可能就泡湯啦！

項少龍正這樣怪怪的想著，桓楚拍掌叫好道：「痛快！項兄果然豪爽！」頓了頓突地又站起身來，大聲道：「兄弟們，今晚我有一樁重大事情要向大家宣佈，就是我準備為我們大江幫設立一名副幫主。這位項少龍兄弟乃是我物色的首選候備人。嘿！項兄弟可是當年秦始皇身邊的大紅人，憑其卓絕的武功機智，當年可是威名遠震六國的人物，一套百戰刀法更是所向無敵。」

這時席中有兩人悶哼了一聲，似是大為不服桓楚所講之話，其餘之人卻是突地默默不語起來，都是面露詫色的望向項少龍。

秦始皇身邊的大紅人？卻為何自己隱居在這塞外牧原裡呢？不過席中兩人悶哼在眾人沉寂中太過刺耳，桓楚望了項少龍一眼，見他俊臉微紅，當下也面露不悅之色的又乾笑一聲道：「當然啦，幫中若有不服項兄的人，皆可報名向項兄弟挑戰，勝者則取而代之，榮任副幫主之職，敗得亦視其武功高低，也各有其賞。但是幫中少說也有兄弟四千吧，若一個一個的比試下來，自是大費工夫。所以不如自堂主級以上的兄弟都可報名參選副幫主，亦可從中選出幾位武功高強的代理人來向項兄弟挑戰，不知大家意下如何？」

桓楚即是如此說來，眾人自是沒有什麼議論，席間頓時又熱鬧哄哄起來，大家你推我我推你的高談闊論起由誰人出來應選副幫主來。

這時桓楚身側方才對項少龍冷哼不服的兩人交換了一下眼色，同時站起身來，目光均都狠狠的盯了項少龍一眼後，又朝桓楚望去，拱手道：「桓幫主，卑職斗膽向項兄討教一二。」

桓楚對此二人似是不俱好感，微微頷首，淡淡道：「好，現在有秦嘉和景駒二位護法報名了，其他兄弟還有沒有人出來向項兄弟挑戰的。」

見眾人沉默無語，桓楚接著道：「既然沒有了，那麼此事就此定下來，明日正午時分正式在後山校場比武較技，定奪本幫副幫主人選，同時舉行任職儀式，希望諸位兄弟到時臨場觀。好了，現在再沒有其他的事情了，大家放開心懷盡情的喝酒吧，今晚我們可說好了是大家不醉不歸的。」

說到這裡，舉杯向一直沉默不語的項少龍微笑著道：「來！項兄，我先敬你一杯，預祝你明日旗開得勝！」

項少龍正暗自打量著對自己虎視眈眈的秦嘉、景駒二人。

卻見秦嘉身材高挺瘦削，兩鬢太陽穴高鼓，眼神若電，年紀在二十四五之間，算不上英俊，卻是氣度非凡，而最令人印象深刻處，是他一身黃色勁裝，鼻鉤如鷹，予人一種陰鷙冷酷的感覺，一雙陰冷的目光正也狠瞪著自己。

不過景駒更是奪人眼目，一身雪白的武士服裝束，頭上髮鬢以紅巾綁紮，身材卻是比秦嘉還要略高少許，模樣頗為斯文秀氣，一對眼半開半闔的望著項少龍，瞪大時精光閃閃，閉上時陰森難測。

這時突聽得桓楚向自己敬酒，回神過來苦笑道：「桓兄這是給我難題呢！」

桓楚笑著沉聲道：「人生有一種挑戰感，不是更刺激更精彩嗎？在我心目中，以項兄之能，任我們大江幫副幫主還似委屈你了呢！」

項少龍作誠惶誠恐狀道：「這個怎敢？只是怕剛入幫，就位居一人之下萬人之上，幫眾難以敬服，日後為幫主效力時，可是大多不便。」

桓楚哈哈大笑道：「項兄到時以武勝之，幫眾誰敢不服？咱們這些市井草莽之輩，就是只懂以武服人，這個項兄就放心吧！」

二人這一說一和，似乎項少龍是穩操勝券，根本沒把秦嘉、景駒二人放在眼裡，只把二人氣得額上青勁突起，眼中厲芒直閃，似欲即刻與項少龍打上一場。

桓楚看著二人憤怒模樣，肚中暗笑，故意舉杯向二人敬酒道：「二位護法，勇氣可嘉，竟然敢向當年有『刀帝』之稱的項兄挑戰。好！我敬你們二人一杯，希望你們明天也有出色的表現。」

秦嘉和景駒二人雖知桓楚是在故意嘲笑他們，但他是幫主，倒也不敢發作，強作歡顏道：「幫主看得起我們二人，也是我們的榮興，來，我一杯算是我們敬幫主了，祝你得到一個好賢助！」

桓楚倒也老大不客氣的接受了，哈哈笑道：「項兄弟以後是我們自己人呢！大家和氣和氣，別都大眼瞪小眼的了，讓人看著覺得你們三人像是仇人似的。來來，我來做個和事佬，咱們四個共同乾一杯。」

有了桓楚發話，秦嘉、景駒二人尷尬一笑，無奈的舉杯向項少龍示以一禮，苦著臉把手中之酒一飲而盡，但即刻又都不語。

項少龍見此二人如此的心胸狹窄，搖頭苦笑，心想難怪他們日後難以成就什麼大器的了。

宴畢人散時，項少龍已是喝得頭重腳輕，走起路來踉踉蹌蹌了。桓楚說扶他回房休息，項少龍記起或許在房中等著自己的小屏兒，頓然含糊拒絕。

嘿！我……我還有美女等著我回去呢！你跟了去不把小屏兒嚇跑才怪。

項少龍在迷糊中怪怪的想著，辭過桓楚，就步履踉蹌的向自己廂房走去。不多時也給他走回到了廂房門口，卻見小屏兒突地開了房門，見著項少龍的狼狽模樣，又氣又急，一把扶過，惱怒道：「你……我不是告誡過你不要喝這麼多酒嗎？瞧你現在這副死相……哎，你幹什麼呀？現在這個樣子還想使壞？哼，人家今晚起先對你說過的嘛！喝醉了就別想碰人家。」

項少龍靠在小屏兒柔軟富有彈性的肌膚上，只覺渾身一股熱力借著酒勢直往上湧，一雙怪手禁不住在她身上大肆揉捏，口中含糊不清的道：「嘿嘿，我的小屏兒很乖的呢！聽見夫君的腳步聲就出來迎接我了！今晚……我一定要好好的疼愛一下我的小屏兒。嗨！我沒喝醉呢！只是喝多了！不過這樣讓我更興奮。」

項少龍邊說著邊把充滿酒氣的嘴往小屏兒的俏臉吻去，同時雙手緊緊抱住她的纖腰。

小屏兒「嚶嚀」一聲，咳怒的想掙扎開來，但嬌軀在項少龍怪手的侵襲下只覺渾軟無力，不禁又羞又急，喘著粗氣媚態橫生的低聲道：「你……你對人家溫柔點嘛！我……你還是第一個接近我的男人呢！這個……我聽別人說……會很疼痛的……」說到這裡已經是聲音低得語不成聲了。

項少龍聽得心神一蕩，慾火頓熾，邪笑道：「嘿！我的小屏兒對男女之事似乎還挺有經驗的呢！今晚為夫倒是要向你學幾招來。」

小屏兒聽了氣急的脫口道：「人家還是初次呢！哪裡會有什麼經驗可言嘛？

你冤枉人家呢！不信，你試試看就知道了……」

項少龍聽得心中大樂，狎笑道：「原來我的小屏兒也很放浪的了，那平時的正經模樣是佯裝出來的囉！嘿，不過為夫就喜歡你這種媚態。」

小屏兒此時已是羞得把嬌首深埋在項少龍胸前，嬌嗔道：「我看呀，天下間所有的女人只要跟了你這個大色鬼在一起，貞女也會變成蕩婦。」

項少龍知道愈是耍賴，愈是易挑起小屏兒的情慾，佯裝大訝道：「噢？是嗎？那我要是專門去勾引別家漂亮的小媳婦來開他一家大妓院的話，嘿嘿！肯定會發財的呢！」

邊說著邊把小屏兒攔腰抱了起來往榻上走去。

小屏兒心下又驚又喜，不勝嬌羞的嗔怒道：「你……你胡說些什麼呀？狗嘴裡吐不出象牙！」

項少龍把小屏兒的嬌軀輕放在榻上，俯下身子，邊輕吻她的臉邊輕聲笑道：「這個吐不出象牙可沒關係呢！只要吐得出能讓我的小屏兒欲死欲仙的熱情就行了。」說完就痛吻起她豔紅如櫻的熱唇來。

小屏兒兩手緊抓著他的衣襟，劇烈顫抖和急喘著，一對秀眸闔了起來，但卻沒有掙扎或反對的表示，不過耳根卻是紅透了，芳心像個火爐般，溶進了項少龍的攻擊中。

項少龍的手由她的衣襟滑了進去，開始不規矩的遊移起來，那堅挺而又富有彈性的胸部在他怪手的揉捏之下，急劇的起伏著。

強烈的刺激和快感，使小屏兒不禁呻吟出聲來，她如水蛇般的嬌軀在項少龍的體下劇烈的扭動著，熱情如火的逢迎起這個自己已對他傾心多年的男人。

項少龍慾火狂燒，一邊吻她，一邊為她寬衣，不一會兒，小屏兒就玉體橫陳的展現在項少龍的眼前了。

小屏兒羞不可抑地翻轉過身體伏在榻上，側起俏臉含情脈脈地含笑偷瞧著項少龍。

項少龍解衣坐到榻上，露出精壯完美，筆挺偉岸的強健之軀，溫柔地把小屏兒翻身過來。

小屏兒雙眸緊閉，頰生桃紅，雙手緊抱住胸部，水蛇般的嬌軀不斷扭動，媚態動人至極點。

項少龍看得雙目冒火，俯下身去在小屏兒渾身上下狂吻起來。

二人愛意慾潮頓刻如烈火噴燒，肢體即時交合纏綿起來，一時房內春意盎然。

第十二章　比武較技

項少龍醒來時，卻見小屏兒早就穿著好了衣服，並且已經梳洗過了，正坐在床邊，睜大著一雙柔情似水的美目，情意款款的望著自己。

驀見項少龍的目光突地向自己射來，小屏兒粉臉一紅，垂下頭去不勝嬌羞的檀口輕吐道：「少龍，你醒了！小姐正要我來叫你去她那裡，說是有些什麼重要事情要告訴你呢！」

項少龍聞言一骨碌爬坐了起來，露出健壯結實的上身，拉過小屏兒的纖手笑道：「那你幹嘛不早些叫醒我呢？嘿，只顧淨看著我幹什麼？難道你昨晚還沒看夠嗎？」

小屏兒聽了頓時嬌怒的把小手抽了回來，站起身來板著臉嗔恨道：「你瞎說些什麼啊?誰淨看著你了嘛?你以為你臉上刻有畫啊!哼!人家再也不理你了!」說罷轉身就欲走入房去。

項少龍見了心下不由大急,忙掀開被子,竟赤身下床來,追上前去拉過小屏兒蓮藕般的手臂,求饒的軟聲道:「哎!哎!好了嘛,我的娘子,我只是跟你開個玩笑罷了吧,不要生氣了,親親小屏兒,去打些水來幫我梳洗好嗎?」

小屏兒見著他的羞人模樣,嚇得差點驚叫出聲,但即刻用小手輕掩住嘴唇,臉頰通紅,秀目微閉,又見著項少龍裝出的可憐相來,不禁輕輕「撲哧」一聲笑出聲來,但還是杏眉倒豎的嗔道:「誰是你娘子了嘛?哼!無賴!」

項少龍乃是花叢老手,知曉女人愈是在男人面前發嗔發怒,就是對男人愛之愈切,而男人在女人嗔怒時最好的應付方法是耍……無賴。當下又佯著苦下臉輕歎道:「唉!今天正午你夫君還有著一場『架』要打呢!那秦嘉、景駒的功夫也不知如何?要是……要是我打敗了,嘿!也不知桓楚將會如何對待我?他現刻還似敬我為上賓,但還不是因為鳳菲,還有就是對烏家牧場心懷不軌。」

說到這裡,頓了頓又道:「至於我嘛,已經有十多年沒有舞刀弄槍了,手腳可能都生疏了,咳!咳!……唉,說起來你和鳳菲的命運也都還握在我手中呢!要是我打敗了,你們……等待著你們的也不知將是什麼劫運?娘子現在若不對我體貼點兒，日後或許……就沒得機會與我親熱了呢！」

項少龍的這番話裝作悲腔侃侃說來，倒也確是充滿傷感，小屏聽了雖明知他在故意誇大其辭，但心神還是禁不住為之一緊，不由自主的撲到項少龍寬敞的胸懷裡，語音微微顫抖而又極是輕柔的道：「少龍啊！屏兒和小姐自遇上你以後，都深切的盼望著你能助我們脫離那種顛沛流離的生活呢！我們已經受夠了苦，都希望下半生跟著你能有個幸福溫暖的家可以依靠啊！我和小姐都是信任你的，你可一定得鼓起勇氣和鬥志來，打敗秦嘉、景駒，再接著打敗桓楚，那時只要桓幫主說話算數，我們就可以跟著你回到牧場，一起過著與世無爭、無憂無慮的生活了。」說完，滿是悲苦的臉上又顯出一種神迷意往的陶醉之色來。

項少龍看這美女對自己如此信任和依賴，不禁心神一陣激蕩，頓刻湧生起強大的豪情壯志來，哈哈笑道：「想當年，你夫君戰無不勝，攻無不克，威震七國，嘿嘿，現刻又怎會怕這幾個小毛賊呢？放心吧，娘子，你夫君從今以後所有的戰鬥都只會絕對的勝，而不會有也不能有絲毫的敗。」

小屏兒聽了破涕為笑，臉若梨花帶雨的道：「哼！你盡戲耍人家呢！對了，小姐要與你說的事可能就是有關秦嘉、景駒二人武功專長的事，你要不要去聽聽呢？我的大英雄！」

項少龍見了小屏兒這刻化悲為喜的媚態，不覺一陣心搖神動，垂下頭去輕吻她還帶著淚漬的臉蛋，狎笑道：「說錯了，應該是『我的大英雄好丈夫』才對！」

小屏兒嚶嚀一聲，笑道：「哪有這麼稱呼的？你啊，盡占人家便宜。」

項少龍見著美女發嬌，更是暫且忘卻了身邊所有的煩惱，嬉笑道：「對啊，我是在占你的便宜，並且，昨晚啊，我占了我小屏兒最大的便宜。」

小屏兒聽了不勝嬌羞，在項少龍懷裡不斷扭動嬌軀，嗔道：「你口舌總是這麼沒遮沒攔的，告訴你，待會去小姐那裡，可不許把我們的事告訴小姐啊！否則，我決饒不了你！」

說到這裡，突地粉臉一紅，湊到項少龍耳輕聲道：「只要你暫時保守住我們的秘密，我就允許你……允許來欺負人家。」

項少龍聽了這等挑逗刺激的話，頓覺慾火暴漲，男性生理反應頓刻蠢蠢欲動，但想著今午還要應戰秦嘉、景駒二人，唯有壓下慾火，但還是也湊到小屏兒耳邊低聲道：「好！今晚你就來到我房裡……等著我『欺負』好不好？」

小屏兒嬌首輕點，無限風情的在項少龍懷裡撒起嬌來。

項少龍隨小屏兒來到鳳菲廂房，卻見鳳菲正愁容滿面，坐立不安的在房裡踩著蓮步。

見得項屏二人進來，鳳菲迎了上去，強擠出一絲笑容，語音卻是憂鬱的道：「少龍，聽說你今天正午要跟秦嘉、景駒二人比武較技，爭奪大江幫副幫主之位，真的有這回事嗎？」

項少龍走上前去，伸出一隻寬厚的手掌輕搭鳳菲的酥肩，微笑道：「不錯。嘿，我若做了副幫主，你和小屏兒就是幫主夫人了。這可是件好事哪！幹嘛愁眉苦臉的呢？」

說完朝小屏兒擠了擠眼，做了個怪臉，羞得小屏兒又羞又氣又急，忙垂下頭去，不敢正視鳳菲。

鳳菲似是早就知曉小屏兒喜歡項少龍的心事，但這刻由項少龍說出承認小屏兒為他夫人，還是覺著有點驚詫，臉上微微露出異色，但旋即嫣然一笑，走到小屏兒身前，拉過她的後臂，稍稍掀起她的袖衫，卻顯然不見了她臂上那顆碗豆大小的殷紅守宮砂，心下頓然明白過來，只覺有著一絲淡淡的酸味，之餘卻更多的喜悅，望著已嬌羞不堪的小屏兒詭笑道：「恭喜你啊，小屏兒！終於找到一個好歸宿了！也算了卻我的一樁心事，日後可得好好把握住這自己尋來的幸福。」

說完無限幽怨的瞟了項少龍一眼。

小屏兒聽了鳳菲這幾句飽含感慨的話，秀目淚珠兒悄然而下，不禁撲到鳳菲懷裡，輕輕啜泣起來，使得鳳菲也不禁雙眼發紅。

項少龍見著二女忽地哭哭啼啼起來，不由心懷大亂，胸中也覺有一種沉重的悶鬱之感。

待得片刻，二女收住泣聲，分了開來，見著項少龍手足無措的滑稽模樣，均都輕笑起來。

鳳菲平靜了一下情緒，倏地記起什麼似的，失笑道：「都站了這麼久了，也沒請你們坐著，瞧我這失態，對了，大家坐下來說話吧。」

頓了頓美目，又望向項少龍道：「是了，少龍，景駒和秦嘉二人乃是桓楚座下四大護法中武功最為高強的兩個，我看他們與桓楚相差無幾。雖然我曾親見桓楚一人力敵四大護法，但說不定是桓楚為討我歡心之計，秦嘉和景駒幾個都定藏了拙，故意敗給桓楚的。」

鳳菲說到這裡時，三人已經坐定，俏婢雙兒也已為三人沏上香茗。

項少龍端起茶盞輕品了一口後，問道：「這秦嘉、景駒二人到底是何來路呢？」

鳳菲沉吟了一番後道：「我也不知道多少，只聽桓楚曾經對我隨口說過，秦嘉原乃陵人，祖先也曾為校將，自幼習兵法武功，後來秦滅國，以致家道敗落，淪為江上行船人，他使得一手至剛至陽、猛烈絕倫的拔風快刀，武功以快猛諸稱。景駒呢，乃是楚國貴族之後，自小熟讀四書五經，楚亡後淪為一介市井小販。他射得一手好箭，曾一箭射下空中飛翔著的兩隻巨鷹，並且劍術也不為弱，也是李園之師『白眉尊者』之徒。」

說到這裡，頓了頓又道：「他們二人也是被秦始皇徵往驪山修建陵墓時，隨桓楚逃到這塞外來的，但此二人野心勃勃，似乎不安於此，與桓楚甚是合不來，我看此次比武，他們是想借你來殺殺桓楚的銳氣，同時提高他們在幫中的威信，為以後策動謀變打下基礎。而桓楚呢，卻也是想利用你來壓壓他們二人的傲氣，把你當作槍頭使罷了。所以，少龍啊，你無論勝敗，可都是處境危險呢！可得好好的保重自己啊！我和小屏兒都深盼著與你雙宿雙飛的呢！」

說完臉頰微紅，但一雙美目卻還是緊緊的盯著項少龍。

項少龍想不到鳳菲竟能把桓楚他們安排的此次比武較藝爭奪副幫主的陰謀，如此透徹的分析出來，心下不由大是敬服，同時心神暗斂。

若這秦嘉、景駒二人到時同上與自己打鬥，自己的勝算又有多少呢？

此事也不無可能的嘛，桓楚為了想看看自己和秦景二人的實力到底如何，說不定到時真會叫二人同時夾攻自己呢！

這十多年來的塞外牧場生活，因日子安定無憂，甚少練習百戰刀法，所以武功荒廢生疏不少，而秦景二人卻因時過境遷，這些年來過的都是刀口添血的日子，自是會勤習武功，更何況他們還野心勃勃的可能陰謀奪得幫主之位呢！

再有這景駒是自己的老故人李園的同門師兄弟，李園的劍法自己是知道的，景駒經過十多年來的修習，劍法之高自是不可小視。再加上秦嘉，武功很有可能與景駒不相上下，若他們二人聯手，自己要想取勝，倒也定是非常吃力。

項少龍心情沉重的思量著，倏見鳳菲一雙楚楚憐人的目光向自己射來，不禁心神一震，頓即湧起一股頑強的勇氣和鬥志來。

對！無論景況如何發展，自己也得拚死保護眼前這兩個愛女！

當然還有虞姬！

項少龍正與鳳菲、小屏兒二人談著此次比武較技的事宜，虞姬和桓楚來到了廂房。

見著項少龍與二女似乎比前兩天更加親熱，桓楚望向項少龍的目光掠過一絲殺機，但轉瞬即逝，乾咳了兩聲後哈哈笑道：「項兄可也真是有得閒情逸致呢！臨戰在即，卻也還是在依紅偎翠，談笑自若，看來正午一戰，是勝算在握的哦！

嘿，我大江幫能得你這樣的人才相助，將會更是如虎添翼了呢！」

項少龍聽出他語意帶刺，知他在氣自己與鳳菲親熱，心下冷笑，臉上卻還是帶著笑意，站了起來迎了上去道：「桓兄言之過獎了。在下只是向鳳姑娘請教秦嘉、景駒的武功底細呢！嘿，蒙得桓兄對我如此看重，我又豈能只顧縱情聲色呢？若是此戰敗了，豈不愧對了桓兄對我的厚愛？那我日後還有得何面目與桓兄相對？」

桓楚聽得項少龍如此說來，心下似稍感快慰，眉頭一展，又是一陣哈哈大笑道：「那就算我錯怪項兄了！不過，你也不需說出如此之話來的嘛。嘿，對項兄此戰，我的信心是百分之百的……賭你勝！」

繼而語氣倏地一轉，歎道：「唉，說起我們大江幫，表面看來雖是實力強大，威震塞外南北，然實則內部矛盾重重，尤其是今年以來，矛盾更是激化尖銳起來。秦嘉和景駒二人私培心腹，表面上與我虛與委蛇的相處甚好，可骨子裡卻是對我不服，欲謀造反，我呢，雖是看出了此端倪，但沒有他們的把柄，卻也還是沒法奈何他們。」

說到這裡，滿含深意的望了項少龍一眼，接著道：「此次識得項兄，可真乃是天助我大江幫也！嘿，是的，此次比武較技，我實則是想利用你來壓下秦景二人的囂張之氣，但我也確實是暫時想不出什麼方法來對付他們，我……真的是誠心誠意的想與項兄合作的。」

項少龍想不到桓楚會先入為主的說中了自己的心事，對自己竟是如此坦誠的推心置腹，愣了愣，俊臉微紅道：「嘿……這個……我……其實方才還在與鳳菲姑娘她們一起猜度桓兄是不是對我別有用心呢！看來我真是以小人之心度君子之腹了，小弟現刻可真感汗顏啊！」

桓楚聽得項少龍此話，哈哈大笑道：「項兄胸襟才真算是虛懷若谷呢！明知在我這裡險境重重，但還是有著泰山壓頂而不色變之態，在下可是佩服至之啊！尤其是明知秦嘉、景駒二人和我都對你不安好心，而你卻還是不急不燥，不恨不惱，心平氣和，嘿，只此一點，就足顯出項兄涵養之深了。」

說到這裡，又見得鳳菲、小屏兒二女望向自己，有點驚詫卻又有些敬佩之色的異樣目光，心下更是一陣舒暢，豪氣頓生的道：「項兄只要此戰勝得秦嘉、景駒二人，那這大江幫從今以後就是我們的天下了，到時我們要想成就大業，豈不方便許多？」

頓了頓，忽又望著項少龍，臉色微微一暗，「嘿，小弟尚還有個不情之請，不知項兄能否應否？」

項少龍聽了，虎目一揚，臉上顯過疑色道：「桓兄有得何事儘管講吧，只要在下能微盡薄力之事，定當照辦。」

桓楚臉上旋即掠過喜色道：「此話當真？不過……此事項兄可得冒點危險呢！唉，還是不說也罷，免得……項兄要是有什麼差錯，那我可就會一輩子都不安於心了。」

項少龍知他故意如此做作說來，心下真想依他此言順勢下台，免了這凶卜未知的桓楚口中所說的什麼「危險」之事，但自己方才卻已說過「定當照辦」的豪語來，倒也不好意思出言推辭，當下微微笑道：「哎！桓兄這是什麼話來呢？我項少龍蒙你不殺之恩，且這段時日待我如兄弟般的熱情周到，又力邀我做你們大江幫的副幫主，這些恩情真使我甚感無以為報呢！現桓兄有何吩咐，就儘管說來就是了，哪怕是赴湯蹈火，在下也會在所不辭的。」

桓楚聽了似是有些激動的走過來，雙手搭住項少龍的虎肩，沉聲道：「好！好兄弟！我桓楚果然沒有看錯人！」

說到這裡，目光倏地變得沉重的凝視著項少龍，緩緩道：「待會正午項兄與秦嘉、景駒二人比武較技時，我想教項兄你一人獨戰他們二人。當然，這樣做是叫你冒險許多，但只要項兄以一敵二也是勝了，那秦景二人在幫中的威信將大大掃地，項兄也便解了我大江幫可能發生內亂的燃眉之急，同時項兄也會因此而深服人心，副幫主之位便非你莫屬了。」

項少龍聽得眉頭一皺。

這桓楚果然狡詐，識破自己已經看出他的陰謀，使用此等佯裝坦誠，軟硬並施的懷柔之策，來對付自己，使得自己雖明知前路有陷阱，而還是不得不往他設置的陷阱裡跳。

此計不謂不妙，桓楚就是看破了自己那種俠骨柔情的心態而加以利用，而自己卻也是狠不下心腸，不得不被他利用。

項少龍心下不禁苦笑起來，而鳳菲這時卻已驚叫出聲道：「什麼？這……怎麼可以呢？你這是故意刁難少龍嗎？」

桓楚聽了臉色微變，但旋即壓下胸中不快，淡淡笑道：「俗話說『置諸死地而後生』，兄弟此舉就是此意了。何況憑項兄一夫當關，萬夫莫開之猛，我那秦嘉、景駒二人絕非他的敵手。」

項少龍原本就打算豁出去了的，那會有什麼懼意，當下笑道：「好！我答應桓兄的建議！不過……桓兄是否可以暫借百戰刀一用？」

桓楚啞然失笑道：「項兄何言借刀呢？百戰刀本是你之物，我只是心下喜歡，這幾天來捨不得還於項兄罷了。嘿，待會我就叫人給你送來。時候不早了，我可得去佈置比武場地事宜了，在下就先行告退。」

說罷朝項少龍施了一禮後，轉身往廂房門外走去。

項少龍收回送桓楚出門的目光，掃視了一下諸女，卻見鳳菲和小屏兒面含擔憂焦慮之色，而虞姬卻是一臉的興奮和欣喜，心情沉重之餘，又是有點忐忑不安，但卻鬥志陡增。

哼，有了百戰寶刀在手，天下間我也敢去闖他一闖！

比武擂台設在此大江幫總舵所在地……哀牢山西側的一個有一千多個平方的平坦山地處。場中綠草茵茵，其中三面邊緣皆是怪石嶙峋的斜坡，間或有些合抱大的椿樹生長其間，而斜坡近處卻又是群峰聳立。另一面是一條兩側都是高崖的羊腸峽谷，倒確是一個絕妙的隱秘練兵校場。

場地右側搭了一座觀席台，可能是供幫中有名望身分的人坐的，在觀席台前方用二丈多長的竹竿橫架起了一條七八米長的紅帛匾幅，上面用隸體書寫了「大江幫副幫主就職典禮」十個大字。

項少龍、鳳菲、小屏兒、虞姬等幾個來到時，場中已是人山人海了。

大江幫自成立以來，幫中大部份人過的都是打打殺殺的日子，今見幫中比武較技喜選副幫主這等熱鬧之事，自是人人都想來瞧瞧此可以輕鬆開懷的場面，要不是需防守總舵，前來觀禮的人或許會更多。

十幾個武士在前開道，領著項少龍等幾人來到了觀席台前。

項少龍的心情此時似是有些忐忑，但表面上卻還是平靜異常，神色安祥，氣定神閑的舉目往觀席台上望去。

卻見桓楚坐居中央，正對著自己頷首微笑，他身側左右是幫中四大護法，秦嘉、景駒二人坐在桓楚左側，見著項少龍，目光滿含殺氣，而臉上卻又顯出一絲輕蔑狡詐的奸笑。

其餘是一百多位堂主、分舵主分坐兩旁。

項少龍見桓楚把氣勢搞得如此浩大，知他所有心計是想借自己此戰徹底擊垮秦嘉、景駒二人在大江幫中的威信，同時亦可見桓楚對自己此戰的期望之大。

項少龍走上前去與桓楚等幾人行過禮後，被桓楚安排坐在了他的右側，接著就是鳳菲、小屏兒、虞姬三人。

項少龍坐定後，目光往場中前來觀禮的幫眾一掃，倏見不少幫徒望著自己，目中滿含極不友善之色，有的則是偷偷的指著自己，交頭接耳，定是在對自己評頭論足。

項少龍見著此況，心下猜度可能是秦景二人在人叢中暗插了心腹，對幫眾散佈了自己的什麼謠言。

嘿！我本是殺了你們大江幫幾百幫徒，早就令眾人對我恨之入骨來了，若不是有你們幫主桓楚在為我扛著，我或許早就被他們用亂箭射死了，你們二人又何必多此一舉呢？

是想借眾人的聲勢來對我進行心理攻擊戰嗎？

項少龍心下冷笑，忽地想起自己當年與秦始皇相處時的風光景況來。

自己那時有什麼大風大浪沒有經歷過呢？與六國中的權貴人士周旋過，與呂不韋一黨明爭暗鬥過，與趙國名將李牧交鋒過，還有與齊國「劍聖」曹秋道相拚過五六百招有餘……想起從前的許多雖是驚險重重，但卻又是豐富多彩的刺激生活來，項少龍感覺自己的血液在沸騰著。

衝破創造歷史的困難後的勝利，是多麼的激動人心啊！

項少龍心中又倏地湧起了一種怪怪的感覺。

自己是否可以把羽兒締造為一代西楚霸王呢？想到這裡，項少龍只覺自己的每根心弦都倏地給繃緊了。

不！還不止如此，自己如果暗中派人去刺殺了劉邦，那到時天下間還有誰能與項羽為敵呢？

叮噹！叮噹！……一陣鐘聲響起，全場頓刻靜了下來，也驚醒了項少龍的沉思。

桓楚站了起來，先向項少龍、鳳菲等微施一禮，然後以他聲若洪鐘般響亮的聲音向眾人宣佈今天副幫主的候選人是項少龍、秦嘉、景駒三人，以武技論高來定奪副幫主人選。

在全場肅然中，桓楚老氣橫秋，揚眉喝道：「在場中人，亦可向三人挑戰，能接對方五十招以上者，均有封賞。兄弟們，露出點真功夫給大家看看吧！」

在歡聲雷動中，當即有兩個堂主級身分的漢子搶先出身，來到項少龍跟前，以手抱拳道：「在下喬吉、徐成斗膽向項少俠討教！」

項少龍心知肚明此二人是秦嘉、景駒他們示意下來找自己碴兒，想試試自己武功底細的。

當下微微一笑還禮後，站了起來，走出觀席台，來到空出的場地中心，手握百戰刀柄，目光虎虎的朝喬吉、徐成二人臉上一掃，渾身上下頓刻透出一股隱隱的震懾人心的威逼力。

喬吉、徐成二人似有點被項少龍氣勢所懾，慌了手腳，竟不由自主的往後退了兩步。

項少龍實戰經驗何等豐富，知道自己不經意間製造出先聲奪人之勢，見二人後退，知道機不可失，仰天大笑聲中已「鏘！」的一聲，拔出百戰寶刀，直往對方迫去。

刀才離鞘，場內立時寒氣滲滲，讓人心生寒意。

喬吉、徐成心底暗驚，卻也臨危不懼，二人同時暴喝一聲，劍勢發動，分別從不同角度向項少龍擊來。

項少龍不退反進，步伐沉穩的一個箭步飄前，百戰刀往頭上斜舉，左手同時握在手把上，待二人手中長劍向自己襲來時，百戰刀猛往斜向過去，刀鋒化成萬點寒芒，如雷電擊閃般全力往二人長劍砍去。

此時喬吉、徐成二人若是聰明的話，唯一破解項少龍攻勢之法就是身形再往後暴退，方可避過這雷廷一擊的一刀，但二人身為挑戰者，且身負秦嘉、景駒二人之命，此刻又在眾目睽睽之下，哪肯在人家才出第一刀便作縮頭烏龜呢！

當下均是銀牙一咬，竟是揮劍硬架。

項少龍見二人倉皇招架，用的又是單手，心中暗笑，百戰刀全力下擊。

「噹噹！」二聲脆響，打破場中此時的寂靜。

眾人在片刻沉寂後，又齊聲驚呼歡叫起來。

原來喬吉、徐成二人手中長劍都應刀中斷，項少龍此時則已瀟灑的飄身退了開去，還刀入鞘，神態自若的看著眼前這臉色灰白，手持斷劍的兩人。

眾人都不禁驚訝凜於項少龍刀法尺寸的精到。

舉天下之間，有幾人能一刀就敗退在大江幫中身手不弱的兩名堂主呢？

一時場中是一種沉悶的靜寂氣氛。

喬吉、徐成二人呆默良久，驀地一聲怪叫，棄下斷劍，羞愧得無地自容的狂奔而去。

秦嘉、景駒二人則是目露駭異之色，臉色有點蒼白，渾身似是有點不自在的抖動起來。

鳳菲和小屏兒則是喜極的不約而同的往虞姬抱去，而虞姬卻是興奮得小手直拍，歡叫起來，目光發亮的望著項少龍。

其餘諸人，個個皆是一副驚魂未定的樣子。

桓楚驚詫之餘即是滿面歡容，長身而起，大聲讚道：「項少俠如此威猛絕倫的刀法，實乃世所罕見也！哈哈！我看今天的比武你是勝定了！對了，諸位還有誰來與他們挑戰的？」

場內卻是鴉雀無聲，再也無人出面。

桓楚環目殷視了一番眾人後道：「若是沒有，我就宣佈今天的賽局了！」

秦嘉、景駒二人這時站了走來，向桓楚躬身道：「幫主，屬下二人有事稟告。」

桓楚頷首淡淡一笑道：「兩位護法有何事稟告？」

秦嘉望了項少龍一眼後，沉吟片刻道：「方才項少俠一刀劈斷兩劍之神乎其技的刀法，確是令我和景護法二人大為嘆服。嘿，我們自知憑一己之力，非他敵手，所以願自動放棄此次競選副幫主的權利。不過，他殺我幫中兄弟四五百人，實乃我大江幫之眾敵，所以我和景護法二人誓要為我幫中死去的兄弟報仇，還請幫主賜准我們二人力戰項少龍這狗賊。」

圍觀眾人頓然有半數以上附和著哄然叫好。

桓楚知二人是懼了項少龍的威猛刀法，但卻找出個冠冕堂皇的理由來想合鬥項少龍，心下雖是深服其機智敏捷，但卻也正中自己心懷，當下冷笑道：「戰鬥中死亡自是不可避免的事情，我們不也殺了他們那方的不少兄弟嗎？所以報仇二字只屬私情，而我們大江幫的宗旨卻是要推翻暴秦，只要是英雄人物願意投靠我們，我們就須以兄弟之禮待之，所以秦護法之言大是偏激，至於向項少俠挑戰，要求競選副幫主之事，是二位自己提出來的，現在怕了項少俠，願自動放棄，自也是可以的。」

桓楚這番話帶著戲謔味道說來，只使得秦嘉、景駒二人臉色一陣白一陣紅的，氣得渾身都微微抖起來，雙目更是似欲噴出火來。

桓楚見著二人的窘態，心下大是高興，不待二人發話就又已接著道：「不過如此一來，真是大掃大家之意興，所以我有個提議，就是項少俠一人獨戰你們二人，不知三位意下如何？」

此言剛落，秦景二人繃緊的臉色頓時舒緩下來，嘴角露出一絲陰森的冷笑！圍觀眾人卻是心神倏地一緊，都想看看幫中兩大頂尖級高手合鬥項少龍的激烈場面。

鳳菲、小屏兒二女則是為項少龍暗捏一把冷汗，心下暗暗為他禱告。

倒是項少龍還是泰然自若，微笑道：「在下沒有什麼異議。」

場中有人忽地為項少龍這等豪氣鼓起掌來。

在全場肅然中，項少龍屹立如山般的傲然面對殺氣騰騰的秦嘉、景駒三人。

三人都已拔出兵器握在手中。

秦嘉橫刀守中，景駒長劍指地斜舉。

二人氣勢沉凝懾人之極，果是比先前二人厲害多了。

項少龍收攝心神，全神貫注的凝視著對手，百戰刀雙手緊握，當中而舉。

秦嘉雙目神光倏地大盛，凝注項少龍，大喝一聲，出刀疾劈項少龍背部穴門。

景駒亦也同時劍尖快速往上斜挑，手腕一抖，幻出一片劍花，如靈蛇吞信般快絕的往項少龍雙眼刺來。

項少龍頓感四面八方均有一股殺氣向自己追體而來，心神暗驚，百戰刀當即往下一沉，成橫掃之勢，身體成一個三百六十度的旋轉，百戰刀在他四身周圍幻起一片刀影，頓然守住敵手所有的攻路。

秦景二人被百戰刀的強勁力道所迫，竟使不出後續的變化招數，只得閃身均都退了一退。

項少龍哪容對方重組攻勢，一揮百戰寶刀，重重刀影如濤翻浪卷，往二人分襲攻去。

秦嘉、景駒二人雖失先機，卻也毫不慌亂，改變打法，嚴密封架，採取遊鬥方式，且戰且轉，在場內繞著圈子，都步法穩重，絲毫不露敗跡。

高手過招，果然不同凡響。

圍觀眾人，分為雙方叫嚷喝采打氣，使得氣氛熾熱非常。

鳳菲和小屏兒把心都快提到了喉嚨裡，而虞姬卻是時時拍手叫好。

桓楚此時臉上則是木無表情，使人難測其心裡到底在想些什麼。

百戰刀破空呼嘯之聲不絕於耳。

秦嘉、景駒暴喝冷吟時常叫起。

項少龍心中明白，再這樣耗力下去，秦景二人以逸待勞，等自己力竭之時，再發動反攻，那時自己非敗不可。

怎麼辦呢？這等打法繼續下去自己可要吃虧！

項少龍心念電閃之下，刀勢忽地一轉，以刀作劍，改為施展墨氏三大補遺殺招中最俱威力的「攻守兼資」，只見手中長刀突地光芒大盛，奇奧變化，若長江大河般向二人攻去。

秦景二人見項少龍刀勢陡變，似是刀法卻又似劍法，整個人和刀似是溶為一體，渾身上下刀影翻飛，寒芒電射，竟像個滿身是刀的怪物般，硬往秦嘉撞去，如此以身犯險的打法，人人都是初次得睹，看得目瞪口呆之餘卻又發出了驚呼聲。

秦嘉乍見項少龍向自己撲來，亦也不知如何應付，大喝一聲，先退半步，才橫劍掃出。

「噹！」的一聲劍碰之聲後，項少龍現出身形，百戰刀把秦嘉快風拔刀硬硬封住，同時整個人朝秦嘉當胸撞去，左手成勾。

秦嘉猝不及防下，被項少龍手腕重重撞在胸口處，頓時只覺胸部一陣吃痛窒息，同時一股腥味直沖喉間，頓時長刀脫手墜地，自身亦也向後跌倒了去。

景駒心神微驚之下，亦也大喜，項少龍此時周身都是空門，當即長嘯一聲，長劍朝項少龍額頭閃電劈下。

項少龍此時已來不及回刀架封，心神一涼，猛地往下一沉，但旋即急中生智，身體讓他失重向後倒去，再向右側一陣猛滾，險險避過景駒這致命一劍，但肩頭處卻還是被劍鋒所劃，頓時皮開肉綻，鮮血直冒。

項少龍驚魂稍定，一個鯉魚打挺，跳身起來，同時借著躍空之勢，又以雙手運刀，身體往景駒一個俯衝，刀勢發出尖銳的嘯呼聲往景駒猛劈過去。

景駒一時間被項少龍的狂猛攻勢擊得只有招架之力，節節後退。

項少龍殺得興起，刀勢忽而大開大闔，忽而長擊遠攻，刀鋒所過之處，都是點點寒芒。

全場眾人此時已是哄然，全都為項少龍叫好起來。

「噹噹噹！」

項少龍踏步進擊，連劈三刀，每次都準確無匹的劈在景駒手中長劍的同一缺口上，任景駒長劍如何變化，結果仍是一樣，神乎其技得令人難以相信。

景駒手中長劍中分而斷，項少龍百戰刀亦遙指著景駒胸腹。

圍觀諸人，沉默片刻，倏地由桓楚至鳳菲、小屏兒，無不高聲歡呼吶喊，聲如潮湧。

景駒此時已是面如土色，神情沮喪至極，長歎一聲道：「項……少俠，你勝了！」

秦嘉已是昏迷過去，這時被眾人叫喊聲吵醒過來，見著此況，喉間的一口鮮血終是忍將不住噴口而出。

虞姬這時已連蹦帶跳的歡呼著，跳出觀席台向項少龍奔來。

項少龍還刀入鞘，朝景駒微一抱拳道：「承讓了！」

說完腳步緩重的向著虞姬迎去。

第十三章　內焦外患

在場大半以上的人都衝著項少龍歡呼叫喊。

一時「項少龍」「項少龍」之聲，叫得山鳴谷應。

而項少龍此時卻只覺得渾身乏力，全身酸痛，連握刀的手都沉重得似快提不起來，受傷的肩頭處更是鮮血直冒，覺得火辣辣般的疼痛。

虞姬跑到項少龍身前，小臉因興奮而漲得通紅，秀目更是射出異彩，拉過項少龍寬厚的大手，望著他神情激動的道：「項伯伯，你好棒哦！剛才你打鬥的時候就真像天下的武神一樣威猛呢！嘿，我娘並沒有對我誇張嘛！你確實是個戰無不勝的戰神呢！我看啊，全天下間的武士，要數你最是厲害了！」

項少龍聽了心裡苦笑。

唉，你這小丫頭小嘴可真是甜呢！不過，你項伯伯已經都快要脫力了呢！現在任是誰再向我攻來，我都非敗不可，嘿，還說什麼武神戰神呢！小孩子家真是太多幻想。

項少龍強忍住渾身的痛楚，積攢了最後的幾許力氣，伸手抱過虞姬，捏了一下她小巧玲瓏的鼻子，對著她微笑道：「可是我還是沒有能夠飛上月亮去的本事哩！嘿！你這小妮子，將來長大了，嫁個能帶你去月亮的夫君好了。那時，你項伯伯也將不是他的敵手，你啊，可不知有多風光呢！」

虞姬俏臉一紅，垂下頭去，不勝嬌羞的伸出粉拳輕打項少龍的虎背，但秀目卻是露出一種神迷意往的神色，嗔道：「項伯伯取笑我呢！我……我現在年紀尚小，還談個什麼……什麼婚嫁之事嘛！不過，我長大以後，卻是真個要找個像你這樣的英雄人物。」

話剛說完，已是羞不可抑的撲倒在項少龍懷裡。

項少龍聞言一陣哈哈大笑時，鳳菲、小屏兒及桓楚三人也已迎了上來。

桓楚望著項少龍，雙目放光的哈哈大笑道：「項兄方才神乎其技的刀法，確實是令人大開眼界，敬服不已啊！我大江幫得你這樣的人才相助，又何愁大事不成呢？」

項少龍放下虞姬，長緩了一口氣，謙然道：「嘿！方才我只是僥倖得勝罷了，其實說來，大江幫人才濟濟，我……只不過是一介平凡武夫，何談能助大江幫成就什麼大事呢？倒是像桓兄這樣的人才方為當世英雄人物呢！現今就已成就了大江幫如此龐大的基業，可確實是教人欽佩羨慕得很呢！」

桓楚聽了又是一陣大笑，與項少龍客套一番，攜挽了他的手臂往觀席台走去。

鳳菲和小屏兒此時懸掛在心底的石頭總算是著了地，臉上都露出了安心欣然的笑容，一雙秀目顧盼生光的望著項少龍。幾人在眾人的歡呼聲中走到觀席台前，坐定後，桓楚再站了起來，虎目橫掃了一遍還在興奮熱烈之中的幫徒，面色笑意中帶著嚴肅，倏地大喝一聲道：「兄弟們！請靜一靜！現在由我來宣佈今後我們大江幫副幫主的最後定選人，就是項少龍少俠！」

眾人頓刻爆發出震天采聲，桓楚待他們稍稍平息後又接著道：「今天大家都是有目共睹，項少龍技壓群雄，以武取勝奪得副幫主之位，今後他也是我們大江幫中的一員，也就是跟我們同甘共苦的好兄弟了！所以大家以前要是對他有什麼成見，有什麼隔閡的，從現在起就全都一筆勾消！從今以後大家要同心協力，團結一致，為振興我大江幫而誓死不辭！」

話剛說完，眾人頓刻同聲高喊道：「振興大江幫！誓死不辭！」響徹雲宵的吼聲，讓項少龍的心懷不由自主的激動著，一種怪怪的感覺又湧上了心頭。

英雄！這就是古代人們對武力英雄的崇拜！項羽呢？在史記中他才是個戰無不勝，攻無不克的真正英雄！

要是自己塑造出這樣一個流芳百世的英雄來，那種感覺將是多麼激動人心啊！

歷史是人創造的，而自己卻是創造歷史的主宰！多麼令人動心的誘惑啊！

自己曾經一手締造了中國歷史上的第一位始皇帝嬴政。可以這樣說若是這時代裡沒有我項少龍，小盤就絕不可能成為秦始皇！

項羽呢？會是自己的義子寶兒嗎？

哈！要是自己把寶兒再塑造為一代西楚霸王項羽，那可真是不枉在這古代裡活過一回了！

轟轟烈烈的人生！成也罷，敗也罷，也算是一曲精采的人之歌了！

項少龍想到這裡，只覺著渾身的血液都在沸騰，眼前似乎又展現了自己當年縱馬橫刀疆場的情景。

項少龍正沉浸在這種奇妙的想像之中，桓楚突地連聲叫道：「項兄，你在想些什麼?大家都在等著你給他們說幾句話呢！」

項少龍驚覺過來，心中的餘波還在縈繞難息，見著桓楚詫愕的目光，朝他神秘的笑了笑後，再往眾人望去，長舒了一口氣，平靜了一下心懷，朗聲道：「大江幫的眾兄弟們！我項少龍今日僥倖勝得秦嘉、景駒二位護法，承蒙桓幫主看得起和眾兄弟的不計前嫌，讓我就任了副幫主一職，從今往後還得仰仗各位多多指點。對我們大江幫中的諸多事務我還不大熟悉，但我卻知道我們大江幫立幫的宗旨是等待時機，推翻暴秦，為天下窮苦蒼生謀取幸福。基於此，我們現在就需要操練人馬，組合一支具有強大戰鬥力的隊伍。我們往後要做的事情不是打家劫舍，不是要稱雄塞外，而是要擴展勢力，堅實力量，直搗秦都咸陽城。推翻暴秦，再組新政！」

項少龍這一番話慷慨激昂的說來，很是富有感情和感染力，眾人無不齊聲高喊：「直搗咸陽！推翻暴秦！」

就連秦嘉、景駒二人現在雖是恨極項少龍，卻也情不自禁的隨著眾人高喊起來，可見他們亦是對秦政恨之入骨。

晚上的歡慶宴自又是一番熱鬧非常的場面，眾人均都熱情的頻頻向項少龍敬酒。

待鳳菲和小屏兒攙挽著項少龍回到廂房時，他已是酩酊大醉得沉沉睡去。

鳳菲雙眼迷離的看著比當年愈加成熟的項少龍的俊臉，燈火映照下，項少龍渾身上下在她眼中釋放出一種令她心亂神迷的光彩來。

她不禁想起了當年與他相遇的種種情景。

那時項少龍化名為沉浪，起先是做她的禦者，後來又做了她們歌舞團的執事，她自己也就在那段時日中，芳心不知不覺的被項少龍給俘虜了，可她卻與項少龍有緣無份，與清秀夫人一起去了楚國後就再也沒有見著他了。

現在與項少龍久別重逢，本應是件令人興奮異常的事情，可是誰知卻又橫足插進了個桓楚，令得他們的關係有點生硬起來。

唉，這就是孽緣麼？自己還不如小屏兒幸運呢！她與少龍已是……有了合體之緣，這已是讓她今後的一輩子都有一段美好的回憶了，可是我呢？能好好的把握住少龍麼？

想到這裡，鳳菲的秀目不禁悄然流下兩行酸楚的淚來。

唉，女人的命運在這時代裡，是多麼的脆弱和蒼白無力啊！

鳳菲感覺著心中一陣茫然的刺痛。

小屏兒這時探身過來，輕摟住鳳菲的身體，雙目亦是紅腫的啞聲道：「小姐，不要想那些讓人傷感的事情了，少龍現在不是就在我們的身邊麼，從今以後哪怕就是死，我們也跟定了少龍，永不離開他了！」

小屏兒跟隨鳳菲多年，二人早就情若姐妹，心意相通了。

鳳菲這刻聽了小屏兒的話，更是淚如雨注，不禁也緊緊的摟住小屏兒，二人一時惺惺相憐的都低聲啜泣起來。

也不知過了多長時間，項少龍突地夢囈的道：「水！我想喝水！……啊！桓楚！你不可以搶走我的菲兒！……虞姬！羽兒！……啊！劉邦！……好熱！好渴！屏兒！我想喝水！……」

鳳菲和小屏兒正迷迷糊糊的相擁在一起，這刻突聞項少龍的說話聲，都驚醒了過來，彼此鬆開相擁的嬌軀，不約而同的抬起一雙驚慌而又欣喜的秀目往項少龍望去。

卻見項少龍此刻滿頭大汗，俊臉上顯出扭曲的痛苦之色，顯是在做著什麼惡夢。

鳳菲忙自腰間掏出絲帕，俯下身去輕輕的擦了擦項少龍額頭上的冷汗，接著用玉手輕撫著項少龍已被歲月刻上風霜的迷人俊臉。

小屏兒則轉身去倒了一杯冷茶過來。

鳳菲伸手接過後，一手挽起項少龍的頸部，正準備餵他喝水，卻突聽得項少龍又急促的道：「創造歷史？羽兒？劉邦？……戰爭？殺戮？……大江幫？桓楚？……啊！不！不！羽兒不能死！」

說到這裡，項少龍突地驚醒過來，睜開滿是驚懼之色的虎目，乍見鳳菲，不禁「呼」地坐了起來，一把緊摟住她的嬌軀，胸口不劇的起伏著，似是夢見了什麼可怕的事情。

鳳菲措手不及之下，手中茶杯被項少龍撞落，目中盡是驚慌而又喜悅之色，玉手也禁不住緊摟住了項少龍的虎背。

項少龍卻又突地湊上還滿是酒氣的熱唇，往鳳菲香唇痛吻過去。

鳳菲禁不住「嚶嚀」的呻吟一聲，雖是知道項少龍有美女在懷，心情放鬆了些，心中卻是一熱，探手在鳳菲身上揉捏起來。

鳳菲不禁嬌體發顫，久蓄的情火裂焰般燃燒起來，心中所有的懼慮都暫刻忘到了一邊。

二人所有的言語，頓刻又被灼熱濕潤的熱吻代替。

鳳菲飽嘗的相思之苦，在這刻覺著全都得到了回報，兩手緊抓著項少龍的衣襟，放開心中所有的矜持與防禦，熱烈的反應著。

項少龍頓覺慾火熊燒，情難自控，竟顧不得在旁的小屏兒，怪手伸進鳳菲的羅裙裡，姿意愛撫著她堅挺滑膩的酥胸，接著又褪去了她的上衣，鳳菲光滑如玉，白若凝脂的上身頓刻展露在了項少龍的眼前。

項少龍看著鳳菲那充滿彈跳力和吹彈得破的嫩膚，呼吸不禁急促起來，俯下頭去，熱吻雨點般灑到她的身上。

鳳菲嬌羞如一隻溫馴的綿羊般，在項少龍的懷裡扭動著，把性感迷人的嬌軀完全向項少龍開放，承受著令她意亂神迷的醉人愛意。

項少龍只覺慾火狂升，儘快褪去了鳳菲所有的衣物，在她周身每一寸肌膚上輕柔的撫摸著，他感覺到這眼前的嬌嬈比紀嫣然諸女更多一種成熟迷人的媚態。

自身的衣物也在不知不覺間被鳳菲悉數褪去，二人此刻已是絲無寸縷的纏綿在了一起，深然忘了小屏兒是否還在身側。

項少龍的手法此時由溫柔轉為了狂猛，還帶有些許粗暴，開始對鳳菲展開正式的愛的進攻和侵犯。

雙方的每一寸光陰都被雙方激烈的情火慾流充盈著。

夜就在春色無邊中如此過去。

次日，天已大亮，小屏兒的敲門聲把項少龍和鳳菲吵醒過來。

項少龍昨夜雖是與鳳菲一晚瘋狂纏綿，但精力還是旺盛得很，起身穿了衣服，伸手捏了兩下鳳菲的臉蛋，示意她也快起床。

可鳳菲經過昨夜的狂歡，腰骨酸痛，渾身酸軟乏力，竟是慵懶的望著媚然一笑，搖了搖頭，賴在床上不肯起來。

項少龍望著她搖頭苦笑。

昨夜自己酒醉，衝動之下與鳳菲歡好，若是被桓楚知道了，今天又不知會有什麼麻煩。

唉，管他的呢！兵來將擋，水來土淹！也沒什麼好擔心的！

對了，小屏兒這一大早就來叫我，有得何事呢？難道是在吃鳳菲的醋了！

心中存著疑問的把門打了開去，卻見小屏兒雖是面含幽怨，但神色更是焦燥不安的站在門口，見著項少龍，似是想起昨晚的事，臉色微微一紅，但嬌軀卻是飛快的閃進房內，旋即掩上房門，望著項少龍慌張的急聲道：「少龍，不好了！昨晚秦嘉和景駒領了部份幫徒逃離大江幫了，桓楚現在正大發脾氣呢！」

項少龍聞言心神一緊，自己現在身為大江幫副幫主，出了這等重大之事，自是需要去助桓楚一把，更何況秦嘉、景駒二人大有可能是由於昨天被自己戰敗，心下屈辱憤恨之下才脫離大江幫的呢！

心下想來，臉上焦急的道：「屏兒，你幫小姐著好衣服，我馬上去見桓楚！」

鳳菲這時也聞得小屏兒之言，竟赤身坐了起來，露出無限完美的上身，秀目顯出驚慌之色道：「少龍，桓楚會不會責怪你呢？我還是跟你一塊去吧！」

項少龍苦笑一下，知道這美女是關心自己，但這樣一來，只會更增桓楚對自己的惱恨。

唉，明天的比武奪美之戰還未開始呢！可是我卻已是食言於他……桓楚不惱恨我才怪，再加上幫中出了此等麻煩之事，而自己卻是只顧享樂而渾然不顧其他，自己這副幫主之職可是虛掛其名嘛！

項少龍心下覺得對桓楚有點愧然之感。

嘿！自己還想利用桓楚的大江幫來助羽兒打天下呢！這樣下去，自己不與桓楚鬧得反目成仇才怪。

倏地想起了昨晚的惡夢來。

這夢境難道將要成為現實？

若真是這樣，即命運對自己真是太殘酷了。

項少龍不覺想起了草原上的妻兒和朋友來。

他們現在定在為自己擔心著吧。

可是自己來這哀牢山也已有四五天了，為何還不見他們有何動靜呢？

難道又遇上什麼麻煩？

不會是桓楚一面與自己虛與委蛇，一面卻又派人去攻打牧原吧！

大江幫的高手都在幫內沒有出動，其他的人去了只會是送死。

那又會有什麼勢力去擾我們牧原的麻煩呢？

眾多的事情想來，項少龍一時只覺心亂如麻，倒不知如何是好，真恨不得自己真有虞姬所說的那樣能飛上月亮的本領，飛回草原去看他個究境。

鳳菲這時在小屏兒的幫助之下已經著好了羅裙，見著項少龍沉愣不語，驚詫的問道：「少龍，你又在想些什麼？」

項少龍驚愕過來後，衝著二女淒然一笑道：「嘿，今天我們將會險著重重呢！你們二人可得小心點兒。對了，菲兒，你不用跟我去桓楚那裡去了，那樣只會……唉！好了，不說了，你們二人可得多多保重。」

說完，分親了二女俏臉一下，在她們悄淚下的目光中出了廂房，往大江幫的會客廳走去。

項少龍來到客廳門口時，即見廳內已黑壓壓的站了百十多人，桓楚正面色陰沉的衝著眾人喝罵道：「你們全都是廢物！秦嘉、景駒二個叛徒昨晚何時逃走的竟也不知！你們設立的崗哨呢？他奶奶個熊，抓住他們二人，我不把他們碎屍萬段才怪！我們大江幫最嚴厲的幫規是什麼？就是叛幫！現在給你們一次將功贖罪的機會，即刻去查尋他們二人下落來報，我不殺那幫叛賊個片甲不留才怪。」

說到這裡，見著項少龍進來，目光殺機更深，陰冷的盯著他冷笑道：「副幫主昨天技壓群雄，今天卻似乎有點忘乎所以呢！我們以前的君子協定看來是沒有什麼用的了。」言語中火藥味甚是濃烈。

眾人的目光都向項少龍望來，但卻都目含敬意，似是除了有點責怪他貪睡之外，並沒有什麼敵意。

看來桓楚已經知道自己與鳳菲昨晚的事了。

項少龍心下忐忑的想著，對桓楚剛才對自己的仇視不但沒有感到不快，反是覺著有幾分愧疚之餘的坦然來，嘿然一笑道：「幫主這是什麼話來？在下昨晚酒後誤事，還請幫主責罰！不過，我們所有的協議還是生效的，希望幫主還以大局為重，暫且能撇下我們的私人……的些許事情不提。至於秦嘉、景駒二人此刻逃離本幫，在某一角度上看來，不但不是我們大江幫的損失，反可說是我們大江幫乃至關係天下蒼生的一大幸事。大家試想來，秦嘉和景駒他們在幫中時，就已早生叛心，若是還一直留在幫裡，他們早晚會策動我們大江幫的內戰，介時雙方亦或是打個兩敗俱傷，亦或是一方大獲全勝，無論結果怎樣，就在我們反秦大業這一意義上講，都是有害無益的。但是，現刻他們脫離了本幫，雙方皆是相安無事，所以這不必引起我們的恐慌，而應是引起我們的警覺性。」

說到這裡見眾人都頷首側耳的聽著自己講話，就連桓楚現時的臉色也已緩和了許多，看來自己的這番話收到了些許成效。

頓了頓，接著又抑揚頓挫的道：「反秦大業靠的不是一己的力量，而是靠眾人團結一致的力量。我上面的那番話並不是說他們叛幫就任由得他們逍遙法外，只是我們只可智取不可力勝。秦嘉他們定還安插有內奸在幫裡，我們只要找出了這批人來，對他們進行威逼利誘，收為己用，以其人之道還自其人之身，那秦嘉諸人還又有何足為患哉？」

項少龍這一番話不卑不亢，振振有辭的侃侃道來，倒也說得眾人心悅誠服，但亦也有人心懷鬼胎、心驚膽寒。

桓楚這時目中雖是對項少龍還有敵意，但卻也對他的這番解析大是嘆服，一陣哈哈大笑道：「好一個以其人之道還治其人之身之計！項兄真是才思敏捷之極，方才說出的一番話正如當頭棒喝，令我清醒過來。好！就依你所言，我們即刻在幫中展開搜索，揪出其中暗藏的內奸。

「哼！這次我要好好的整頓一下幫風！如此下去，我大江幫辛苦打下的聲威，不垮下去才怪！聽說雲夢大澤裡近來出現了個彭越，此人以作盜賊起家，才來塞外半年多的時間，人馬就已發展到了四五千之眾。秦嘉、景駒等人若是前去投靠了他，唆使彭越來攻打我大江幫，那我們可就危矣！所謂害人之心不可有，防人之心不可無，所以我們今後也得加緊戒備，以防萬一他們前來侵犯，同時也要加緊操練人馬，以堅我幫眾的戰鬥力。」

說到這裡，目光朝項少龍望去，接道：「至於操練人馬的事，我想就交由項兄去做，英護法和鍾護法就負責查探內奸之事，大家意下如何？」說完又雙目虎虎的往眾人掃去。

在沒有異議之下，事情就這麼定了下來，桓楚叫眾人解散之前著項少龍和英布、鍾離昧兩大護法以及幾位心腹堂主留了下來，幾人商量了一番具體事宜，也皆都各行其是去了。項少龍本是有些話想單獨與桓楚談談，但心下卻又有些怪怪的不敢面對桓楚的感覺，也便望著他歉然一笑的快快離去。

後山校場上排滿了隊形凌亂的大江幫幫徒，他們都是來接受項少龍訓練的。眾人都有點新鮮刺激的低聲議論紛紛著。

項少龍眉頭一皺的看著這批良莠不齊的隊伍，心下有些又好笑又氣惱的感覺。

卻見這來接受訓練的四五千人中，老弱精壯，形形色色，什麼樣的人都有。有歪帶著帽子，敞著胸襟的粗豪漢子，有吊兒郎當的市井流氓，也有體弱身瘦的半老病漢，還有些十五六歲的毛頭小夥。

看來這批人從來沒有受過什麼正規訓練，都只是些生活在社會最下層的草莽人物。

唉，也不知自己訓練精良的烏家軍是怎麼敗在這幫人手中的？

想來或許是他們被生活所迫，而被激發的一股不怕死的瘋狂鬥志所致吧！

項少龍笑著怪怪的想著。

兵法有云：兵貴精而不貴多，若以此事看來，也有其片面的地方了吧。

一個人若是產生一種連死亡都毫不畏懼的勇氣和鬥志，就足以抵得上一個所謂的精兵了。

若是把這批「死士」加以訓練，組成大江幫的一支核心精銳部隊，將來給項羽利用，以逐鹿中原，倒確是一支勇猛無畏的隊伍。

但卻還是需要去粕存精，才方可組成一支真正的精兵。

想到這裡，項少龍抬頭看了看正是炎陽當空的烈日，心下忽地有了算計，著人去抬了十幾個特大的水缸來，然後挑滿了水。

安排諸事妥當後，項少龍當下大喝一聲道：「大家安靜，不要說話！」眾人站了老半天，也不見項少龍教他們什麼武功陣法之類的，心裡早就意興索然，再加上烈日當空，讓人焦渴難當，不少人不免怨聲載道的發起牢騷來，渾然無視項少龍的話。

項少龍不禁心頭火起。

如此沒有紀律約束性的隊伍，還何談將來去衝鋒陷陣？

「大家安靜！再吵鬧喧嘩者……斬！」項少龍再次一聲大吼，眾人也都一時給震懾住了，全場頓刻靜了下來，但旋即又有幾人似是故意想哄起眾人的吵喧來，打破了寂靜，對項少龍的話冷笑起來。

項少龍目光如電，立時瞧出此幾人似是與秦嘉、景駒等人相處甚密的人，心下明白過來，當即喝令侍衛推出這幾人來，每人重打兩百軍棍，還要押解臨房去關禁三個月，定他們不服軍令之罪，需藉此「閉門思過」。

項少龍這一招殺雞儆猴，倒也甚是收效，眾人見項少龍執法如此之嚴，即刻都心存畏懼的鴉雀無聲了。

項少龍虎視眈眈的掃視了一遍已被自己震懾下來的幫眾，提高聲量接著沉聲道：「年紀超過四十五和未滿十五的請站到西邊來。」

人群頓時一陣混亂，有七八百人站了出來。

項少龍待得眾人穩定後又嚴肅的大聲道：「隱匿身世實情者，一旦查出，定按軍法處置。」

人群在這時卻有人咕咕嘀嘀的提出了抗議道：「副幫主，你把我們這幫老弱幼小者編排出來，是不是不讓我們參加訓練啊？」

項少龍朗聲道：「這……也是也不是！我把你們編排出來是作為我們隊伍的後勤力量，也可以說是後備力量，所以你們也是需要接受訓練的，但介於你們的身體狀況，我給你們的訓練教程與他們自又不是一樣的，他們體格精壯，所接受的訓練將是很辛苦的，考慮到你們可能吃不消，所以請接受我的命令。」

人群又有三四百人站了出來。

項少龍見剩下的這三千多人之中，還有不少面色懶洋洋的人存在，當下再傳令下去，命他們在校場上靜站兩個時辰，中午不得吃飯，站在西邊的人即刻解散。

眾人聽得項少龍此話，心下自是怨恨連天，但嘴上卻也不敢說出來。這鬼熱的天，站在太陽底下兩個時辰，還不得吃飯，這是什麼見鬼的訓練啊！不少人心裡這樣的咒罵著。

時間在焦渴難熬中過去。

兩個時辰終於過去了，眾人這時已都是滿頭大汗，腹中肌餓，喉間焦渴。

項少龍這時突地高聲問道：「你們現在有什麼感受啊？」

所有人都異口同聲無力的喊道：「好渴！好餓！」

項少龍嘴角浮現出一絲笑意，接著發令道：「好！現在全體皆向後轉！」

眾人依令行事。

項少龍又問道：「你們看到了什麼？」

「水缸！」

眾人這次回聲大了許多。

「在太陽下站了這大半天，你們口乾不乾？」

項少龍再次問道。

「口渴得不得了！」

有人吼著答道，眾人亦隨身附和。

項少龍見時機已經成熟，便即下令道：「好，現在解散喝水！」

眾人即時歡聲雀躍的一哄而散，全都亡命似的往那十幾口水缸前跑去。

有些人慢條斯理的用手捧水喝。

有些人則衝過去就把頭伸到缸裡一陣猛喝。

有些人更是怕得擁擠，索性站在一邊強忍住焦渴，不去喝水。

項少龍目不轉睛的看著眾人喝水的姿態，待得所有的人都喝完水後，便又下令用手捧水喝和怕擁擠的人又站了出來。

眾人平靜後，項少龍又高聲道：「喝水都要講究斯文和怕擁擠不堪吃苦，介時要你們接受更艱苦百倍的訓練，你們受得了嗎?所以你們這批人也編入後勤隊伍中去。」

頓了頓，虎目掃了一遍還剩下的兩千多幫徒道：「從今天以後，你們這批人將要接受我最嚴格的訓練，你們將是我們大江幫中精英中的精英，這是值得你們引以為榮的事情，在將來的戰鬥中，你們將是作戰的主力，廝殺秦兵的主力！」

被錄用的人聽了這話齊都高聲歡呼起來。

他們中有半數以上的人都親眼目睹過項少龍的絕世刀法，在他們的心目中，項少龍是武神的化身。

若是能得到他的親身傳教，那將是件多麼榮幸的事啊！

項少龍此時看著這班經過自己精挑細選出來的壯漢，心裡在一種興奮之餘又想起了自己那晚做的那個惡夢。

唉，夢境真的會成為現實嗎？

項少龍的心沉重得不禁讓他又想起了項羽，想起了劉邦，也想起了草原……

這兩天來，項少龍的心情全都專注在操練兵馬這事上。

鳳菲和小屏兒則是忐忑不安的觀察著桓楚對項少龍的態度。

不過桓楚似好像很佩服項少龍辦事的作風精密，果斷而又卓有成效。

幫中的內奸已經查出來了，有十六個，其中有五個身分是堂主以下。這其實還多虧了項少龍選兵時推出軍責的四五個傢伙，押解到英布他們那裡後，得項少龍暗示，對此幾人嚴刑逼供，才順藤摸瓜找出了所有窩藏的內奸出來。

桓楚和幫中其他有身分的兄弟都不得不欽佩項少龍。

對於他練兵的奇特方法更是讚歎不已。

項少龍用的是現代二十一世紀特種部隊的訓練方法，在這古代裡自是富有新意且收效奇佳。

在古代人的眼中，他這些新奇的練兵花樣，卻是智慧絕頂的表現。

桓楚對項少龍的態度是怪怪的，似是仇視，卻又似是敬服，還有嫉妒和自卑。項少龍卻始終因鳳菲的事覺著自己沒有遵守諾言，而對桓楚有些愧疚感。

二人比武奪美的事情就給拖了下來。

不過項少龍在這大江幫盡心盡力的同時，卻更是深深的擔心著牧場。

二哥，嫣然他們到底遇到什麼麻煩了呢？他們為何還沒有找到這哀牢山來救自己？

項少龍在終日對此的憂心忡忡中終於鼓起勇氣去找了桓楚，說起自己想回牧場去看一看近段情況之事。

桓楚聽了臉色一沉道：「這個前兩天我據探子回報，雲夢大澤的彭越近時曾三番兩次的進犯過你們牧場，不過奸計始終沒有得逞，所以項兄不必掛心的了。到是我們大江幫危難在即了。秦嘉、景駒等人真的投靠了彭越，他們現在聯合起來，有七八千之眾，秦嘉他們又熟悉我們哀牢山的山勢地形，所以他們一旦來犯，我們大江幫可就……

「唉，其他的分舵雖還可聚集起四五千人來，但遠水救不了近火。我們現在的兵力只有五千左右，且有半數的精兵被秦嘉他們領了去，這個……項兄此刻如果離開，何異於使我大江幫失得主帥？嘿！這兩天來，我甚感自己之能確是相差項兄太遠了。只要項兄設法解了我大江幫此次滅幫之危，小弟當是退位讓賢，讓項兄來當得幫主了，日後若是對小弟有得任何差遣，我也會赴湯蹈火，在所不辭的了！」說完深深朝項少龍一揖。

項少龍慌忙彎下身去，還以一禮，扶過桓楚，正待說些什麼客套話來，卻突地見著一縷寒光自桓楚手中向自己襲來。

第十四章　肝膽相照

項少龍倏見一團寒光向自己胸部快捷無比的刺來，心神大驚之下，忙鬆開扶住桓楚身子的雙手，身形暴退。

但腹部和手臂卻還是被刀鋒輕掠劃過。

一陣劇痛隨著鮮血的冒出襲遍全身。

項少龍憤怒且惱恨的望著桓楚。

想不到這傢伙竟這般的陰險和歹毒，表面上對自己說些虛與委蛇的感動話語，暗中卻趁自己卒不及防之下對自己出手暗襲。

這樣的傢伙比秦嘉、景駒二人還要陰險，日後若真與項羽為伍，那羽兒可不得天天都要提防著他？

哼！這刻就殺了他算了！

現在這大江幫上上下下誰人對自己不是敬服得很？自己奪了這大江幫幫主來做，當也不會有人提出什麼異議。

項少龍第一次對桓楚萌生出了強烈殺機。

桓楚這次的舉動的確是太傷項少龍的心了。

方才我還真差點信了你的話，可誰知你這傢伙卻是利用我的感情弱點來對我進行欺騙，而後又待機偷襲，此等卑鄙行為，真是讓人感到士可忍孰不可忍。

項少龍強忍住手臂和腹部的劇痛。

還好，自己反應迅速，只被短劍輕刺了一下。不過，也對自己行動速度將大有阻礙了。

項少龍目中寒芒暴長，狠狠的盯著桓楚，緩緩自腰間拔出了百戰寶刀，刹時一股猛烈的殺氣迫體而出。

桓楚臉上似隱隱掠過一絲愧然之色，但卻只轉瞬即逝，臉色依舊陰沉的扔掉了手中的短劍，自背部也拔下了可以拆疊組裝的精鋼所鑄的霸王神槍來，氣勢竟是不弱項少龍分毫。

項少龍想起自己本對桓楚頗俱好感，且準備真心實意的與他合作，振興大江幫，待機反秦，可豈知……眼前閃過桓楚剛才對自己所要的虛偽嘴臉，項少龍心下怒火直冒，手中百戰刀虛式一晃，高舉過頭後，旋即往桓楚猛劈過去。

桓楚此時亦也一陣大喝，霸王槍若活了過來般彈上半空，靈蛇百頭鑽動的直奔向項少龍面門，其勢煞是快捷無比。

項少龍一聲冷笑，百戰刀刀式一轉，幻起無數刀影，一時刀芒閃閃，氣勢似奔雷電閃般往桓楚手中霸王槍襲去。

桓楚竟也毫不慌亂，迅速的穩住步法，霸王槍改刺為挑，亦也往項少龍百戰刀硬碰過去，似想以霸王槍的沉力來震落百戰刀。

一陣「叮叮噹噹」之聲不絕於耳。

二人刀槍交觸，均覺手腕一陣震痛。

看來項少龍力道稍勝桓楚。

桓楚見自己沉重的霸王槍竟是挑不開項少龍的百戰刀，反每次刀槍相碰，自己長槍竟給震得微蕩了開去。

心神暗暗吃驚，手中霸王槍連忙改變招式，身體若行雲流水般飄前兩步，槍桿緊貼腰身之時，身子急旋，借轉動之力，霸王槍由斜挑變成橫掃，其勢若狂風驟雨般往項少龍擊來。

項少龍這些年來隱居塞外，已是多年未能盡興的與頂尖級高手過招了，這刻見著桓楚的武功竟是不弱當年的管中邪，禁不住仰天一陣長嘯，精神在這危境中反而大振，百戰刀全力封格，手、眼、步配合得無懈可擊，腰扭刀發，每一刀均是力貫刀身，招招均是守中兼攻，以攻為主，絲毫不因霸王槍的重量和長度而有絲毫的畏怯和使刀法受制。

刀芒到處，霸王槍均被震得搖晃不定。

桓楚心下突地湧起一股無法匹敵項少龍這暢快淋漓且又威猛絕倫的刀法的感覺來。

心裡虛怯下，不禁一聲怒喝，竟滾倒地去，左手握緊霸王槍的槍尾處，槍頭盡力猛刺向地面，運力使槍身內的機關發動，身形竟在霸王槍的彈力之下，倏躍上空，同時手中霸王槍拔出地面，由上而上如影附形的往項少龍一陣猛刺過去。

說來此招甚是凶險得很，桓楚身形借槍彈之力躍上上空時，自身空門大開，項少龍此時，若是揮刀疾劈向尚未拔出地面的霸王槍或是劈向桓楚尚未穩住的身體，那他性命必定難保。但此兵行險著若是成功的話，其繼而的攻勢卻又會讓人防不勝防，避無可避，因其槍勢是從上而下的襲來，正擊中了所有練武之人的弱點所在，因為你的頭部上空是你所習武招最難以防守的最大空門。

項少龍心神大驚之下，身形又是一陣暴退。

但桓楚即而也把霸王槍往地面一陣猛點，身形仍是停在空中，但槍勢竟是追隨而至，籠罩住項少龍所有的退路。

原來這霸王槍槍身之內藏有強力機簧，連通槍尖和槍尾，機關發動之後，槍尖觸地引發機簧彈力，所以桓楚能借著霸王槍的巧妙機關，使身形停落空中不跌，進而突發奇招。

「噹噹噹噹！」項少龍避無可避之下，頓把驚怒心情化作了堅強無比的勇氣和鬥志。百戰刀揮舞半空，與霸王槍連連硬砸起來，但因刀勢沒有透力點，使得百戰刀力道不足，連連被對方長槍蕩開，身形不由直往後退，手臂亦給震得又酸又麻。

就在項少龍這險象環生之際，門口處突地傳來一聲驚叫的童聲，卻見虞姬一雙秀目睜得大大的，似是興奮又似焦驚的望著項少龍和桓楚二人。看來她已偷看二人打鬥多時，只是此時見著項少龍遇險，所以禁不住叫出聲來。

項桓二人聞聲同時微微一愣，桓楚順勢頓刻緩了下來，項少龍忙收懾心神，看準這絕佳的甚好機會，身形往前一陣急衝，百戰刀在空中一陣狂舞，待奔到桓楚下腹部時，被霸王槍狂攻的壓力旋即消減。

原來桓楚凌空的體下，就是霸王槍威力難施的地方，也就是桓楚此招槍勢的破綻。

項少龍心中大喜之下，百戰刀雙手握住，對著空門大開的桓楚胸腹部凌空劃過，力道沉穩猛倫之極。

虞姬見了再次驚叫出聲道：「項伯伯，手下留情！」

項少龍被虞姬這一聲嬌喝，倏地勾起了與桓楚相遇以來的諸多事情來。

自己被桓楚擒住，他不但沒有殺自己，反而以禮相待，讓自己做了他們大江幫的副幫主。

對鳳菲和小屏兒也有著救命之恩，且沒有採取什麼強硬手段污辱她們。

雖說桓楚對自己的種種行為是為了利用自己，但是他卻也是為了反秦大業啊！

秦王朝的殘暴淫虐實在是太……招至天怒人怨了！天下之人有幾個不憎恨秦始皇和秦二世呢？

焚書坑儒，修阿房宮，修驪山皇陵，築萬里長城，還有建造兵馬俑。

這些真是不知耗費了世人多少的人力和物力，使多少人家破人亡，妻離子散，使多少人衣不遮體，食不裹腹啊！

桓楚能夠憐憫世人疾苦，知道想改變人民的困苦生活，只有推翻暴秦這一先見思想，就已足可證明他是一位頗有見識的英雄好漢了。

我……怎能狠心殺了他？

項少龍心念電閃的遲疑片刻，刀勢頓時緩了許多，力道也消去大半，百戰刀似負了重荷般有氣無力的從桓楚體下劃過。

桓楚因身凌空，腹下槍勢難展，見項少龍舉刀向自己擊來時，本已是嚇得亡魂大冒，暗叫「我命休矣！」

但過得片刻，除只感大腿上稍覺劇痛外，其他處均無所覺，知是項少龍手下留情，心中一時也不知是個什麼滋味，當即翻身下地，穩住身形，面色古怪的望著項少龍。

說來桓楚起先擒住項少龍時，本是想看看這個能殺自己四五百幫徒的人到底長得是個什麼樣子？待鳳菲看到項少龍的百戰寶刀而向他述說了項少龍當年的來歷後，桓楚當即動了想籠絡項少龍為己用之心。他知道像項少龍這等絕世高人，必須用動之以情、曉之以理的辦法，才能說動他的心，於是順水推舟，放了項少龍，讓他與鳳菲、小屏兒她們見面，隨後又置心推腹的把自己想振興大江幫，推翻暴秦的心事說與他聽，想用懷柔手段來「軟化」項少龍。

可誰知竟是陰差陽錯的讓鳳菲與小屏兒和項少龍有了「再續前緣」機會。這使得桓楚頓時心懷大亂，因他自胡人手中救出這絕色美女以來，就已對她垂涎三尺，只是為了想獲得她的芳心，所以一直沒有用強罷了。

自古英雄難過美人關！桓楚也不例外。

鳳菲與項少龍的卿卿我我使得桓楚醋火中燒，終於忍耐不住與項少龍約下了三日後比武奪美之鬥，同時為了假借項少龍之手除去幫中內患秦嘉、景駒二人，又假惺惺的說了一番什麼秦景二人在幫中的危害，並且想用副幫主之職對項少龍進行引誘。

待項少龍百戰刀神威初顯，大敗秦嘉、景駒二人聯手之擊後，桓楚心下暗暗衡量了一下自己的霸王槍法還是敵不過項少龍威猛絕倫的百戰刀法，當下心中便對項少龍有了嫉恨。

次日發現秦嘉、景駒等人逃跑，桓楚又驚又怒之時，項少龍的話讓他頭腦清醒，在對項少龍的才智大為嘆服的同時，又覺得像項少龍這樣的人物若是不能收為己用而與自己為敵，將是自己最大的隱患。

心下遲疑不決之下，為了測探項少龍對自己大江幫的忠心程度，於是便交由他去操練全幫人馬，從中又看出了項少龍的確是個軍事天才。

若叫這樣武功機智都比我高出許多的人與我共事，長期下去，我大江幫上上下下都會被他震服，那時幫眾心目中他項少龍的威信反高於我，介時大江幫中還有我桓楚的立足之地嗎？

更何況項少龍從我手中搶走了鳳菲，這口氣我能這樣不聲不響的給咽了下去麼？想著這些，桓楚對項少龍的嫉妒和仇視心理倏地暴長，於是對項少龍滋生了殺機，進而設計了這個刺殺項少龍的計畫。

可是誰知偷雞不著反蝕一把米，自己不但沒有殺死項少龍，反差點死在他的百戰刀下。

唉，想不到自己浸淫多年的霸王槍法，今天竟然也是三招兩式的便敗給了人家，原本還以為能無敵於天下呢！

桓楚想到這裡，只是怔怔的望著項少龍，目光複雜之極。

虞姬這時驚魂未定的拍著胸脯走到了二人中間，望了望項少龍，又望了望桓楚，見著二人的怪異神態，不禁「撲哧」一聲笑出聲來，打破了二人的僵態。

項少龍和桓楚對望良久，突地仰天一陣大笑。

桓楚率先打破沉靜，無限傷感的沉聲道：「項兄刀法果是天下無敵，小弟這下真正的心悅誠服了，以前對項兄的不誠欺詐之處，還請項兄多多見諒一二。小弟這下就以砍下左手向項兄以請方才冒犯之罪！」話剛說完，突地又自腰中拔出一把鋒利匕首，往左手猛的砍去。

項少龍和虞姬同時驚叫出聲，突然項少龍身形一躍，撲向桓楚。

二人同時滾倒在地。

桓楚手中短刃下砍力道因此一來而禦去了大半，匕首只是深刺進了手臂皮肉之中。

項少龍翻身躍起，扶起桓楚，卻見他一向冷靜的臉上因劇痛而扭曲變形，不禁心神焦急的激動道：「桓兄，你……你這是做個什麼傻事來著？大家兄弟一場，雖然有些隔閡分歧，但只要彼此把話說明了，今後坦然相對也就是了嘛！你……你又何必如此做來呢？」

桓楚感激的望著項少龍，強忍住肩頭的劇痛，苦笑道：「這個……小弟對項兄真是差愧得無顏投地，心感若不如此自懲，就不足以表達小弟對項兄的歉意。唉！我千方百計的利用你，且想置你於死地，可是項兄卻還是毫不記恨的放過了我，這……小弟即使萬死也不足以懲其咎啊！」

項少龍聞言卻也是尷尬的道：「嘿！其實桓兄才真對我有不殺之恩呢！且小弟在桓兄手中橫刀奪愛，卻也甚感內疚，無地自容的人應該是我才對！」

虞姬見得二人臉色此時已緩和下來，心下雖還是有些怦怦直跳，但小臉上卻已浮上了天真爛漫的笑容，走上前來拉過二人的手握在一起，嬌笑道：「好了，二位伯伯現在已握手言歡，日後既是兄弟又是朋友，可以不再打鬥了！」

二人聞言相視一笑，都被虞姬這人小鬼大的小妮子所說的話感染了。

兩隻手緊緊地握在了一起。

相觸的目光再也沒有了殺意。

只有一種感情在他們心中奔騰著。

這就是心心相印的……友情。

項少龍心情舒暢的回到了廂房。

鳳菲和小屏兒見著項少龍腹部和手臂的傷勢都驚亂的站了起來，走到了他的身前。

鳳菲關切而驚訝的道：「少龍，你這是……怎麼了?是不是桓楚……」

項少龍微笑著打斷了她的話道：「沒什麼!方才跟桓楚在校場切磋技藝時不小心劃傷的。只傷著了皮肉，沒什麼大礙的，已敷上金創藥了，兩天就可好。」

頓了頓又故作神秘的道：「告訴你們一個好消息，桓兄答應讓我回……」

說了一半突地頓住不說了。

小屏兒禁不住催問道：「什麼事說出來嘛！吞吞吐吐的故意賣什麼關子呢？」說完似生氣的翹起了小嘴巴，臉上卻又全是好奇的神色。

項少龍見了上前拉過她的纖手，邊撫摸著邊緩緩道：「嘿，你急什麼嘛！我自會說出來告訴你的。」說到這裡又摟住鳳菲的纖腰，繼續道：「桓幫主答應讓我攜帶我的兩位嬌妻回牧場了！」

項少龍的話剛說完，鳳菲和小屏兒高興得俏臉放光，都投向了項少龍懷中。

鳳菲仰起嬌首，睫毛抖動著，望著項少龍激動的道：「少龍，這……這是真的嗎？我們真的可以跟你一起回牧場去嗎？」

項少龍看著鳳菲因興奮而漲得通紅的臉蛋和急劇起伏著的酥胸，禁不住低頭去輕吻了她一下後柔聲道：「這當然是真的了，明天我們就起程去牧場。唉，也不知嫣然、寶兒他們現在怎麼樣了？我可著實擔心得很呢！」

鳳菲目光柔迷的道：「少龍，到了草原之後，我希望我們再也不要捲入這世事的爭鬥中了，那種顛沛流離的日子我已經過夠了，我好想往後的日子能過上一種平靜的生活。」

項少龍聽了心中不禁思緒萬千。

唉，我也很是不想再涉入這世俗的爭鬥中去，但是人在江湖身不由己，命運冥冥中早就把我往後的歷程註定再次捲入歷史戰場的洪流了。

明天？我也不知將是一個怎樣定格的命運呢？

項少龍心下只有苦笑，看著懷中的一對沉迷在自我幻想陶醉裡的璧人，一時也不知說些什麼言語為好了。

項少龍和鳳菲、小屏兒三人一整天裡都沉浸在將回牧場的興奮裡，有說有笑的，氣氛輕快非常。

二女在邊談笑中也邊收拾了一下衣物。

虞姬聽說牧場裡有好多與她年齡不相上下的玩伴，高興得時時顯得坐立不安，恨不得長了翅膀一下子就能飛到牧場去。

桓楚倒是再也沒有來找過項少龍。

時間在心境愉悅時總覺過得很快，不知不覺天色已是暗了下來。

項少龍陪眾女吃過晚膳後，本想回房早點休息，虞姬卻又纏著要他講故事給她聽。

項少龍不忍拂了她的興致，拉過她的小手，給她講起了從電視裡看過的《西遊記》的些許片斷故事來。

鳳菲聽了目中異彩連閃，不由得插口道：「少龍，你的想像力可真是豐富呢！孫悟空、豬八戒，哈，多麼可愛的神話人物啊！你若是把這些寫成一部小說，一定會成為一部流芳百世的不朽之作呢！」

項少龍尷尬的笑笑。

自己盜用「前人」文化也不知多少次了，每一次說出來，在這古代都會成為「石破驚天」之語，獲得眾人的誇讚，想來真覺羞愧得很，不過，自己若不是具備了這時代中人所沒有的二千多年的歷史文化知識，又怎可獲得眾佳麗對自己的青睞呢？如此想來，項少龍突地又湧起一種異樣感覺。

歷史在某一角度上或許也可以說是因為有了戰爭才會有進步的吧。

雖然戰爭帶著人民的將是流離失所的生活，但是它卻也會推動歷史文化的進步。

不是嗎？小盤統一六國，殺戮雖重，但卻也做了不少對後代影響深遠，促進歷史發展的好事。他統一了文字和度量衡，完善了中央集權的行政體制，這些措施促進了生產的恢復和發展，為各地經濟文化的交流創造了條件。

還有，現代科技文化的空前繁榮，不也正是因為承襲了這幾千來前人文化知識遺產的結晶來？

那麼自己把寶兒塑造為歷史上的西楚霸王的話，不也是為中國古代文化的發展作了一份推進的貢獻嗎？

想到這裡，項少龍同時也覺自己這些天來思想裡總在千方百計的為著自己「重出江湖」尋找些歪理由來。

虞姬見項少龍突地沉默不語，連連催他接著把故事繼續講下去時，忽有幫徒神色慌張的來報，說桓楚請項少龍到會客廳去一下，有要事與他相商。

項少龍聞言心神一愣。

這會兒桓楚找我有什麼事呢？不會是又要出爾反爾的不讓我去牧場了吧？那又有什麼事會讓幫徒神色顯得如此緊張呢？有要事相商？難道……難道是有敵人來犯？

項少龍心頭倏地想起桓楚在刺殺自己前對自己所說的一番話來。

難道真的是秦嘉、景駒等人聯合彭越來攻打大江幫？

若真如此，那可真是大事不妙！

大江幫的分舵定大半都被彭越他們給挑了，秦嘉、景駒等人又熟悉大江幫內的兵力佈置和這哀牢山的山勢地形，若他們全力攻來，則大江幫危矣！

但是這幾天怎麼不見幫內有什麼動靜？自己不是叫桓楚利用那所擒住的十幾

個秦嘉他們所留下的臥底來給他們虛傳假消息嗎？難道給彭越他們識破了？

項少龍連忙辭了眾女，隨著那名傳信護衛快步來到了會客廳，老遠就見著廳內已黑壓壓的站了一大群人。

桓楚正在廳內焦急不安的跺步，眾人則是皆都沉默著。

見著項少龍進來，桓楚趕忙迎了上去，一把握住他的雙手，急促的道：「項兄，你來了！」

項少龍掃視了眾人一眼後，冷靜的道：「桓兄，什麼事這麼緊張啊？」

桓楚目中噴出火光，恨恨道：「秦嘉和景駒這二個叛徒已聯合了雲夢大澤的盜賊彭越真的向咱大江幫總舵攻來了，現在駐軍在離咱哀牢山二十幾里遠處。這個，他們兵力遠遠超於我們，而我們分舵的人馬又遠水救不了近火，所以……所以我很心焦啊！若此一戰，我們敗了，則我多年經營的心血就全都付諸東流了。我……我……只有向項兄求救，不知你有什麼退敵良策沒有？」

項少龍沉吟一番後問道：「我們現在有多少人馬可用？」

桓楚掐指一算道：「大概有八千之眾吧！」

項少龍點了點頭後接著問道：「我們儲備的糧草還夠大家用多長時間？」

這時護法英布站了出來道：「二三個月左右！」

彭越、秦嘉他們合起來的兵力約在二萬左右，硬拚自是於己方不利，只是如若彭越他們與己方對恃起來，採取圍困戰，則時間一長，糧草用盡，軍心必定渙散，那時他們再全力發動攻勢，己方必敗。

這卻如何是好呢？哀牢山三面臨崖，只有一個出口，雖是易守難攻，但如此一來也有它的弊端，就是彭越他們只要守住出口，自己等就插翅難飛了。

項少龍覺得自己一時也想不出什麼退敵之法來。

唉，看來只有走一步算一步了，先佈置人馬守住陣腳再說。車到山前必有路，管他的呢！看來現在顯得有點人心惶惶了，目下緊要的事倒是安定軍心。

想到這裡，項少龍裝作好整以暇的道：「好，有了這些我們就足以暫時立於不敗之地了。我們哀牢山易守難攻，如此一來，我們就有充份的時間策劃退敵之計，有句俗話叫作『擒賊先擒王』，我們可以在這段時間裡選出一批武功高手去偷襲敵軍營帳，即便不成也會使敵軍人心惶惶，還有我們可以派人去敵軍詐降，用以珠寶黃金在敵軍中施以反間計，離間彭越和秦嘉他們的關係，我們可以說秦嘉他們是我們故意放出去投靠彭越的，實則是為了引誘彭軍來此，而後裡應外合一舉將他們殲滅，則我們大江幫就可以獨霸塞外了。」

桓楚聽了皺眉稍展，但還是慮心重重的道：「偷襲、詐降都無異是孤羊投狼群，若叫彭越識破，反只會使我們損兵折將，而絲毫不能解圍，我看還是得聯絡外面的援兵，才可解我們此刻被困之圍，只是不知用何方法才能與外界取得聯絡？唉，事實上我們這裡已無異於是一座死城了！」

項少龍聞言又氣又急，想不到這在自己面前曾經狡詐陰狠的桓楚，此刻竟說出如此不合時宜的話來，自己行前一番話的努力可真是算白廢了，不過從這也可看出他對幫中兄弟的坦誠和信任來。

想到這裡，當下只得苦笑道：「桓兄此話也不無道理，不過，我們目前的當務之急是安定軍心，守住陣腳，如此下來我們才可從容思謀他策，如今敵眾我寡，鼓舞士氣是我們此戰度過難關的首要問題了。」

桓楚聽了項少龍此等耿直之話，當即覺到自己先前話中過失，老臉一紅，知是自己急焦致敵，一時疏忽了此些問題，當下忙也接口道：「好，只要我們上上下下齊心協力，團結一致的去與敵人周旋，我相信我們當也不會落敗，好，英護法、吳護法你們負責布兵防守之事。眾位堂主則去從你們所管轄營中各挑選十名優秀武士來，送交項副幫主培訓，我們要在短時間內訓練出一批勇智雙全的敢死隊員出來，來承擔拯救我們大江幫的使命。成敗在此一舉，現在頒佈一個特殊命令，就是所有退縮或不服調令或中途叛敗或擾亂軍心者，一律斬之！」

眾人見桓楚此刻和先前似變了一個人似的，在欽服桓楚反應神速的同時，卻更多的是敬服項少龍給人的信心。

一種戰鬥的信心！

回牧場的事現是泡湯了。

項少龍雖是念極了妻兒，但這刻卻也不得不收斂心神，全心的投入到訓練敢死隊員身上。

鳳菲和小屏兒心裡雖是淒愁非常，卻也還是只得無奈的臉堆滿笑容，以免項少龍為她們分心，而耽誤了訓練進程。

項少龍這次所訓的二百餘人，個個都是精壯的青年，二十四五左右。

他訓練的教程主要是教他們攀簷走壁和夜行之術以及殺人的技巧。

在訓練的同時他叫人打了一批攀岩的鉤索以及一批鋼針。

這批人進步很快，半個月過去，就已能一個多時辰就走完平常需要四五個時辰走完的哀牢山東端至西端的腳程。

訓練就在緊張且艱辛的進行著。

彭越、秦嘉等人果然是駐軍守住出口，只是不時的發動些試探性的進攻，但都給大江幫的武士用箭矢逼退了回去。

桓楚差不多每都跟在項少龍後面，看著他卓有成效的訓軍模式，心底裡不禁是對項少龍佩服得五體投地。

二人閒暇時，桓楚總是述起自己先前對項少龍諸多不是，悔恨難當，懇請項少龍原諒他。

項少龍通過二十多天與桓楚的朝夕相處，也確看出了他對自己是真正的坦誠，當下提出了義結金蘭之話。

桓楚大喜過望，二人互報生辰，項少龍虛長二歲，為兄。

如此一來，桓楚對項少龍更是無言不從，倒是讓得項少龍有些不好意思起來。因為在幫中眾兄弟的心目中，項少龍因此而無形中成為真正的幫主了，以致眾人許多事情都不報桓楚而直接向項少龍告說。

桓楚對此倒是不以為意。

項少龍已經是讓他真正的心悅誠服了，何況二人已結為義兄弟，在桓楚心目中，項少龍是理所當然的應凌駕於他之上。

這日，項少龍正在教眾武士手擲飛針的手法，英布忽然神色匆匆的趕來校場。

項少龍忙走上前去問道：「英護法，何事如此驚慌？」

英布臉上似喜卻又甚是嚴肅的道：「稟幫主，彭越一軍似乎與他處人馬發生衝突，現在兩軍正交戰！」

項少龍和桓楚聞言均是大喜過望。

項少龍率先接著問道：「彭軍是否陣法已亂？」

英布搖頭道：「他們只出了一半的人馬與他軍相敵，不過對方似乎勇猛異常，雖然只有兩三千之眾，但卻也殺得彭軍節節敗退。」

項少龍心下一愣。在這塞外，作戰勇猛之軍有幾支呢？再說也從沒聽說過還有其他勢力強大的盜賊。

難道……難道是二哥他們所領的烏家軍？

項少龍想到這裡只覺心急如焚。

二哥他們怎麼會率兵來到這哀牢山呢？他們又是怎麼與彭軍發生衝突的呢？眾多的疑問充滿了項少龍的心田，心念電轉之下，急促的道：「英護法，馬上招集人馬，此乃是我們脫困的大好良機。」

桓楚喜形於色的道：「被困了這麼多天，現下終於可以出這口鳥氣了。」說著伸手摸了摸背部的霸王神槍，又道：「夥計啊，這下你又可飽餐一頓了！」

項少龍這時可沒心情開什麼玩笑，邊匆匆走著邊嚴肅道：「此戰我們只許勝不許敗！大家可得提著點精神。」

桓楚聽了當即垂下頭去，一言不吭的隨著項少龍往山口高地走去。

看來這桓楚確實是服了項少龍了，自己貴為一幫之主，現時被項少龍訓斥，卻也不敢頂嘴相抗。

一行人不多時就來到了山口。

眾武士都箭矢弩張的凝神戒備著。

山下二三里遠處，有七八千彭軍按兵未動的護著山口，刀劍森立，旌旗飄展，倒也煞有幾分威嚴氣勢。

再遠處則是喊殺聲震雲穿霄，火光沖天。馬蹄聲、刀劍磕碰聲、慘叫聲、怒喝聲，響成一片。

卻見三千多個身著一色藍裝的武士正衝陷在七八千彭軍之中，雙方殺得好不慘烈。

項少龍心中頓然情緒激蕩，猛地大喝一聲道：「大家準備迎戰彭軍，擒拿叛賊秦嘉、景駒！」

第十五章　天緣巧合

項少龍話音剛落，桓楚又已忍耐不住也大聲喊道：「兄弟們！聽到沒有？準備出發！迎戰彭軍！擒拿叛賊秦嘉、景駒！」

項少龍這次並沒有出言斥責，心中只是起伏難平的收縮而緊張著，目光緊緊的盯著跟彭軍交戰的藍服戰士。

二哥滕翼他們終於來了！來營救自己了！

項少龍只覺眼前似乎浮現起了幾位嬌妻在敵軍叢中左砍右劈、奮勇殺敵的情景。

一股強烈無比的鬥志頓在胸中燃燒！

哼！史記上雖是記載了彭越、秦嘉等人現刻不會死！但只要自己這稍通古代歷史的人，存心要殺他們，歷史也可以被自己改變！

項少龍殺機熾燃著，領了眾人快步走下山崖，速速來到了點兵場。

英布卻也辦事神速，短短半個多時辰，就已招集了山寨人馬。

五千多人經過項少龍這一月有餘的突擊特種訓練，這刻與先前比起來卻是大變模樣。

只見隊伍排列得整齊劃一，人人腰胸筆直，面色嚴肅，倒也頗有幾分正規軍隊的氣勢。

項少龍站在領軍台上，威嚴的掃視了眾人一眼後，冷竣的朗聲道：「兄弟們！俗話說『養兵千日，用兵一時』，現刻又是你們為幫盡忠的時候了！是的，彭越他們的兵力是多於我們！但他們士兵的素質呢？……全都是一幫山野土匪組合起來的，沒有受過什麼訓練的烏合之眾！大家呢？卻都是久經沙場的戰將！我們大江幫是靠你們的拳頭創立起來和維護至現在的！現在外敵來侵，我們自然也要奮力相抗！我們根本無需怕他們！

「只要大家都揚起鬥志，想著此戰我們若是敗了，就無法進行反秦大業，因此要一鼓作氣的去殺敵，我想勝利將會是屬於我們的！」

眾兵士聽了他的這番話，不禁都心懷激揚的高喊道：「勝利將是屬於我們的！」

桓楚、英布等見著此等場面，不由得均都深深佩服項少龍作思想動員工作的感染力，只短短幾句話就頓刻提高了兵士的士氣。

不過想來這也大半是由於項少龍早就在眾士兵心目中樹立了「不敗戰神」的威嚴形象的緣故吧！

項少龍趁著眾士兵情緒高昂之際，急又猛的大喝一聲道：「出發！」說完翻身上馬，飛速往谷口馳去。

桓楚、英布等人隨後緊緊跟上。

一時間馬蹄聲、吶喊聲驚天動地的響徹山谷，直奔谷口而去。

在距離彭越一軍一里半之處，項少龍叫眾兵布成早就定好了的陣勢。

這時朝陽升離東山，陽光普照下，敵我雙方的兵器閃爍生輝，點點精芒，漫布平原上空，瀰漫著大戰一觸即發的氣氛。

遠處的喊殺聲更加增添了雙方的火藥味兒。

項少龍縱目四顧，卻見敵方五色帥旗高起，也擺開了陣勢，可以想像彭越、秦嘉、景駒正在其中。

但自己身後眾兵卻個個都是神情激昂，摩拳擦掌，巴不得即刻就投入到戰場中去，以一試這個多月來在副幫主項少龍訓練下，自身應戰能力的進步程度，竟是絲毫不被敵方比己方壓倒性的戰力所震懾。

項少龍在察看敵情的同時亦暗暗揣摸了一下敵我雙方的優劣形勢。敵方的兵力雖是遠優於己方，但有二哥、四弟他們所領的烏家軍牽制住了他們半數左右的兵力，看來此戰只要己方戰略運用得當，借著旺盛士氣，當至少有七成勝算把握。

在古代的戰役裡，士氣可以直接決定戰爭的勝敗。

項少龍心念電轉之下，頓刻再次重新佈置了一下兵力位置。

中央處主要集中為步兵，前方均是戰車，後陣為騎兵，成前中後三陣。左右兩陣則是在戰場上最俱殺傷力流動性強的騎兵。

中央的步兵又依次分作九個小陣，最前三陣是盾牌兵和輕裝步兵，其他六陣都是攻擊主力的重裝步兵，每陣五百人，分持弩、槍、劍、盾、矛等遠端防禦或攻堅的武器。

每隊占地大小、相互間的距離，均諳合某一戰陣法規。

桓楚見了讚歎道：「三哥果然是個作戰行家，如此慎密的布兵之法，確非常人能及，看來我們此戰勝利在望了。」

項少龍聞言臉上卻是毫無喜色，只是面色沉穩嚴肅的注視著敵軍的佈陣情況。

卻見敵軍卻也佈陣嚴密，前方百多輛重型戰車分排而列，每輛戰車的陳御手和乘車兵除外，還跟了一隊手持弩弓的車屬步兵。

中間是身穿堅甲的重裝步兵，騎兵亦也布在戰車兩側，整個戰鬥隊形防守慎嚴。

敵陣戰鼓忽地轟天而起，集結在前陣的百多輛戰車，在步兵階緊隨下，一陣吶喊，開始推進。

就在快進入射程時，百多輛分三排而衝來的戰車，前兩排忽地加速，朝前急衝。

項少龍臨危不懼，待對方完全進入射程時，才猛下令前排詐作戰車的投石機發動。

漫天巨石，剎時被強力機簧彈出，往敵人衝來的戰車投去。

項少龍這一著大反作戰常規，前排攻擊戰車竟代以投石機，使得敵軍頓刻人仰車翻，後面跟來的戰車也即被堵住，不能前進。

項少龍瞧準敵軍慌亂的這一刻，即時又令弓弩手上前放箭。

片刻間箭如雨下般往失去戰車掩護的敵方兵卒射去。

一時間慘叫連連。

大戰終於拉開了序幕。

雙方鼓箭矢交飛，殺聲震天。

此時敵方先機以失，首戰告敗，顯得有點人心惶惶。

而大江幫眾兵久勢待發，頓刻如猛虎下山般往敵軍撲去。

敵方紛紛撲倒，但仗著人多之勢，還是一批又一批的蜂湧而上。

左右兩翼的騎兵也已策馬殺至。

項少龍叫旗手打出旗號，左右兩翼兵騎空群而出，往敵軍騎兵迎去。

只見銀光閃閃，敵騎紛紛慘叫落馬，狼狽不堪。

原來項少龍把最近接受訓練的敢死隊員改編成了騎兵，他們學會了飛針神技，頓刻起到了功效。

敵方騎兵受損，即刻顯得更是慌亂起來。

兩翼騎兵狼狽潰敗，中央軍失去掩護，被大江幫騎兵揮劍奮砍，亂作一團。

彭越在後方觀戰，亦知不妙，擂鼓鳴號，下令全軍繼續挺進抗敵，後退者斬，同時也下令秦嘉、景駒二人從與烏家軍對敵的軍兵中抽調一部分去抵抗大江幫眾軍。

但此方亦也不甚樂觀，烏家軍雖是人少，但卻全都是經項少龍嚴格訓練的精兵，足以以一當十，九千多人在三千左右的烏家軍攻擊下，亦也是潰不成軍，節節敗退。

此時彭越一軍由主動變成了被動。

情況糟糕至極。

這也是彭越所料不及的。

原來彭越死困哀牢山一月有餘，早就顯得有點焦燥不安了，暗想自己的兵力現在比這大江幫總舵的兵力多了一倍有餘，如此死守，真是丟人現眼，曾多次想出兵攻打哀牢山。但由於秦嘉、景駒二人極力勸阻道：「哀牢山有天然之險，易守難攻，當真是一夫當關萬夫莫開，冒然進攻，只會讓己方損兵折將。不如還是繼續堅守下去，待得山中糧草用盡，他們就自會出來與我們應戰，那時以逸待勞，何愁大江幫不滅？」

彭越經他們如此一說，終是強忍住衝動，沒有發兵攻山。

今早卻突見自己曾多次偷襲不得討好的烏家軍也來到了哀牢山前。彭越頓刻計上心來，暗想自己如若先發兵攻打烏家軍，那時自己就可以把他們一網打盡。據內探回報，項少龍現在降服了桓楚，成為大江幫真正的頭領，他自是可以調動大江幫全軍。

心下想來，喜形於色，當即下令眾將領軍攻打烏家軍。秦嘉、景駒二人雖極力相勸道：「如此一來，我們兩面受敵，景況將會不妙，看烏家軍發動如此龐大之勢，定也是來攻打哀牢山，營救項少龍的，我們不如利用他們，先打頭陣，此舉既可消弱烏家軍兵力，亦也消弱了大江幫的實力，我們就坐收漁翁之利。」

但彭越焦急難耐，反駁道：「你以為此計可成嗎？放得烏家軍進去，只要項少龍出面道出實情，他們豈不就會聯手起來攻擊我們？那幫該死的烏家軍可厲害著呢！他們攀山越嶺和夜行刺探之術可以說是天下無雙。前些時日我發兵攻打烏家牧場，未得討好不算，反叫他們神不知鬼不覺的燒了我的糧草和刺殺了我的幾個得力手下，弄得我再也不敢冒然進犯他們的牧場了。此次他們率兵前來，剛好予我們可乘之機，憑藉我們的強大生命力將他們殲滅，因為在戰場上他們的眾多詭術都使不出來了，彼此鬥的都是實力，跟他們作戰的同時，亦也引出項少龍他們出來營救烏家軍，我們一舉兩得，何樂而不為？」

秦嘉、景駒二人說他不過，再說自己等也只是來投靠、庇護他的，不便與他相駁，無奈之下也只得同意出兵攻打烏家軍，不過心裡卻有點悻悻然的。

唉，想不到投靠彭越也是如此的受他鳥氣，看來要想揚眉吐氣就只有獨立起家了！

秦嘉、景駒二人此念為他們日後成王拜相打下了第一步基礎。

彭越輕敵之下弄致己方敗跡呈現，心下悔恨未聽秦嘉、景駒二人之勸，但事已至此，只得拚力一搏了。

項少龍見敵軍潰散，當即下令全軍全力出擊，擒殺秦嘉、景駒者重重有賞。眾兵聞言，鬥志更揚，喊殺聲更是震天動地，如虎入羊群般衝入敵陣。

項少龍此時見大局已定，心下欣然，仰天一陣長嘯，翻身下馬，亦也揮刀殺向戰場。

眾兵士見幫主親自上陣，更是精神倍增。

待得殺至距敵軍營地只有四五百米之處時，項少龍當即又下令眾騎兵準備火箭，射向敵人營帳。

頓時火光四起，濃煙滾滾，敵軍更是心慌神亂，混亂四逃，人人皆已無鬥志。彭越、秦嘉、景駒等人雖是氣極敗壞，但見大勢已去，也只得招集了三四千近衛軍且戰且退。

此時他們已是不求勝利，只求自保了。

敵方士兵見主帥親退，更是鬥志全無，紛紛棄刃而逃，再也沒有頑抗之力。

項少龍亦也想不到此戰勝得如此輕快，見彭越等人不戰而逃，想著他們將來也是反秦的一份力量，便也沒派人追殺。

至於四散逃亡的敵軍，項少龍只叫兵士們高喊：「投降不殺！」叫他們不再頑抗，也便算了。

戰事閒鬆下來，項少龍便驅騎往那批藍服武士馳去，遠遠的便見著了渾身是血的滕翼。

滕翼諸人也早就從大江幫對付彭軍的佈陣戰略中猜測到了大江幫此次作戰的指揮人物是項少龍，知他無恙，了卻心頭的煩憂，所以放鬆精神的去與彭軍搏殺，這刻戰鬥完了，也都快速驅往大江幫這邊馳來，見著迎至的項少龍，頓刻爆發出了兩聲嬌喊道：「少龍！果真是你嗎？」

項少龍老遠聞聲便知發聲之人是愛妻紀嫣然和趙致，心頭一陣發熱，當即也高喊道：「真是你們夫君！嘿，想不到我的兩位愛妻就這麼幾天分離，也耐不住寂寞了！」

話音剛落，雙方已是會合在了一處。

項少龍翻身下馬時，卻見兩個嬌嬈已是雙目紅紅的向自己奔撲過來。

項少龍也是情懷激蕩，當即把二女擁抱懷中，卻聽紀嫣然檀口輕吐的嬌聲道：「你這大頭鬼，在這裡沒有什麼事，也不要人回去通知一聲，累得大家都對你擔心不已，你……你……可真是好沒良心啊！」

趙致也是嗔道：「就是嘛，你知道你不在的這段時日裡發生了多少事嗎？這彭越三番兩次的偷襲我們牧場，害得大家都沒得安寧日子可過，再加上你被大江幫的桓楚他們擒住，大家心裡不知有多麼焦急呢！」

項少龍望著二女的愁凄俏臉，見她們消瘦了許多，不禁甚是心痛，但聽得她們此刻對自己的怨責，一時可也不知怎麼回答，當下只得苦笑道：「嘿，我在這大江幫裡雖是沒有什麼性命之憂，但也還是有著許多其他的苦衷呢！若不是你夫君福大命大，此刻與你們相見的或許就是死翹翹的我了！」

紀嫣然聽出他話中的苦味，當即用玉手輕掩他的嘴唇道：「別說這不吉利的話了，大家現在相見了，不就皆大歡喜了嗎？」

趙致正還想問項少龍些什麼，卻突聽得他大叫一聲道：「二哥！四弟！你們也來了！」

說完就推開了她和紀嫣然，向滕翼、荊俊他們奔去。

三人緊緊地摟抱在了一起。

滕翼慨然道：「三弟，你沒事就好了，牧場的兄弟可都非常的牽掛著你呢！」

項少龍鬆開滕翼、荊俊二人，朝眾烏家弟兄們望去，卻見他們皆是目光關切的向自己望來，不禁心頭喜露言表。激動得一句話也說不出來。

這時，突聽得幾個熟悉的聲音呻吟著道：「項……項將軍沒事吧！讓我們看看項將軍最後一眼吧！」

項少龍聞言心頭劇震。

十八鐵衛！他們為了營救自己受傷了？

項少龍忙向人叢裡衝去，卻見十八鐵衛中有三個身負重傷的躺在擔架上，其他受傷的兄弟更是不知有幾，死去的也有四五百人。

看著此等淒狀，項少龍心裡只覺都要滴出血來。

這些烏家兄弟可全都是與自己建立了深厚感情的啊！

雖然他明知在戰場上必有傷亡，但這些年來牧場的平靜生活已漸漸喚起了他對和平的嚮往，現在一下子面對著這些為了自己而慘遭負傷的兄弟，卻叫他如何能接受這殘酷的現實呢？卻叫他的良心如何能不憎恨自己呢？

他倏地又想起了項羽。

天啊！難道戰爭的殺戮從此以後真的要強行降臨於自己頭上了嗎？

那將來還不知道會有多少烏家兄弟會戰死沙場呢？

項少龍看著眼前的慘淒之景，兩行英雄的熱淚順著兩頰滾滾而下。

這就是戰爭的殘酷啊！

所有王者成功的基礎都是建立在那些死去的戰士們身上的。

自己若把寶兒締造為西楚霸王，會讓多少英雄志士為之流血犧牲呢？

項少龍的心如刀割般的痛苦著。

滕翼這時來到了他的身側，拍了拍他的肩頭沉聲道：「少龍，不要悲痛了，會傷了身體的。今後大家都還得靠你來主領呢！彭越他們已經被擊敗了，大江幫也已經與你和好了，我想我們從今而後會再有一段平靜的日子可過的。」

項少龍聽了心下黯然。

自己也希望如此，但是命運是否會讓自己等如願以償呢？

與桓楚、英布等大江幫兄弟依依辭別後，項少龍帶著鳳菲、小屏兒、虞姬、雙兒等幾人隨同滕翼他們一起返回牧原。

途中眾人起先都是默然無語，氣氛沉寂非常，連一向活潑好動的虞姬竟也只得一言不發的緊跟著鳳菲默默前行。

紀嫣然見著鳳菲、小屏兒看著項少龍的異樣眼神，心下頓然明白過來他們之間定有秘密，禁不住把嘴湊到項少龍耳邊低聲嗔道：「你這大色鬼，這次又勾引上兩個美女了？哼！還是賊性不改！回去你看我們姐妹怎樣修理你。」

說完暗下猛擰了一下項少龍的大腿，痛得他俊臉變形。

滕翼見著項少龍臉色異樣，看了看紀嫣然又看了看鳳菲她們，心下暗笑，卻突地沉聲道：「少龍，這次我們從彭越手中救下了幾個身分特殊的人物，沒有交於桓楚，我把他們私下扣藏了起來。」

項少龍見滕翼說話時臉色凝重，不禁大訝的問道：「是幾個什麼人？二哥似乎對他們很是看重似的！」

滕翼點頭道：「這幾個人中有一個可是當年楚國名將項燕之子項梁呢！」

項少龍聞言心裡猛的一愣。

項梁？不是項羽的伯父嗎？

天啊？難道真正的西楚霸王已經出現？

項少龍只覺渾身血液忽冷忽熱。

這……命運到底是跟自己玩著怎樣的遊戲呢？

虞姬！桓楚！項梁！他們全都是項羽身邊的人啊！

而自己的義子寶兒卻自取名為項羽！

這究竟是一種怎樣的巧合呢？

項少龍整個人都給呆住了。

紀嫣然見狀，輕推了一下道：「少龍，你怎麼啦？發什麼呆啊？」

項少龍被她驚覺過來，禁不住脫口問道：「二哥，那幾個人中是否有個叫項羽的小夥子呢？」

滕翼聞言一愣道：「項羽？這倒沒有。你幹嘛突然有這問話？似乎早就知道他們來歷似的。」

紀嫣然也訝然道：「項羽？這不跟寶兒同名嗎？」

項少龍聽得他們此問，頓知自己口不擇言的差點洩露天機，當下赫然道：「嘿，這……我也是當年出使楚國時，從李園口中獲知項燕有一孫子叫項羽，想起他和寶兒同名，故而問起。」

二人聽他這番解釋，也無懷疑，滕翼接著問道：「少龍，要不要見見他們呢？」

項少龍心下對這項燕確實好奇，聽得滕翼此說，當下赫然道：「好！我倒是很想見見這位楚國名將之後！」

片刻，滕翼便領了一眾衣衫髒裂不齊的漢子過來，其中還有四個女眷。

項少龍舉目向眾人望去，目光與其中一年約四十的中年老者驀地相觸，不禁心頭一震。

啊！好逼人的目光。

項少龍收懾心神，細細的打量起此人來。

卻見此中年老者雖衣衫襤褸，滿身是傷，面容消瘦，但卻生得劍眉橫飛，星目閃出點點精光，一副文人相貌裝束，卻又自然而然的給人一種正氣凜然的感覺，見著項少龍也是微微一愣，但旋即平靜，不卑不亢的與項少龍對視著。

他身後的幾個漢子都是體形高大，手足粗壯，方臉大耳，貌相威奇。

那四個女眷中有一夫人裝束的女子卻是讓人瞧得為之心碎，不由得頓生憐愛之心，雲髮高聳，淡素蛾眉，充滿著誘人的風情，臉色卻是顯得有點蒼白，玉容更是帶著某種難以形容的滄傷感，配以她一雙讓人感覺無限幽怨的秀眸，真是別有一股楚楚動人的柔弱美態。

其他三人婢女裝束的少女，雖沒有國色天香，卻也看來甚是豔光照人。

紀嫣然看他直勾勾的看著眾女，禁不住吃起醋似的「咳」了一聲。

項少龍慌忙收回目光，俊臉微微一紅，平靜了一下心情後，對著中年老者微一抱拳拱手道：「想來閣下就是名震天下的楚國名將項燕將軍之子項梁先生了，在下項少龍，今日能得以識見，真是甚感三生有幸啊！」

老者本是見著項少龍瞧夫人目光，心下有些慍怒，這下聽得「項少龍」三字，神情猛的一震，瞪大雙目直盯著項少龍良久才道：「原來閣下就是當年威震七國的項上將軍，在下正是項梁，方才多有失禮，請項上將軍多多見諒一二。」說完拱手朝項少龍深深一揖。

項少龍忙上前扶過他道：「項先生何必如此拘泥於禮俗之道呢？我們同為項氏祖族之後，今日得以相見，說來可也真是有緣得很呢！」

項梁聞言老臉一紅道：「可是在下卻只是項將軍的俘虜呢！」

項少龍聽了臉一沉道：「項先生這是說的什麼話來？你我彼此也可說是秦始皇刀下游魂吧，尚不說你是名將之後我應禮待，就是在彼此同病相憐這一點上，我也不會把項先生等當作是什麼……」說到這裡甚是不高興起來。

項梁見狀，突地一陣哈哈大笑，猛的一把扶過項少龍的雙肩，語音悲壯而激動的道：「好一句『同病相憐』，項梁承蒙項將軍看得起，真是今生之幸也！

好，我也就不再客套了。」

說完招過身後眾人道：「你們見過項上將軍，謝謝他此次的救命之恩！」說著率身拜了下去，身後幾人當即也跪地而拜，口中齊聲道：「謝謝項上將軍的救命之恩！」

項少龍手足無措的上前把眾人一一扶起，道：「哎！哎！這是幹什麼來著嘛？項先生剛才還說『不再客套』，這下怎麼又……」

項梁打斷他的話道：「我等是誠心感激項兄，項兄也便不要再說什麼了吧，唉，說來對項兄此次的救命之恩，我等無以為報，卻是深感心中難安啊！」

彼此再次禮讓客套一番後，項少龍禁不住問道：「項先生何故會被彭越他們抓住的呢？」

項梁似被他此話勾起無限心事，目光迷離的陷入了沉思，沉默良久才緩緩道：「此事說來話長。」

原來當年項燕被王剪打敗後，楚國也繼而宣告滅亡，項燕也因兵敗自刎身亡。

秦國攻佔楚國後，就瘋狂地屠殺當初極力抗秦的楚國遺臣及其家屬，項家自然首當其衝，項梁見國破家亡本是萬念俱灰，但因侄子項羽，所以只得忍辱吞聲，攜帶家眷從家中密道得以脫逃。

面對著荒涼蕭條的國家河山，項梁百感交集，心中吶喊道：「我一定要捲土重來，復我楚國河山！」

但是當時秦國正值風雲叱吒天下之時，要談復國大業，談何容易？

項梁只得帶著侄兒項羽和夫人公孫春，領著一眾家將開始了多年的流亡生活，同時把滿腔復國的希望寄託在項羽身上，對他悉心栽培，把自身武學兵法傾囊相授，同時教他家傳至寶《無敵乾坤箭法》，怎奈此項箭法中的《玄意心法》甚是難練，項羽操之過急之下走火入魔，心脈齊斷，成為殘廢。

但是禍不單行，項羽武功盡失後，身體日漸瘦弱，對病體的抗抵力大大下降，在那種顛沛流離的時日中，不慎患上了嚴重的傷風，因當時秦始皇下令全國通緝項梁諸人，所以不能公開身分，以致一時無法請到大夫為項羽治病，只得長途跋涉躲躲藏藏的逃到這塞外大漠，想請得名醫為項羽治病，但項羽因病情久拖，此時已是更加惡化，終至在他們抵達塞外的第十天撒手歸西，時年十五歲。

項羽的死自是使得一家人悲痛萬分，夫人公孫春更是哭得死去活來，項梁也是陷入了無法解脫的痛苦之中。

自己苟活多年的精神寄望現在沒有了，我活著還有什麼意思呢？

失魂落魄之餘，項梁就欲揮劍自刎；家將龍且頓刻止住了他，泣聲道：「主公，你不能就這麼輕率的死去啊！我們楚國在秦始皇統治下受苦受難的百姓需要你去營救他們脫出苦海啊！你如果就這麼死去，我們這麼多年來苟活下來的目的又是為的什麼呢？少主公雖已英年早逝，但是主公你難道就不可以自己親自站出來蓄謀勢力，領導天下眾多義士，伺機反秦麼？憑主公包羅萬象之所學已足堪此任啊！」

項梁聽了此番龍且肺腑之話，心神劇震。

是啊！我如此死去又有什麼價值和意義呢？

但看秦始皇統治下的天下，兇殘淫虐，舉天下之百姓莫不怨聲載道，由此亦可看出秦朝氣數不長矣！我或許亦可活著看到秦朝覆亡的一天呢！

對！我不能就此死去，我還要為反秦力量盡自己的一份餘力！

痛定之餘，項梁冷靜了下來，但還是禁不住仰天大喊道：「天啊！你為何要如此殘酷的對付我項梁呢？父親為國盡忠，羽兒屍骨未寒！現在你卻教我何去何從呢？」心中悲痛讓他已是熱淚縱橫。

但是他怎麼也想不到他的噩運就因他的這幾句話而再一次降臨到了他的身上。

當他們一行把項羽的屍體安葬下來，正欲準備再回中原，重振旗鼓以發展勢力時，路途中卻遭到了彭越率領的一眾盜賊對他們的攔截。

原來項梁的那幾句仰天憤慨的話被彭越手下的一個嘍囉無意中給聽去了。項梁？那不是原楚國無敵戰將項燕之子麼？

他來到塞外幹什麼？

當彭越聞聽那個嘍囉之報時，景駒和秦嘉已是叛離大江幫投靠彭越了。景駒原本就是楚國貴族之後，自是熟悉項梁底細，聞聽得嘍囉之報，當即如此暗想。

對了，傳言他家裡有一本祖傳的《無敵乾坤箭法》密譜，他一定帶在身邊，何不把他擒來，逼他交出此箭譜呢？

當下把此想法說與彭越、秦嘉等人聽到了，眾人齊聲叫好，於是一眾人領了兵馬下山截擒項梁諸人。

項梁被彭越等人擒住以後，他們對他用盡刑法的對他逼供，但項梁看出此等眾人只是些草莽盜寇之徒，若交出此箭譜，只是助虎為虐，當下死命不肯交出。

彭越、秦嘉等人此時又因思謀攻打大江幫總舵哀牢山，也便沒得多大精力時間來逼項梁，只是領軍下山時，把他們一眾人也給同押了下來，因為彭越怕得在他下山期間，被手下從項梁那裡先行逼出箭譜。

待得下到哀牢山下，久久不能攻下大江幫，彭越氣急敗壞，時時拿項梁眾人出氣，夫人公孫春還險些遭他凌辱。

無奈之餘，項梁只得默寫出了《無敵乾坤箭法》，不過內中卻少了《玄意心法》。

彭越得了箭譜，本欲殺了他們，但景駒念著與他們同為楚國之後，力勸項梁投靠彭越。

項梁為了復國大計，只得狠下心腸，虛與委蛇的應承下來，心中卻是對他們恨之入骨。

彭越自也不是傻瓜，他看得出項梁對自己的仇恨，但礙於景駒面子，一時也不便發作，心下卻暗忖待得攻下大江幫後，一定得設法除去項梁，以免日後成為自己的心腹大患。

但是豈料偷雞不著反蝕一把米，在烏家軍和大江幫的聯手攻擊之下，彭越、秦嘉等人兵敗狼狽而逃，若不是項少龍心懷仁念，他們說不定現在已是大江幫的階下之囚了。

項梁說到這裡，目光又是敬服的望著項少龍讚道：「項兄真乃天生的作戰將軍，威風仍是不減當年啊！」

項少龍對他的話卻是恍如未聞，心中掀起了萬丈湧潮。

什麼？歷史上真正的西楚霸王項羽死了？那……那歷史即將如何發展呢？

難道……難道承接歷史的命運真的將要應驗在寶兒身上？

項少龍只覺自己的整個思緒如熔岩噴發般在沸騰著。

項羽！寶兒！西楚霸王！

自己一直憂心忡忡的事情終於降臨了！

這……自己又將如何去面對這未來神秘未知的命運挑戰呢？

還有嫣然她們！她們會接受這命運的安排麼？

草原生活的那種無憂無慮，她們願意捨棄麼？

就是自己……也不願離開這種安閒寫意的生活啊！

這……命運到底是在跟自己玩一個怎樣的迷藏呢？

暴風雨？

暴風雨就要來了！

請續看《尋龍記》卷三　陰謀

無極作品集

尋龍記 卷二 戰雲

作者：無極
發行人：陳曉林
出版所：風雲時代出版股份有限公司
地址：10576台北市民生東路五段178號7樓之3
電話：(02) 2756-0949
傳真：(02) 2765-3799
執行主編：劉宇青
美術設計：許惠芳
業務總監：張瑋鳳
出版日期：2024年9月
版權授權：蔡雷平
ISBN：978-626-7464-64-9
風雲書網：http://www.eastbooks.com.tw
官方部落格：http://eastbooks.pixnet.net/blog
Facebook：http://www.facebook.com/h7560949
E-mail：h7560949@ms15.hinet.net
劃撥帳號：12043291
戶名：風雲時代出版股份有限公司

風雲發行所：33373桃園市龜山區公西村2鄰復興街304巷96號
電話：(03) 318-1378　　傳真：(03) 318-1378
法律顧問：永然法律事務所 李永然律師
　　　　　北辰著作權事務所 蕭雄淋律師

行政院新聞局局版台業字第3595號 營利事業統一編號22759935

定價：340元　　

國家圖書館出版品預行編目資料

尋龍記／無極 著. -- 臺北市：風雲時代出版股份有限公司，2024.09 -- 冊；公分
ISBN：978-626-7464-64-9（第 2 冊：平裝）

857.7　　113007119